小学館文庫

小説版ドラえもん

のび太と鉄人兵団

原作　藤子・F・不二雄
著　　　秀明

小学館

目次

始めは何もなく　闇に包まれ
始めに神の言葉　〝光よあれ〟
全てのはじまり　全てのはじまり

神から離れた　アダムとイブが
エデンの東から　旅をはじめた
罪のはじまり　罪のはじまり

作詞・作曲：岩渕亮（いわぶちまこと）「全てのはじまり」

「祈り」

作詞・作曲：岩渕亮

夕暮れの中で　思いをはせる
遠い異国に　沈む夕陽を
良きおとずれを　知らない国に
神の恵み　豊かにあれと

プロローグ

ずしん、と地を揺るがす音が耳に届いて、のび太と静香は会話を止めた。

「あーっ、すごい。見て、見て、あれ！」

静香が大きな声を上げる。ロボットだ。ぴかぴかに磨き上げられたロボットが肩を怒らせながらずしん、ずしんと空き地を歩いてくる。のび太は呆気にとられたが、すぐに腕を組み、気のないふりをした。

「ラジコンだよ」

「でもあんな大きなロボット、見たことない」

「スネ夫のいとこに模型づくりの天才がいるんだ。きっとつくってもらったんだろ」

「へへー、よくわかったな！」

塀の陰からコントローラーを持ったスネ夫が顔を出した。ジャイアンもジャガイモみたいな顔を見せる。ふたりとも得意満面の笑みを浮かべていた。

ここは町内で最後に一区画だけ残った空き地だ。周りはふつうの家で、草野球をするにはちょっと狭い。ジャイアンがボールを打つと、手加減をしていても神成さんの家の窓を割ってしまうくらいだ。隅のほうには柿の木が残っていて、奥の塀のそばにはのび太たちの記憶にないくらい昔から、土管が三本、山のかたちに積まれている。のび太は小学校からの帰りに土管の上でうたた寝をするのが好きだった。土曜日の午後などのんびりできるときはとくにそうだ。

「どうだ、驚いたろ」

ジャイアンとスネ夫がやってくる。スネ夫はコントローラーのスティックを指先で動かし、ロボットはそれに合わせてガッツポーズを決めた。

のび太たちは土管の上に座って、夏休みの思い出話をしていたのだった。しかしスネ夫たちがやってきて会話は途切れ、静香の関心もそちらに移ってしまった。興味津々といった感じで静香は土管から下り、ロボットの動きを見つめる。テレビアニメに出てきそうなヒト型ロボットで、ほとんど静香と同じ背の高さだ。クラスでいちばん背の低いスネ夫がロボットを見上げて操縦しているくらいだから、大きさと重量感がよくわかる。

「どうだ、のび太、驚いたろ」

ジャイアンはまるで自分のロボットのようにいう。

「べつに」

「べつに？　おまえ素直じゃないなあ」

スネ夫も口をとがらせていう。

「羨ましいんだろ。驚いたら驚いたと、羨ましいなら羨ましいと、はっきり……」

「だって羨ましくないもん」

のび太は肩をすくめる。ジャイアンはむっとして命じた。

「スネ夫、アタック！」

ロボットの両手の指先からプラスチック弾が発射されて、のび太を攻撃する。ぱちぱちと弾に当たって、のび太は逃げた。

「ちょっと、やめなさいよ！」

と静香は声を上げるが、ジャイアンとスネ夫は笑っている。のび太は道路まで出てから向き直っていった。

「なんだい、そんなおもちゃ！　ぼくなら乗れるくらいでっかいロボットをつくるぞ！」

　ジャイアンが真顔に戻った。

「ほんとかな」

　スネ夫も一瞬息を呑んだが、にやりと笑っていった。

「ウソに決まってらあ。いくらドラえもんだって無理さ」

「いまに見てろ、ビルみたいにでっかいのをつくってやる！」

「おもしれえ。決闘させようじゃん」

「いいとも。見てろよ！」

「ちょっと、のび太さん！」

　のび太はきびすを返し、鼻息荒くひとりで空き地を離れた。

　しかしすぐにため息をつき、半ズボンのポケットに両手を突っ込んで、家に向かった。

　ひとりで歩いていると、遠くから救急車のサイレンの音が聞こえてくる。アスファルトは陽射しに焼かれてまぶしいくらいだ。小道に入ってきた乗用車が排気ガスを残してのび太を追い抜いていった。そのガスのひと粒ひと粒にも暑さがじっとりと絡みついているようで、顔をしかめる。

「なんだい、あんなちっちゃなロボット。ちっとも羨ましくなんか……」

のび太の家は木造二階建ての借家だ。表札には古めかしい書体で「野比」と書かれてある。野比のび太。のび太自身は間抜けな名前だと思っているが、パパとママは生まれたばかりの赤ん坊を前に、健やかに大きく、どこまでも伸びてほしいと願いを込めてつけたのだそうだ。その話を聞いて恥ずかしさに赤くなってしまったこともある。ときおり名前に込められた両親の願いを思い出して奮起することもあるが、たいていは根気が続かず、すぐにいつものぐうたらな生活に戻ってしまうのだった。机にかじりついていたわけではないのに小学校に入るころから近眼になって、いまは眼鏡がないと周りもよく見えない。

玄関から入って、とぼとぼと狭い階段を上がる。自分の部屋のドアを開けてのび太は膝をつき、道の途中でため込んだ気持ちをぶちまけた。

「ああ、羨ましい！」

部屋でカップアイスクリームを舐めていたドラえもんが、驚いた顔を見せた。のび太はすがりついていった。

「ドラえもん、お願い」

「アイスクリームはもうないよ！」

「違うよ、スネ夫をギャフンといわせたいんだ。ビルみたいにでっかいロボットを出してよ」

「ビルみたいなロボット？」

のび太が空き地での出来事を説明すると、ドラえもんはいらいらした口調でいった。

「気軽にいってくれるなあ。そんなでっかいロボット、いったいいくらすると思ってるんだ。二二世紀だってローンを組まないと買えないんだぞ！」

「ドラえもんならなんとかできるだろ」

「いつもそうやって人頼みばかり。夏休みも終わって、二学期が始まったじゃないか。少しは心を入れ替えて勉強するとか……」

ドラえもんは機嫌が悪いとすぐに口角が下がる。のび太もつい声を上げた。

「ケチ！」

「ケチとは何だ！」

「ケチだからケチネコ！」

「それをいっちゃあ、おしまいだ」

「ああ、おしまいだよ。頭でも冷やせよ！」

「まったくもう、ただでさえ暑いのにゲンナリ……。あーいやだいやだ！」

　ドラえもんは珍しく大声でわめき、アイスクリームを一気にスプーンで掬って食べ尽くすと、立ち上がってお腹のポケットから道具を取り出した。

　ピンク色の扉。〈どこでもドア〉だ。

　わざと音を立てて大きなドア枠を畳の上に置き、

「頭を冷やしてくればいいんだろ。きみは宿題でもしてろ！」

　向こう側の世界に出ていってしまった。叩きつけられるように鼻先でドアが閉まった。

　部屋の中が急に静かになった。

「何もそんなにいわなくても……。暑いからって八つ当たりはやめてくれ」

　のび太は不安になった。ここはいつもドラえもんとふたりいっしょに暮らしている部屋だ。畳に寝転がってみたが、落ち着かなかった。子ども部屋にクーラーをつけるほど野比家は金持ちではない。じわりと汗が滲んでくる。

　のび太は起き上がり、残されたどこでもドアの前に座った。

「ドラえもん……」

　そう呟いて、のび太はドアのノブを回した。

第１章

ドアを開けて一歩踏み出した途端、刺さるような冷気と予想もしなかった光景が迫ってきて息を呑んだ。

「なんだここは。北極か？」

ドアの向こうには氷の世界が広がっていたのだ。どこでもドアは使う人が念じたり命じたりするだけで好きな場所へ行ける未来の道具だ。しかし頭を冷やすといっても、いきなりこんな寒い場所とは。

のび太は身震いして両手をこすり合わせた。うっかり靴下のまま凍土に踏み入ってしまったのだ。寒さが靴下を通して足下から駆け上ってくる。とても立っていられず、ぴょんぴょんと飛び跳ねながら辺りを見回し、声を上げた。

「ドラえもーん！」

急いでポケットから〈タケコプター〉を取り出して頭にくっつけ、小さなボタンを押す。竹とんぼのような、あるいはラジコンヘリコプターのようなブレードが一気に回転して、のび太を空中へと浮かび上がらせた。タケコプターの操作なら慣れている。のび太はドラえもんの名を呼びながら上昇した。

薄曇りの空だが、どこまでも凍土が続いていることがわかる。風は肌が切れそうなほど冷たく、微細な雪の結晶が空気の中に詰まっているのではないかと思うほどだ。叫んでいると喉の奥まで凍ってしまいそうな気がする。

「出てこいよお、もう無理いわないからさあ！」

のび太は飛行を続けた。青色で丸っこい姿のドラえもんは、この氷の世界では目立つはずだ。まだ遠くへ行っていないはずなのに、見当たらない。

ドラえもんは二二世紀の未来からやってきたネコ型ロボットだ。といってもネコの耳はない。かろうじてヒゲはあるが、どこから見てもネコには見えない。昔、昼寝をしているときにネズミに耳をかじられてしまったそうで、だからロボットなのにネズミが大の苦手だ。あるとき突然、のび太の机の抽斗(ひきだし)からやってきて、以来野比家に居候して、のび太の面倒を見ている。身長は小学校五年生ののび太よりも低くて一二九・三センチメートル、胴回りも同じく一二九・三センチメートル。起き上がりこぼしのような体格だが、気を悪くするから短足だと笑ってはいけない。ドラえもんという名前はつまりドラネコの〝ドラ〟に何々右衛門の〝えもん〟だが、古くさいと笑ってもいけない。お腹に四次元ポケットというものをつけていて、そこからさまざまな未来の道具を出してくれる。

〈タイムマシン〉の出口が、たまたまのび太の抽斗に通じてしまったらしい。のび太も何度か乗ったことがあるが、ドラえもんは絨毯に操縦パネルを置いたようなタイムマシンに乗って、のび太の未来を変えるためにやってきたのだ。もともとドラえもんはのび太の孫の孫にあたるセワシの子守り役として、未来の野比家に購入されたロボットだった。ところが未来の野比家はどうもぱっとしないらしい。その原因を探ったところ、ご先祖様であるのび太の責任が大きかったのだとか。そこでのび太を一人前の男にして未来を変えるために、セワシから派遣されてこの現代にやってきたというわけだ。

同級生のジャイアンやスネ夫にいじめられたり、つい失敗したりしたとき、ドラえもんは未来の道具で助けてくれる。しかし養育用のロボットだからなんでもすぐにのび太のいうことを聞いてくれるわけではない。ときには厳しく叱ることもある。とはいえ、ドラえもんもおっちょこちょいで、失敗することはよくあるのだ。のび太にとってドラえもんは子守りや養育係ではなく、いっしょに毎日を暮らすかけがえのない友だちのようなものだった。一度、ドラえもんが未来へ帰ってしまったことがある。そのときは心にぽっかりと穴が空いて、二階の部屋もがらんとしてしまったように思えたものだ。もとはのび太だけの部屋だったはずなのに、いつの間にかふたりで過ごすのが当たり前になっていた。学校から帰ればドラえもんがいるのが当たり前になっていた。そのことに気づいたのは、ドラえもんがいなくなってからだった。

　奇跡的にドラえもんは戻ってきて、それからずっといっしょに、パパやママと共に、野比家で暮らしている。いつかまたドラえもんと別れなければならないときが来るのだろうと、ふと思うこともある。しかしいまはいっしょだ。けんかをしてもドラえもんとはいっしょなのだ。

　こんな些細なことでドラえもんが遠くに行ってほしくはなかった。

　しばらく飛んでみたがドラえもんの姿はない。見落としたかと心配になって引き返す。その途中で岩陰に光るものが見えた。

「いた！　あんなところで拗ねてる」

　丸い頭がちょこんと見えている。のび太はほっとして、くすくす笑いながら近づいていった。気づかれないよう後ろに降り立ち、忍び足で進んで抱きしめる。

ところがつかめなかった。青くて丸いものは凍土の斜面を転がっていった。

「なんだ？」

ドラえもんではなく、ボールだ。駆け寄って手に取ってみる。金属のようだがわずかに弾力もある。よく見ると小さな穴が三つ、まるでボウリングの球のように空いていた。

見たことのないものだった。

突然、ボールが内側から光を点滅し、ピピー、ピピー、と電子音を発し始めた。大きな音で、氷の世界に響く。のび太はびっくりして手を離した。落ちてもボールは発信音をやめない。音は冷たい北極の空に吸い込まれるように鳴り続ける。

と、のび太の頭上からふしぎな音が聞こえてきた。何かが生まれ出るような、ゴム風船が膨らんでゆくような、いままで聞いたことのない音だ。空を見上げると、大きな物体が空気の中から絞り出されるようにゆっくりと姿を現しつつあった。

何かの機械だ。ブロックのようにごつくて、がっちりしている。白と赤と黄色に塗り分けられている。音の調子が変わった。救急車が通り過ぎるとサイレンの音が低くなるように、音がどこかへ戻ってゆく。滲み出てきたブロックがわずかに揺れて、音が掻き消えた瞬間、支えを失ったように空から落ちてきた。

のび太は咄嗟に身を屈めた。ブロックが凍土に墜落し、大きな音が響いて細かい氷のかけらが舞い散った。真下にいたら大けがをしていたところだ。

おそるおそる近づいてみる。

箱のようなかたちだが、前後があるのか、前のほうはわずかに幅が狭くなっていて、後ろには上部に車軸のようなものもついている。模型の自動車にも見えたが、動く気配はなかった。幅はひと抱えもあって、いかにも重そうだ。

「なんだろう。こんな大きなものが、どうして空から……」

そこでくしゃみが出た。とても寒くて考えられない。

「持って帰ろう。ドラえもんならわかるかも」

タケコプターのスイッチを入れ、ブロックを両手でつかんだ。二二世紀のモーターの力でもおいそれとは持ち上がらない。手もかじかんでいうことをきかなかった。ようやく片方の側だけわずかに浮かせて、のび太は引きずるようにブロックを運んでいった。

一度動き出すと氷の上を滑るのでなんとか進むが、それでも腕がちぎれそうだ。途中、坂道になって、とてもタケコプターの推進力だけでは引っ張り上げられなかった。

仕方がないので降りて後ろから押す。とてもひとりでは無理だ。ドラえもんはどこで何をやっているのか。

なぜこんなものが北極にあるのだろう。こんなに重いとは、いったいどんな物質でできているのか。ようやく坂をてっぺんまで登り切り、息を切らして座り込んだ。すると、今度はやっかいなことにブロックが向こう側の斜面を滑り始めた。慌てて端をつかんだが止まってくれない。どんどん加速をつけて氷の丘を下ってゆく。

のび太は手を離せないまま引っ張られた。ブロックは坂の凹凸(おうとつ)をごつごつと乗り越えながら、さらに速さを増してゆく。その先に扉を開きっぱなしにしていたどこでもドアがあった。

のび太は叫んだ。偶然にもブロックはドアの中へと滑り込み、押し入れに激突して止まった。

「なあに、いまの音？」

部屋の中でぐったりと伸びたのび太に、階下からママの声が届く。小言をもらっては面倒だ。「ご心配なく！」とわめいておく。

それにしても、いったいなんの機械だろう。立ち上がってブロックの周りを歩いてみる。と、そのとき、また電子音が聞こえた。見るといつの間にか青いボウリングの球も部屋の中に入ってきていて、再び光を放ち始めている。

あのふしぎな音が聞こえてくる。勉強机の上に膝を立てて窓から外を覗いてみると、次のブロックが裏庭へ落ちようとしていた。

「わあっ、静かに！」

部屋を飛び出し、階段を下りて靴をつっかけ、庭へ回った。しかし願いは届かず、地響きを立ててブロックは落下した。思わず目を覆う。物置にぶつからなかったのがせめてもの救いだ。

最初のブロックとはかたちが異なっていた。今度は箱というより柱のようで、少しばかり弧を描いている。全体は青色だが、順番や方向を示すかのような黄色のマークもついている。何かの部品だろうか。

「そうか！」のび太は閃いた。「これはロボットの一部だ！」

最初のブロックの車軸部分にこの柱を乗せればロボットの片足になる。車軸は足首の関節だ。

きっとドラえもんの計らいに違いない。なんのかんのといっても、やっぱり自分のことを心配してくれているのだ。のび太は嬉しくなった。以前もスネ夫の自慢が悔しくて恐竜を見つけてみせると口走ってしまったとき、さりげなく未来の道具を廊下に置き忘れてのび太の手助けをしてくれたのだ。

「あたたかーい目で見守ってくれているんだな。気を遣わなくていいのに。水くさいなあ」

ボウリングの球がころころと庭を転がってくる。どうやって二階からやってきたのか、落下してきた部品の近くに寄ってくる性質があるようだ。のび太はボールを取り上げて確信した。これは部品を集める装置に違いない。

「よし、さっそくつくるぞ！　ドラえもん！」

万歳をして家の中に戻る。二階へ戻ろうとしたところでママに呼び止められた。

「のび太、いまの音はなんなの？」

そのとき、なぜかふと気配を感じて、のび太は玄関のほうを振り返った。あの青いボールが、開けっぱなしにしたドアの隙間から三つの穴をこちらに向けていた。

のび太たちの様子を窺っているようにも見えた。

「気にしない、気にしない。地震じゃないの？」

ごまかして階段を駆け上る。ついうきうきして足が踊ってしまう。部品の大きさからして、きっとすべて組み立てたら本当にビルみたいな巨大ロボットになるはずだ！

部屋に戻ってもドラえもんの姿はなかった。拍子抜けして、辺りを見回した。まだ北極から帰っていないのだろうか。

座って少し待ってみたが、焦れてきた。何をしているのだろう。ドラえもんのことだから、まさか道に迷ったり、白クマに追いかけられたりなんてことはないはずだが……。

突然、どこでもドアが開いて、雪交じりの強風が吹き込んできた。ドラえもんがほとんど凍りかけた姿で戻ってくる。ドアの縁に足を引っかけて前につんのめると、そのまま氷のかたまりのように畳を滑っていった。慌ててのび太はドアを閉じ、押し入れの毛布を取り出してドラえもんの身体を包んだ。

「へーっくしょん!」

毛布にくるまりながらドラえもんは豪快に鼻水を飛ばす。くしゃみをしたり、凍えたり、まるでロボットらしくないが、二二世紀の科学技術でもネコ型ロボットは寒さに弱いらしい。むしろそのほうが高級なんだというが、本当かどうか怪しいものだ。

ドラえもんは洟をすすりながらいった。

「道に迷って、白クマに追いかけられて、もうさんざん!」

「さっきは悪かったよ。でも、これ、ドラえもんだろう?」

のび太は最初のブロックを指差す。だがドラえもんの反応は予期したものではなかった。

「なに、これ？」

「なにって……」

「またぼくに無断で、未来デパートからこんなものを！」

「違うよ！　じゃあこれ、ドラえもんじゃないの？」

「知らないよ、こんなの」

「じゃあ、いったい誰が……」

そのとき、あのふしぎな音がまた聞こえてきた。のび太は窓を開けて空を仰ぎ、ドラえもんの手を引っ張って見せた。

「次の部品が届いたんだ！」

ふたりで階段を駆け下り、裏庭へ走る。先ほど玄関からのび太を窺っていたあのボールが、光りながら電子音を発していた。白い柱が目の前に落下し、またしても野比家は地響きに揺れた。

「ほら、ロボットの腿(もも)の部分だよ！」

のび太にはもう組み立て工程が予想できた。ひとつずつ着実に巨大ロボットへと近づいている！

「のびちゃん！」

ママの声が家の中から飛んでくる。このまま庭に放置しておくのはまずい。

「ママに見つかるよ、なんとかして」

ドラえもんがすばやくポケットを探り、未来の道具を取り出した。

「〈かるがる手袋〉！」

道具を出したときに名前を唱えるのはドラえもんのクセだ。急いでタケコプターを頭につけ、手袋を塡める。

北極から最初のブロックを持ち帰った苦労がウソのように、軽々とひとりで重いパーツを担ぐことができた。手分けしてふたつの部品を持ち、ママと鉢合わせしないよう空を飛んで、窓から二階の部屋に運ぶ。

手袋を使うとパーツの組み立ては簡単だった。最初のブロックに青色の臑を乗せ、さらに白色の腿を繫げる。天井すれすれまでそびえる片足のかたちになった。パーツが合わさるとその格好よさが際立って見えて、のび太は興奮した。テレビアニメで見た巨大ロボットそっくりの勇壮さだ。

「持ち主に返したほうがいいんじゃないの？」

ドラえもんは組み上がった足を見上げながら諭す。

「持ち主って誰よ？　北極のサンタクロース？　白クマ？」

「交番に届けるとか……」

「どういって？　北極で巨大ロボットを拾いましたって？　いやだよ！　ぼくんだ！　神様が授けてくださったんだよ！」

「やれやれ……」

処置なしという感じでドラえもんは腕を組む。「でも、こんなでっかいもの、どこで組み立てる？」

「庭でいいだろ」

「ママが怒るよ、洗濯物が干せないって」ドラえもんはいつも現実的なのだ。「そうだ、〈スモールライト〉で……」

「だめ！　でっかいからいいんだ！　なにいってんだよ！」

「仮に完成したとして、町の中をこんなのが歩き回ったら、さぞ近所迷惑……」

「いやなことばかりいうなあ」

水を差されたが、そこでのび太はまた閃いた。

「そうだ！　ずっと前、鏡の中の世界へ行ったろ。こっちの世界とそっくりで、だーれもいない世界。あそこなら誰にも迷惑がかからないよ！」

「〈入り込み鏡〉のこと？　あれは縦横四〇センチの大きさしかないんだ。ぼくらはいいけど、ロボットは通れないよ」

がっくりと肩を落として座り込む。

「わかった、もういいよ……。ぼくなんかが巨大ロボットをほしがるのが間違いだったんだ」

「――まあ、道はないでもない」

ドラえもんがポケットの中を探った。

「〈逆世界入り込みオイル〉。鏡じゃなくても、鏡みたいに反射する平面にこれを塗れば、あっちの世界に入り込めるんだ」

「オイル……？」

ポケットから取り出されたドラえもんの丸い手には、小さなオイル缶が吸いついていた。缶の側面には上下対称の図柄が描かれている。ドラえもんはロボットの脚部を見上げて思案した。

「これを通せるほど広い、鏡みたいな平面といえば……」

さらにポケットに手を入れる。大きな筒状のものが飛び出してきた。畳の上に広げるとのび太にもその道具がわかった。室内にいながら釣りが楽しめる〈おざしき釣り堀〉だ。広げた平面に釣り堀のまっさらな水面が湛えられている。充分な大きさだ。

ドラえもんが缶からオイルを一滴垂らした。瞬時にオイルの薄い膜が釣り堀の水面全体に拡がり、のび太たちの姿をまさに鏡のように映し出した。

「これでよし。中を覗いてみよう」

ドラえもんは水の中に頭を突っ込んだ。「うん、ＯＫだ」といって顔を上げると、まったく水に濡れていない。

「さあ、手袋を塡めて。いっしょに運び込もう」

ふたりともタケコプターをつけ、のび太が腿の部分を、ドラえもんがつま先の部分をつかみ、呼吸を合わせて持ち上げる。ドラえもんがそのまま釣り堀の中へ入ってゆく。大きなロボットの足が鏡面世界へゆっくりと潜り込んでいった。腿を支えるのび太もいっしょに釣り堀の水面に入ってゆく。水の冷たさは何も感じない。靴下から半ズボン、そしてシャツからロボットを支えている両腕も、鏡の平面の中へと入ってゆく。その境界がのび太の顔に近づいてきた。水面はのび太の顔を映すばかりで、向こうの世界は見えない。顎から口元へ、そして鼻先が抜けた。思わず息を詰めながらのび太は頭のてっぺんまで水面に浸かった。

「あっ！」

目を開けると、自分は逆立ちをしていた。違う、自分の姿勢はそのままなのに、部屋が逆さまになっている。足下を見るとロボットのつま先を支えているドラえもんの向こうに奇妙な丸い物体が見えた。蛍光灯の傘だ。いつも布団に入って見上げている蛍光灯が足下にある！

「上下あべこべになってる。向きを変えよう。のび太くん、そのままそっちへ回って」

そういわれてもうまく方向がつかめない。何度か壁にぶつかりそうになりながら身をよじった。ようやく頭が天井のほうを向いたが、ドラえもんがどっちを目指しているのか咄嗟にわからなかった。

机の脇の抽斗が右側ではなく左側についている。本棚が部屋の反対側にある。マンガ本のタイトルがすべて鏡文字になっていてくらくらした。思わずロボットの足を取り落としそうになる。

「上下と向きを変えたら左右あべこべになっちゃった」

「気にすんな」とドラえもんはそっけない。「たいした問題じゃない。外へ運び出そう」

ドラえもんのほうから窓を抜けてゆく。その窓も先ほどまでは右側を開けていたはずなのに、いまは左だ。足下の釣り堀にオイルを垂らしたはずなのに、いまは上下ではなくて左右が反対になっていることが、どうにもふしぎでならなかった。ロボットの足をそろそろと窓枠に通してゆく。のび太自身も外に出て、鏡面世界の広さに改めて目を瞠（みは）った。どこまでも町が続いている。その景色はいつも窓から見ているものとまったく左右逆さまなのだ。

裏庭の方角もこんがらかる。そっと物置の手前にロボットの足を立てて、のび太は地面に降りた。太陽の陽射しはもとの世界と同じように暑く、首筋には汗が滲んでいる。それなのに車の排気音も、ママの声も、何も聞こえない。まっさらな世界だった。耳を澄ましても、生きものの音は届いてこない。

家と塀に挟まれた小さな場所から、のび太は空を見上げた。

「静かだなあ……。ほんとに誰もいないんだね」

「いわば背景だけの世界というか……。実にふしぎだ」

生きているものは水面に反射した影に吸い取られて、まるであちら側の二次元にすべて置き去りにされてきたようだった。

「どこまで続いているの？」

「どこまでも。外の世界とそっくりそのままに、ずーっと」

のび太はいった。

「ありがとう。ねえ、もっと部品が届いているかもしれないよ」

タケコプターで部屋に戻る。おざしき釣り堀はこちらの世界の畳にも左右あべこべのまま広げられている。のび太はちょっと考えて、頭から水面にダイヴした。

「正解！」

もとの世界にジャンプし、そのままの姿勢で畳に足をついた。慣れれば簡単だ。

机に乗り出して窓の外を見渡す。やっぱり左右が逆さまだ。そう思って影の向きも逆だったことにのび太は気づいた。太陽は傾いて、焦げたような輝きで町全体を照らしている。真上の空はわずかに紫色に翳って、夜へと移り変わろうとしていた。

ボールの電子音が裏庭の方角から聞こえる。あのふしぎな音がそれに重なって、機械の一部が空の中腹から滲み出てくるのが見えた。新しい部品だ。ずしん、と大きな音を立てて裏庭に落ちてゆく。ドラえもんがその様子を見ていった。

「日が暮れる。あとは明日にしよう」

野比家の夕食は、パパが会社から帰るのを待って、四人揃って食卓を囲む。

テーブルに座る場所はなんとなく決まっている。のび太とママが向かい合わせ。パパとドラえもんが向かい合わせだ。お茶碗の数は四つ。お箸の数も四つ。のび太もドラえもんもママの料理をいっしょに食べる。ドラえもんの丸い手は箸も茶碗も器用に扱える。

ずしん、と地響きがして、テーブルの上の食器が揺れた。

ネクタイ姿からポロシャツに着替えたパパが、首をすくめて辺りを見回す。

「なんだい、さっきからズシン、ズシンといってるのは」

「ちっちゃい地震が流行っているんですって」

ママは頓着していない。もう三時間近く断続的に地面が揺れているので慣れてしまったのだ。

「いや、震源地は近いぞ。天変地異の前触れじゃないのか？　ちょっと外を見てくる」

「まあまあ、パパ」ドラえもんが愛想笑いでパパを止める。

「まあまあ、パパ」のび太も愛想笑いでパパを止める。

パパは腑に落ちない顔をしたが、まあいいかとおかずを口に運んだ。のび太とドラえもんはそっと目配せをして微笑む。のび太が生まれたくらいだから、もともと野比家は大雑把なのだ。

「ごちそうさま！」

「ごちそうさま！」

いつもはパパやママより早く食べ終わって二階に上がってしまうのび太たちだったが、今夜は両親が食べ終わるまでテーブルについていた。不用意に裏庭を見られては困るからだ。

「ねえ、ママ、食器を洗うの手伝うよ」

「ぼくも手伝いますです、はい」

「まあ、珍しい」

「それが天変地異だ」といってパパが煙草に火をつけながら笑う。

ずしん、と地面が鳴ったが、もうパパもママも不安なそぶりは見せなかった。

†

のび太はいつもより早めに起きて、急いで顔を洗った。飛び起きてすぐにカーテンを開け、裏庭の成果を見下ろしたのだ。早くしないとママに見つかってしまう。

「なんです、このがらくたの山は！」

やっぱり庭先からママの声が聞こえてきた。のび太とドラえもんはママが用意してくれた朝食を掻き込んで、裏庭へと飛び出した。

ロボットのパーツが二階の高さに達するほど山積みになっている。間近で見るとそのさまは壮観だった。

「すごい！　ぜんぶ揃ったんだ！」

「すぐ持っていくから心配しないで」

怒るママをとりなして家の中へ入れ、ふたりで顔を輝かせて頷き合う。

「一気に組み立てよう！」

タケコプターを頭につけ、かるがる手袋を塡めて、手分けをしながら二階の部屋へと運び入れる。朝の陽射しが空に満ちていた。また真夏のような一日の始まりだが、夢中になれば暑さは気にならない。日曜日だから思いっきり時間を使える。ドラえもんが部屋の畳におざしき釣り堀を広げ、のび太はパーツを肩に担いで水面の中へ潜った。

左右あべこべになった世界でも、裏庭の物置の前がいちばんスペースの取れる場所だ。パーツごとに並べて積み上げる。何度もこちらとあちらの世界を往復して、ついに最後のひとつとなった。のび太が腕の部分を抱えて鏡面世界に入るのを確認してドラえもんも飛び込んだ。

「あれっ」

青色のボールがいっしょに入り込んでくる。生きもののようにじゃれてこちらに弾んでくるのをつかみ、ドラえもんはいい聞かせた。

「勝手に来ちゃだめ！　まだ何か送ってくるかもしれない」

水面の中へ投げ入れ、急いで釣り堀を巻いてポケットにしまう。これでボールは鏡面世界に入り込めない。ロボットを完成させるまで、邪魔が入らないよう片づけておくのが賢明だった。

裏庭ではのび太がすでに作業を始めている。昨日のうちにつくっておいた片足の横に、もう一方の足首を配置し、臑と腿のパーツを組み合わせてゆく。ちょっと力を加えて押し込めばうまい具合に繋がるようにできているので、プラモデルよりも簡単だ。たちまち二本の脚部が屹立し、ドラえもんもいっしょになって腰の部分を置いたときには、ロボットの大きさが実感できた。すでにブロック塀の高さを軽々と超え、家の二階に届いている。

「コネクターがずれないように、もうちょい右、もうちょい……。ようし、そのまま！」

　ふたりで声を掛け合いながら胴体部分のパーツを重ねてゆく。ひとつ工程を終えるごとに、ロボットは空に向かって伸び、力強さと逞しさを発揮してゆくように思えた。両腕はまず地面に横たえてそれぞれを組み合わせてから一気に肩関節へ取りつける。のび太はその表面を撫でながらいった。

「すごい腕だなあ、何トンくらい持ち上げられるかな」

「見たことのない合金だ。どこから来たんだろ」

「二二世紀にもないの？」

「もっと未来だね。それにこんな簡単に組み立てられるなんて、なみの技術じゃない。いつでもどこでも巨大ロボットが利用できる。故障してもそのパーツだけ取り替えればいいんだから経済的だ。実によく考えられた設計だよ」

「難しいことはいいから早く動かそうよ。ドラえもん、そっちを持って」

　両腕を合体させ、ついに頭部を置いたとき、のび太はロボットの大きさとかっこよさに痺れた。午前の陽射しがロボットの厚い胸を照らし、くっきりとした黒い影はのび太の家を覆い隠すほどだ。

「あれ、待てよ……。どうやって動かすんだ？」

　のび太はタケコプターで飛び上がり、ロボットの頭部を点検して、首を傾げた。頭頂部のコネクターを外して蓋を持ち上げると、脳みそにあたる部分が直径三〇センチメートルほどの空間になっている。もうひとつ部品がありそうだが、余りはどこにも見当たらない。

「ここ、コンピュータの置き場所かな」

「えっ、送ってきていないの」

「これじゃ動かないよ」

「うーん……」

　ドラえもんはからっぽの空間を覗き込んで思案する。

「仕方がない、思い切って二二世紀から取り寄せよう。どこかのスーパーでバーゲンをやっているはずだ」

「動くかな」

「見たところ電子回路で制御しているのは間違いない。プラグのかたちさえ合えば大丈夫だよ。お金が足りるといいけど……」

　なんだかんだいって、ドラえもんも乗り気なのだ。二階に戻るドラえもんに、「早く買ってきてね」とのび太は声を掛けた。もとの世界で机の抽斗からタイムマシンに乗るのだ。

鏡面世界にひとり残ったのび太は、ロボットを見上げた。

「大きいなあ……。本当にビルみたいだ……」

風がそよいで、庭の木の枝葉が揺れる。小鳥のさえずりは聞こえない。家にいればいつも飛んでくるママの声も聞こえない。言葉が何もない鏡面世界で、ただ太陽は昇り、風は吹いて葉擦(はず)れの音を立てる。その世界の中にロボットがそびえている。

ずっと見上げていると首が痛くなるほどの高さだ。両脚を繋げる股関節がはっきり見て取れる。そのかわりロボットの首や頭の部分は胴体の出っ張りに隠れてわからない。テレビアニメでもこんな角度からロボットを見たことは一度もなかった。のび太は巨大ロボットの秘密をひとりじめしたような気がした。

ゆっくりとロボットの周りを歩いてみる。足首はロボットの重量をがっしりと支え、左右の拳は固く握られ、起動の号令を待ち構えているようだ。両腕には機敏な動きを邪魔しない程度の装甲板(そうこうばん)が盾のようにセッティングされていて、いかにも精悍(せいかん)な印象だ。両肩についている鎧のようなパーツから空へ伸びる二枚の赤い板は、まるで未来の翼のように直線を描いている。熱放射板か、あるいは何かのエネルギー吸収板かもしれない。肩の鎧には後方に穴が三つずつ空いていて、ジェット噴出口かロケットランチャーのようにも見える。

ぼくのロボットだ。嬉しさがこみ上げてきて、のび太はこつんとロボットの足を叩いてみる。もう手袋の力だけではびくともしない。ぼくだけのロボットが、動き出すのを待っている！

実際に未来へ往復するには数十分かかるだろうが、タイムマシンを使えば一分後に帰ることが可能だ。ちょっと高かったけどね、といいながらドラえもんがバーゲンの人工頭脳を持って戻ってきたとき、のび太は万歳をして迎えた。ドラえもんが頭頂部の蓋を開け、プラグを慎重に差し込みながら二二世紀の頭脳を組み込む。蓋を閉めてふたり手を取りながらタケコプターで空中に浮かび、真正面からロボットを見守った。

ロボットの顔が動いた。

脚部から胴体へ、そして腕から指先へ、瞬時に起動スイッチが入り、一斉にモーター音が唸（うな）り始めた。ロボットが顔を上げ、手に手を取り合うのび太たちの姿を目で捉えた。のび太はぞくぞくしながらドラえもんの丸い手をさらに握りしめた。ロボットの目が光を帯び、エネルギーのようなその光がロボットの全身へと駆け巡ってゆくのを感じた。

「成功！」

「かっこいい！」

大きな金属音が湧き起こり、ロボットの胸部が動き出した。ゆっくりと胸板がせり上がり、内部のコクピットが姿を見せ始める。のび太は何度もドラえもんと互いに手を振って喜び合った。電子頭脳が作動したのだ。ロボットがぼくをパイロットとして迎え入れてくれたのだ！

ふたりでコクピットに乗り込む。主操縦席は中央にひとつ。さらに左右後方に副操縦席もある。

「ぼくが操縦できるの？」

わくわくしながら座席に腰を下ろす。操縦者の重さを感知したのか、胸板が元通りに閉じられ、のび太の眼前に大きなスクリーンが現れた。外の景色が鮮明に浮かび上がる。この胸元の高さではない、もっと上、ロボットの目の位置から見渡す世界――タケコプターで空を飛ぶのとはまったく違った眺めだ。座席の前面には飛行機のコクピットにあるようなレバーがいくつも並び、ボタンパネルがのび太を囲むように配置されている。そして中央には鮮やかに光を放つ計器類が、のび太を見つめ返している。

圧倒されながらコクピットの内部を眺め渡す。側壁にも無数の計器が並び、それぞれが赤や青色の光を灯している。どこにも文字や数字のようなものは見当たらない。

すべてボタンとメーターとスクリーン映像でコントロールされているのだ。

「すごいや、どこをどういじるのか見当もつかない」

「まあ、適当にやってみなよ」すまし顔でドラえもんがいう。

「無責任だなあ。テレビで見たときは確か……」

前面の計器を見ながらいちばん近いレバーを握り、思い切って奥まで押し込んだ。飛行機をフルスロットルで離陸させるとき、アニメでこんなことをやっていたような気がする。

前面のスクリーンが動き出した。

レバーを押し込んだまま、のび太はあっと声を上げた。スクリーンに映っている映像が揺れて、やがて——ずしん！　と地鳴りの音が響いてきた。のび太はドラえもんに顔を向け、目を瞠った。さらにスクリーンの町内が動き出す——ずしん！

「動いた！」のび太は叫んだ。「ドラえもん、動き出した！」

座席から腰を浮かせてスクリーンに見入る。レバーを握る右手に力が籠もる。ロボットは裏庭を前進していた。のび太が前屈みになるとスクリーンの映像も下向きになり、ロボットの逞しい足腰がはっきりと見えた。ロボット自体がうつむいて足下を見ているのだ。二階の部屋から見下ろす光景とは迫力がまるで違う。一歩足を踏み出すたびに、心地よい地響きが伝わってくる。一〇〇トン以上ものロボットの重さが、そのまま自分になったみたいだ。のび太は胸を熱くしながら叫んだ。

「ほら、見てよ！　ぼくの操縦で、こんなでっかいロボットが動いてるんだ！」

スクリーンに物置の屋根が映り込む。ロボットの右足が大きく振り上げられる。

「わあっ、ストップ、ストップ！」

歓声を上げていたのび太は、慌てて目の前の計器類に目を走らせた。向きを変えるにはどうすればいい？

「左旋回！」

スクリーンの景色が大きく動いた。物置が視界から消え、右足が家のブロック塀を越えて車道へと向きを変えた。

右足が地面に接地する。その轟きに濁りや混じり気は微塵も感じられない。右足は軽々とのび太の家の塀をまたいだのだ！

「すごい！」

続いてロボットの左足が塀を越え、ロボットは家の外へと踏み出した。首を回して振り返ると、スクリーンも同期してのび太の家を映し出した。自分の部屋の窓が驚くほど小さく見下ろせる。家の屋根がロボットの肩より低い。こんなにもロボットは大きいんだ、とのび太は改めて思った。ぼくのロボットはこんなに大きいんだ！

前方に目を向け、まっすぐ続く車道を見据える。いつも学校への行き帰りで歩いている道なのに、ロボットの目の高さから見ると新鮮だ。電信柱も向かいの家も、みんな自分の下にある。

「進め！」

再びレバーを強く握りしめて命ずる。ロボットは力強く動き出した。のび太は夢中でスクリーンを見つめた。

「ぼく、天才じゃないかしら」

ドラえもんがくすくすと笑い出す。手の中に隠していた機械を見せていった。

「ごめん、ごめん。実はこの〈ＰＳＩ（サイ）コントローラー〉で動かしていたんだ」

「ええっ？」

「買ってきたコンピュータは思考制御なんだよ。これを握っていれば、思った通りにロボットを動かせる」

「ぼくが動かしていたんじゃないの？」

がっくりと肩を落とす。ロボットも道に立ちすくんで、同じ動作をした様子だった。

ドラえもんはコントローラーを手渡してくれた。てのひらの中にすっかり入ってしまうほどの小さなアレイ型の機械だ。握るとかすかに振動して、のび太の思考を読み取っているのがわかる。ドラえもんでも使えるということは、生物の脳波を検知しているわけではなく、もっと複雑な方法で、こちらの考えていることを掬い上げているに違いない。

「そうがっかりしなさんな。きみだってすぐに操縦できるから」

「じゃあ、このコクピットはなんなんだよ！」

「せっかくかっこいいコクピットなのに……」

「でも操縦気分は味わえるだろ。ここは鏡の中の世界だから、ちょっとくらいぶつけても平気さ。もとの世界にはなんの迷惑もかからない。練習すれば本当のアニメみたいに動かせるぞ」

のび太は手の中のコントローラーを見つめ、そしてスクリーンを、コクピットを見渡した。

操縦席は三つ。あとひとり乗せられる。

のび太は頷いていった。

「しずちゃんに見せよう！」

のび太はもとの世界に戻り、急いで運動靴をつっかけて外へ飛び出した。

こちらの世界にロボットはいない。さっきまであの横道には巨大ロボットが立っていたのだ。のび太は何もないその場所にちらりと目を向けて、笑みを浮かべながら走る。いますぐ鏡面世界のことを教えてあげたい。

そのときだった。ぶうんと低い唸りが後ろから聞こえてきて、のび太は振り返って驚いた。昨日空き地で見たスネ夫のロボットが、背中の大きなプロペラを回してこちらに飛んでくる。

いつの間に改造したんだろう。呆気にとられて見つめていると、ロボットはぐんぐんと近づいてきた。狙われているのだとわかってのび太は逃げた。しかし振り切ろうとしても速さでは敵わない。体育の時間ではいつもビリッ尻なのだ。後ろからロボットに強く押されてのび太はつんのめった。起き上がって逃げようとするが、ロボットは頭上を旋回してまた追いかけてくる。空き地へと逃げ込んだがそこで上から押さえつけられた。

地面に倒れ込んで、眼鏡が外れかけた。スネ夫のロボットがブレードの回転を悠々と減速させながら、のび太を尻に敷いて着地した。

「どう？　すごいだろ」

「おまえのいとこは天才だぜ！」

　顎が地面にぶつかって擦り剝けていた。前のめりに倒れたまま眼鏡を直すと、スネ夫とジャイアンがにやにや笑いながらこちらに近づいてくるのが見えた。スネ夫の手にはラジコンのコントローラーがあった。

「どかしてよ！」

「離れろ、ミクロス」

　スネ夫が鼻高々といった感じでコントローラーを操作する。ロボットはブレードを自動的に折りたたんで背中に収納し、のび太の上から離れた。

「なんだい、そんなおもちゃ！　たかがラジコンじゃないか！」

　のび太は起き上がって叫んだ。「完成したんだぞ、ビルみたいにでっかいロボット！」

「ウソいってら。いくらドラえもんの力でも……」

「のび太、ウソつくとぶん殴るぞ」

「ウソじゃないよ！」

「じゃあ見せてみろ。ぼくのミクロスと決闘させようじゃん」

「いいとも。こんなのひとひねりさ」

そういって胸を張ってから思い出した。まず、しずちゃんを招待するつもりだったのだ。

「あ……、いまちょっと忙しいんだ。夜にしてくれないかなあ」

「ふふん、そんなことだと思った」スネ夫が余裕の笑みを取り戻す。「よし、今夜一〇時にこの空き地で待ってるぞ」

「ああ、いいとも」

のび太も余裕綽々(しゃくしゃく)の笑みを浮かべてみせた。ふたりに背を向け、手を後ろに組んで大股で歩き出す。スネ夫の声が飛んできた。

「逃げるなよ！」

「そっちこそ」

角を曲がってふたりの姿が見えなくなってから、のび太は再び静香の家へと走った。

のび太の住んでいる学区は端から端まで歩いて三〇分ほどの広さだ。同級生の源(みなもと)静香の家は洋風の建物で、周りの家と比べてもひときわ洒落て見える。静香の父親はパイプを愛用する物静かで優しい人だ。

以前にタイムマシンで確認したところによると、静香は将来、のび太と結婚することになっている。それを考えるとのび太は照れてしまうが、ふだんはあまり気に留めることもなく、友だちとしてつきあっている。静香はいつも髪の後ろを左右で留めておさげのようにしており、それがのび太は大好きだった。ただしそうやって髪をまとめていることからもわかるように意外とおてんばで、怒ったときは他人を「あんた」呼ばわりするほどだ。同級生のジャイアンやスネ夫にはっきり意見することもある。女の子同士よりものび太たちといっしょに遊ぶほうが、どちらかといえばウマが合うみたいだ。

のび太は静香の家の呼び鈴を鳴らした。

すぐに静香が玄関へ出てきた。夏らしいワンピース姿で、手には水泳バッグを提げている。

「プールに行こうと思ってたんだけど……」

「もっといいところへ連れてってあげるよ。ロボットが完成したんだ！」

「なんのこと？」

もう忘れている。女の子はいつもそんなものだ。のび太は静香の手を引っ張って自分の家まで連れてゆく。

「ほら、昨日いったろ、ビルみたいにでっかいロボット！　ラジコンより簡単に動かせるんだ」

熱心に説明するうちに静香もようやく興味を持ち始めたらしい。背中を押すように静香を家へ上がらせ、二階へと案内する。靴を持ってゆくことを忘れてはいけない。

ママは買い物に出かけたようだ。静香の前で小言をいわれなくて済む。

おざしき釣り堀はのび太の部屋に広げたままだ。のび太は靴を持ったまま釣り堀の脇に腰を下ろし、両足を浸けた。びっくりする静香に笑顔を見せ、手招きをして鏡面世界へと潜り込んだ。

水面に顔を上げた静香が部屋を見渡して目を丸くする。のび太は先に釣り堀から出て、静香を手で引き上げた。

「どう？　こんな世界があるんだ」

「すごい、何もかもあべこべなのね」

のび太は静香の手を引いて階段を駆け下りる。靴を履いて外に出ると、巨大ロボットが玄関の前で出迎えていた。

「やあ、いらっしゃい」

ドラえもんがロボットの胸板を開けて中から手を振っている。ロボットが音を立てて身を屈め、のび太たちに手を差し出した。静香がびくりと身を退く。いきなりロボットが動くのを見ると、自分のほうへ倒れてきそうな気がするのだ。

「大丈夫だよ。ぼくらのいう通りに動くんだ。ほら、乗って！」

ロボットのてのひらに飛び乗り、のび太は自分の手を差し出してみせた。静香の表情に笑みが浮かんだ。のび太の手を取り、睡蓮の葉のように大きなロボットのてのひらに足を踏み入れた。

ロボットが動き出す。てのひらを水平にしたまま腰を上げて直立の姿勢に戻り、のび太たちをコクピットの中へと招き入れてくれる。ふたりで中へ飛び移ると、胸板は恭しく閉じてコクピットの明かりが宇宙空間のように広がった。

静香を副操縦席へ誘い、のび太はドラえもんからサイコントローラーを譲り受けて中央の座席に座った。スクリーンの向こうに広がる世界を見つめて念じた。

「動け！」

ロボットは歩き出した。

静香が歓声を上げる。のび太は嬉しくなって、さらに命じた。進め！　進め！　町内を越えて、商店街を抜けて、どこまでも進め！

「どう？」

「すごいわ！」静香は目を輝かせながらいった。

ロボットが走り始める。商店街の大通りにも、駅前にも、人影はない。店舗は土曜日の午後にのび太たちが鏡面世界をつくったときのまま、シャッターを開け、商品を軒先に並べて、時間を止めている。信号待ちのバスもその場でじっとして、走っていたはずの自動車も鏡面世界ができた瞬間から左右あべこべの右車線でエンジンを止めて固まっている。ロボットはそれらの自動車を巧みに避けながら、力強くどこまでも駆けてゆく。一歩進むごとに地響きが伝わってくる。そのリズムはシンバルやドラムのようで、のび太はコントローラーを握りしめながら腕を振り上げてロボットを鼓舞する。

「のび太くん、そろそろ飛んでみよう」

「飛ぶ？」

「組み立てて気がつかなかったかい。ロボットの足の裏には超高性能のジェットエンジンがついている。このロボットは空を飛べるはずだ」

「やってみよう！」

のび太はコントローラーにありったけの力を込めて念じた。

「飛べ！」

ぐうん、とロボットが加速するのがわかった。すぐさまコクピットは平行の姿勢に戻ったが、スクリーンに映し出されている景色がわずかに斜めになっていることに気づいた。ロボットは両腕を大きく広げ、アスファルトの車道を蹴って、遠く前方に見える新宿の高層ビル群へと向かって跳躍していた。

「飛んだぞ！」ドラえもんが叫ぶ。

「飛んだ！」のび太も叫んだ。「ぼくのロボットが飛んだ！」

みるみるうちに駅は足下から遠ざかり、真っ青な夏の空がスクリーンいっぱいに広がった。ロボットは確かに飛翔していた。アニメのように空を飛んでいた！

「しずちゃん、どこへ行きたい？」

「どこか泳げるところ！」

「よーし、任せとけ！」

第2章

のび太たちは新宿の上空を過ぎて東北東の方角へと飛んだ。

巨木のように建ち並ぶ高層ビルも、ふたつの頂を伸ばしてそびえる都庁も、ロボットのジェット推進力にかかればひとっ飛びだ。広大な新宿御苑（しんじゅくぎょえん）も中央公園もいまは箱庭のように見下ろせる。しかもこの鏡面世界では電車も自動車も何ひとつ動かず、すべてが静止しているのだ。精巧なミニチュアの街にも見えるが、どれも左右があべこべなだけで本物のコンクリートと鉄骨でできている。その世界をのび太のロボットが轟音（ごうおん）を上げて、誰にも目撃されずに飛行してゆく。

アスファルトの道路が街を縦横に走り、東京の大地を細かく区分けしている。小さな区域の中にビルやアパートが建ち並び、その中を太い車道が裂くように進んでいる。

そうした人工の網目を擦り抜けて、自然の河川が大きくうねりながら流れている。川面が真昼の太陽に照らされてきらきらと光っていた。水は鏡面世界でも止まらずに流れ続けているのだ。

静香は初めて見るふしぎな光景と、それを凌ぐほどのロボットの迫力に、すっかり心を奪われている様子だった。

「こんな大きなロボット、ドラちゃんが買ってきたの」

「ううん、拾ったんだ、北極で」

「拾った？」

静香は目を丸くする。「大丈夫？　勝手に乗り回して」

「いいんだよ。持ち主も落とし主もいないんだもの」

武蔵野市を過ぎて、前方に山の濃い緑が近づいてくる。尾根の向こうに湖水の輝きが見えた。

「きれいな湖！」

山の中腹に、鏡のように美しい湖が姿を現す。周りの尾根に風を遮られているのか、水面はさざ波さえ立っていない。大きな太陽の影がくっきりと映り込んでいる。その湖面にロボットの姿も入った。

「ここで泳いだら気持ちいいよ。降りよう！」

のび太はコントローラーでロボットに命じた。自動的にロボットは体勢を整え、両足からゆっくりと湖畔に着地してゆく。ジェット噴射の風を受けて周りの枝葉が激しく揺れ、湖面にもそのエネルギーが弧を描いて伝わっていった。

ジェット噴射の煙が消え、胸板が開いてコクピットが開放されたとき、湖と周囲の森は再びまっさらな静寂に戻っていた。湖面が陽射しを瑞々しく照り返して、のび太たちを誘っていた。

ロボットの右手がコクピットの前へ近づいてくる。

「行こう！」

のび太たちは右手に飛び乗り、ロボットに導かれるまま湖畔に降り立った。ロボットは直立の姿勢に戻り、動きを止める。上空で風がそよぎ、樹々が葉擦(はず)れの音を立てた。

「着替えるからちょっと待ってて」

静香は水泳バッグを抱えてロボットの足の陰へと駆けてゆく。ドラえもんがポケットから〈きせかえカメラ〉を取り出していった。

「のび太くんも！」

レンズをのび太に向けてシャッターを切る。いつもお世話になっている未来の道具だ。のび太はたちどころに海水パンツ一枚の姿になった。

ロボットの陰から出てきた静香はビキニ姿になっていた。歓声を上げ、三人いっしょに湖へと駆け込む。水は澄んで気持ちがいい。腰の高さまで深くなったところで、静香は待ちきれないといったふうに両腕を揃えて頭から水に飛び込んだ。ドラえもんも丸い手足でばしゃばしゃと飛沫を上げながら泳いでゆく。

のび太はそのままぶくぶくと沈んでいった。

「ちぇっ、浮き輪を忘れてきた」

噎せながらのび太は引き返す。すっかり自分が巨大ロボットと一体化して、なんでもできるような気になっていたのだ。

静香とドラえもんはどんどん遠くまで泳いでゆく。しずちゃんが喜んでいるのは嬉しいが、ドラえもんまでそれに合わせてはしゃいでいるのは癪に障る。

「どうして泳がないのー？」

「知ってるくせに！」

からかうドラえもんを睨みつけ、ロボットのもとへ戻った。

がっかりして足下に寝そべり、ロボットの巨体と空を見上げる。

「そうだ！」

閃いて、海パンのポケットからコントローラーを取り出して握った。ロボットが手を差し伸べてくれる。それに乗ってコクピットまで戻り、思いっきり命じた。

ロボットが跳躍した。

きれいなフォームを描いて、ロボットが湖へ飛び込む。大きく両手で水を搔き、バタフライのように水面に上がって、そのままクロールで泳ぐ。ひと搔きするごとにロボットの手が大量の水をつかみ、ぐいぐいと前に進んでゆく。やっぱりそうだ、とのび太は思った。このロボットなら運動神経ゼロでも体操選手なみの動きができる！

「どうだ、ぼくだって泳げるんだぞ！」

操縦席の上に立ってすいすいと腕を動かす。ロボットは背泳ぎの姿勢になって、大きな湖を泳いでいった。スクリーンに静香とドラえもんの姿が映っていた。こちらを向いてびっくりしているが、ロボットの水飛沫で大波に吞まれそうになった。さすがにやりすぎに反省して、のび太は急いでロボットに命じた。

「そのまま止まれ！　ぼくの浮き輪になれ！」

——ロボットは湖の中央で小島となって浮かんだ。

たっぷり一時間以上、のび太たちはロボットの周りで水遊びをして遊んだ。充分に泳いだ後は、三人でロボットの胸に上がって寝そべり、ひなたぼっこをした。ロボットをかたちづくる未知の合金は太陽の陽射しを浴びてもフライパンのように熱くなることはなく、快適な暖かさを肌に返してくれて、つい眠ってしまいそうになった。

どこまでも静かだった。

「あはは、こうして仰向けに浮かんでるロボット、大きなラッコみたい」

存分に泳いだ静香が、うつぶせになって両足をぱたぱたさせながら、ロボットを眺めていった。

「ね、このロボット、ラッコちゃんて名前にしない？」

「やだよ、そんなの」のび太は反論した。「もっと強そうなのがいいな。マジンガーとかさ」

「ザンダクロスはどう？」ドラえもんが立ち上がっていう。

「それ、かっこいい！」

「サンタクロースをもじったんだ。北極生まれだからね」

†

その北極圏海氷上を、ひとりの少女が通信機を手にしながら歩いていた。

吹雪がすべてを暗く覆っていた。氷はぎりぎりと締めつけられ、あちこちでささくれ立ち、裂断面を荒々しく隆起させていたが、それを除けばどこまでも氷面は続き、その光景は幾何学的で、人知を超えた世界だった。

少女はおのれの両腕と両腿を生のまま晒し、競泳着にも似た一枚のごく薄いボディスーツとブーツを身につけているだけだった。どちらも亜空間移動を繰り返す際、最小限の防具として装着するものだった。少女は顔を吹雪に晒し、赤色の髪を束ねることもなく暴風で乱れるままにしていたが、その肌や髪、通信機を持つ華奢な指先は、決して凍ることがなかった。

少女は無言だった。生まれたときから言葉の意義を放棄しているかのように、ただひとりで歩いていた。かわりに通信機がピッ、ピッ、と鼓動のように電子音を発して、少女はその音と無言で対話しながら進むべき方向を定めていた。

獣の唸り声が聞こえて少女は立ち止まった。風下の氷塊から成長したホッキョクグマが姿を現し、獰猛な表情でまっすぐ少女に向かってくるのがわかった。氷を蹴る前足に鋭い爪が立っていた。

少女は無表情のままクマを見据え、通信機を持たない右手を上げ、まっすぐ人差し指を向けた。クマは覆いかぶさるように飛びかかってきた。少女の髪が風で煽られ、神話の女神のように踊った。

指先から発せられた光線がクマの額を撃った。

クマは硬い爪を立てたまま少女の眼前で倒れた。衝撃を絞っていたので生命力が失われることはない。

通信機の鼓動が変調した。声をかすかに捉えたのだ。

すぐに相手は再び沈黙したが、それでも地域を絞り込める。

気絶したホッキョクグマを残して、少女は吹雪の風上へと向けて飛び立った。

亜空間移動を細かく繰り返すことになるだろう。

この北極圏で、少女は最後まで無言だった。本来、発音言語などというものは、神の創造した世界に不要だった。

†

鏡面世界ではなく本物の世界で、野比家にひとり残っていたのび太のママは、いつものようにちょっとした癇癪を起こしていた。ママの名前は玉子で、子どものときから怒りっぽかったから、近所の子たちには癇癪玉の玉子だとからかわれた。のんびり者ののび助と結婚し、ひとり息子ののび太を育てて性格が変わったかといえばそんなことはなく、いつものび太がドラえもんと起こす騒動に振り回されてさらに気が短くなったようでもある。唯一の心境の変化は動物好きの息子に影響されて、小動物の愛らしさが理解できるようになったことだろうか。

とはいえ、のび太が家に持ち込んでくるものの大半は、やっかいごとの原因でもある。

甲高い電子音が鳴り響いて、慌てて庭に出ると、犯人は朝方に片づけておいたボールだった。昨日からピーピーと音を立てながら家の中や庭先を転がっていて、うっかりするとつまずいて転んでしまう。箒で叩くと静かになるのだが、それでもしばらくすると息を吹き返したように音を立て始める。

今朝も庭に散らかっていた機械をのび太たちに片づけさせたあと、まだ庭を転がってピーピーと鳴っていたので竹箒で仕留め、物置に入れておいたのだ。すっかり忘れていたが、物置の中で暴れている。扉を開けるとボールは生きもののように飛び出してきた。

「ご近所に迷惑でしょ、静かになさい！」

竹箒で思いっきり叩いた。こう見えても機械の勘所は心得ている。夫と結婚したときに購入したテレビは絶妙の角度で空手チョップを与えることで何年も故障の危機を脱し、のび太が大きくなるまで長保ちしたのだ。二度、三度と叩くうちにようやくボールは静かになった。箒の柄のほうでつついて、うんともすんともいわなくなったことを確認し、ほっと息をついた。

物置の中に放り込み、しっかりと施錠する。

「ほんとにドラちゃんたら、ろくなものを出さないんだから」

ぱんぱんと両手を払い、家事に戻った。

†

「ハーッ！」

大きな掛け声を上げてのび太は念ずる。

ザンダクロスは助走をつけて強く大地を蹴り、空中で前方二回転を決めてずしんと着地した。両脚は見事に揃えられ、体勢は崩れず、その両腕はまっすぐ空へと掲げられている。のび太は操縦席の上に同じ姿勢で立ち、両腕を体操選手のように掲げていた。

ザンダクロスの巨軀(きょく)はのび太と一心同体だった。

「のび太さん、すごい」

静香が拍手をする。のび太は嬉しかった。サイコントローラーを握りしめたまま側方倒立回転の動作を念じる。体育の時間でのび太が苦手なマット運動だが、ロボットは両腕をぴんと伸ばしたまま くるくると何度も側方回転をやってのける。スクリーンに映る景色が何度も回るが、のび太の目は回らない。ザンダクロスといっしょなら、運動神経ゼロでもオリンピック選手のように思い通り飛び跳ねられる。

存分に泳いだあと、のび太たちは新宿に戻ってきていた。中央公園ならビルや自動車を踏み潰すこともない。のび太は満足して操縦席に再び腰を下ろし、背もたれに身を預けてくつろいでみせた。同じ動作をしなくても、こうしてコクピットに座ってコントローラーを握っているだけで、ザンダクロスは金メダル級の技を次々と成功させていった。高層ビル群がのび太たちを見下ろしている。手があったらきっと大喝采を送ってくれることだろう。

「でもふしぎね。こんなに飛び回っているのに、どうして目が回ったり、座席から投げ出されたりしないの?」

副操縦席の静香が尋ねる。ドラえもんが腕を組んだ。

「そうだね、ロボットがどんな向きになっても、内部の重力場はいつも一定の方向に保たれている」

「重力場が……?　そんなことができるの」

「うーん、いまの地球の科学じゃ無理だね。二二世紀には一部実用化されているけれど、こんな大きなロボットの重力場は制御できない」

後ろで話し込んでいるふたりの会話を聞いて、のび太は思い出した。以前、コーヤコーヤ星という遠い星に友だちのロップルくんを訪ねたとき、ドラえもんは〈ジャイロカプセル〉という未来の乗り物を出してくれたのだ。球形のカプセルで、どんなに坂道を転がり落ちても内部のコクピットはいつも水平だった。

あれより大きな乗り物の中身を水平に保つのは、二三世紀の科学技術でも無理だということか。

静香は考え込んでいった。

「地球じゃ無理って、じゃあこのロボット、どこから来たの？　遠い未来から？」

「あるいは宇宙のどこかにすごく科学の進んだ星があって……、そこから地球へ送り込まれてきたとか……」

「なんの目的で？」

「ねえ、そんなつまんない話はよそうよ」

のび太はふたりの会話に割って入った。いつの間にかザンダクロスものび太と同じ格好で、不機嫌に座り込んでいた。

「それよりしずちゃん、ザンダクロスを操縦してみない？」

静香が顔を輝かせる。

「できるかしら」

「かんたん、かんたん！　これを握って、走れとか、止まれとか、思うだけでいいんだ」

　交代して、静香をメインの操縦席に座らせる。目の前に広がるスクリーンの迫力に、改めて静香は感じ入った様子だった。のび太に手渡されたサイコントローラーを右手に握りしめ、胸元に引き寄せて目を閉じる。

「動け！」

　ザンダクロスがつま先立ちをして、くるくると回り始める。白鳥のように飛んでポーズを決めた。

「なに、これ？」

「バレエよ。一度こんなふうに踊ってみたかったの」

　のび太は顔をしかめた。せっかくのかっこいい巨大ロボットが台無しだ。夏祭りでロボットが近所のお唄の先生と会津磐梯山(あいづばんだいさん)を踊るようなものだ。

「このスイッチはなに？」

「あ、それ、関係ない」

「ほんと？」

　それは、ごくちょっとした好奇心だったのだ。

　静香はコンソールに並ぶボタンのひとつを押した。

不意に、ロボットがバレエのポーズをやめた。直立の姿勢を取るとスクリーンに前方の高層ビルが大写しにされ、その中央部に赤い光が点(とも)った。

聞き慣れない音がコクピット内に響き、のび太たちの左右に並ぶ計器類が色を変えた。静香の前にある小さなモニターに、ザンダクロスの胴体が映し出された。のび太たちの座っている胸部のすぐ下、臍(へそ)の辺りが開き、鋭い機銃の先端が押し出されるのが見えた。

スクリーンの光が弾けた。

機銃の先端からまばゆい光線が射出された。その光はマークされた前方の高層ビルを直撃し、爆発が起こった。

あっ、と三人は息を呑んだ。

すばやく機銃がザンダクロスの内部に格納される。ビルは一撃を受けて炎と大量の噴煙を撒(ま)き散らし、崩れ落ちていった。

のび太はその光景をテレビで見たことがあった。ニューヨークの世界貿易センタービルが攻撃されたときのニュース映像だ。あのときとまったく同じように、ビルはたった一撃で、重量を支えるすべての支柱を失ったかのように倒壊してゆく。轟音が新宿に響き渡り、真っ黒な煙がもうもうと立ち上り、のび太たちのもとまで津波のように襲ってきた。

静香が大きくかぶりを振って、悲鳴を上げた。

「しずちゃん！」

「あたし、知らなかったの！　こんなことになるなんて！」

「しずちゃんが悪いんじゃない」

「ぼくたちも知らなかったんだ！」

「どうしたらいいの！」

真っ青になった静香がのび太の肩をつかむ。その目からは涙がぼろぼろと溢(あふ)れ出していた。コントローラーが静香の手から滑り落ちて音を立てた。

「ここは鏡の中の世界なんだ。もとの世界はなんともないんだよ！」

「でも、でも……！」

静香はコンソールに顔を伏せて大声で泣き出した。

のび太もどうすればいいかわからなかった。ザンダクロスは直立のままだ。コクピット内の計器類は、何事もなかったかのように動き続けている。しかしスクリーンに高層ビルの姿はもはやない。

ドラえもんが呆然とした表情で呟(つぶや)く。

「おもちゃのつもりでとんでもない怪物をつくっちゃった。これは強力な兵器に違いない」

　兵器。

　その言葉がのび太の心に刺さった。

「あれが無人のビルだったからよかったが」

「もし、本当の町で、こんなのが暴れ出したら……」

「やめて！」静香が両耳を塞いでわめいた。「こわいこといわないで！」


　ザンダクロスを新宿中央公園に残して、のび太たちはタケコプターで町まで戻った。

　左右あべこべの家の窓から入り、広げっぱなしだったおざしき釣り堀の前に降りた。

　すでに太陽は傾いており、長い影が窓から部屋に射し込んで、三人の影が長く伸びた。

　その影はこれからもずっと自分たちにつきまとって、無言で罪を告発し続けるように思えてならなかった。

　のび太と静香は動かなかった。ドラえもんが先に水面に入った。

　もとの世界も一日が終わろうとしていた。

　一日中留守にしていた部屋の空気は灼けて、朱くくすんでいた。遠くから自動車の排気音が聞こえた。

　靴を持ったのび太と静香が無言のまま戻り、三人はおざしき釣り堀の周りで黙って立ち尽くした。

「のび太くん、あきらめよう」

　最初に言葉を発したのはドラえもんだった。ドラえもんの顔は夕刻の太陽の光を受けて染まっていた。

「どうも悪い予感がする。ザンダクロスも、鏡の中の世界も、三人だけの秘密にしよう。絶対誰にもしゃべらないと約束しよう」

「――あたし、誓うわ」

　ずっとうつむいていた静香がドラえもんを見据え、右手を上げた。

「ぼくも、誓うよ」

　のび太も右手を上げた。静香よりも小さな、消え入りそうな声だった。

　ドラえもんが目を閉じ、自らの右手を上げてふたりに合わせた。

　影はこの世界でも長く伸びて、三人を指差していた。影は切り離せない。三人の上げた手の影は、無言で心を縛りつけた。

夜が更け、のび太は布団に入り、ドラえもんは押し入れの上段に入る。夕方までおざしき釣り堀を広げていた畳の上に、のび太は布団を敷いて潜り込み、天井を見上げる。

布団を下ろしたあとにできた押し入れの空間は、ドラえもんの寝床になる。ドラえもんはいつも飛び乗るように上段に手を掛け、押し入れの下段に置いてある収納箱にちょっと足を引っかけてよじ上り、「おやすみ」といって襖(ふすま)を閉める。のび太は眼鏡を枕元に置いて目を閉じる。

†

時計は午後一〇時を過ぎていた。

そのころスネ夫とジャイアンは、静まりかえった空き地で、のび太がやってくるのを待っていた。

ジャイアンが土管に座りながらむすっとした顔で呟く。

「のび太のやつ、どんなロボットを持ってくるかな」

スネ夫はコントローラーを抱え、ミクロスを待機させている。この町は夜が早い。

周囲の家もほとんど明かりが消えており、空き地はずいぶん薄暗く思える。雲が張り出してきたのか月の明かりも届かない。ただひとつ、通りの外れの街灯が、古くさい電球で傘の下を照らしている。

「ビルみたいにでっかいって本当かな」

「ありえないね」スネ夫はあえて大きな声で応える。「そんなでかいロボット、あんな小さな家にしまっておける？」

「庭に置いてあるかも」

「だいいち、あの口うるさいのび太のママが許さないよ。せいぜい押し入れの中にしまっておくとして、ジャイアンくらいの大きさじゃないの。こいつの相手じゃないよ。な、そうだろ」

　スネ夫の操縦を受けてミクロスが勇ましいポーズを決めた。

「それにしても遅いな」ジャイアンは土管から下りていった。「いま何時だ？」

「いま一〇時……」スネ夫は父親からもらったスイス製の腕時計を見ていった。「あっ、一〇時半だ！」

「すっぽかしたな、のび太のやつ！」

　ジャイアンが叫んだそのとき、街灯の下に人影が見えた。

ふたりは息を呑んだ。赤毛の少女が立っていたのだ。ノースリーブの上着にチェック柄のミニスカート。肌は白く、外国人のように見える。鮮やかな赤毛は背中まで伸びて、櫛(くし)を入れていないのか前髪の一部が大きく顔にかかっている。

近所で見たことのない子だった。

少女は黙って近づいてくる。どこか奇妙な感じがしたのは、少女の着ている衣服が微妙に身体に合っていなかったからだ。ひとまわり小さいようで、胸元や肩の辺りがぴっちりとしている。まるで他人の服を盗んだかのように。

少女はまっすぐふたりを見据えて、視線を逸(そ)らそうとしない。ふたりはその大人びた雰囲気に呑まれて言葉を失った。

「ちょっとお尋ねします」

顔つきからは意外な、くっきりとした日本語だった。

「このへんで大きなロボットを見かけませんでした?」

「えっ、ぼくのロボットのこと、知ってるの?」

スネ夫は喜んでミクロスを動かしてみせた。

「これでしょ。ぼくのミクロス。いやあ、そんなに有名なのかなあ」

「こんなおもちゃじゃなくて、もっとずっと大きいの」少女はスネ夫を無視していった。「あなたがたの家より大きな、ビルみたいに大きなロボット」

「そんなものあるわけないでしょ。常識で考えりゃわかるはずだ」

スネ夫は気分を害していった。だが少女は挑発に乗らなかった。

「いま話していたでしょう、ビルみたいなロボットと」

「それは……」

「ノビタという名の人物を知っているの？」

「あいつはウソをついてるんだ！　ほんとはそんなロボットなんてないんだ！」

「ノビタという人の家はどこ？」

「なんであいつのことばかり……！」

ジャイアンがスネ夫の口を塞いだ。目で合図を送ってくる。スネ夫はすぐに了解し、口を噤んだ。ふたりともこの少女が不気味に思えてきたのだ。

「おれたちはのび太なんて知らねえ」

「知らなきゃそれでいいのよ」

少女はきびすを返し、歩いて去っていった。二度とふたりのほうを振り返ることはなかった。

足音が遠く離れてゆき、聞こえなくなってから、ようやくスネ夫がいった。

「なんだありゃ……」

「ちょっとばかし、かわいい子だったが……」ジャイアンは首を傾げる。

「こんな時間にうろついてる女の子なんてろくなもんじゃない。あんなのが非行に走るんだ。親の顔が見たいね」

「それもそうだ」

そういうふたりも、こんな時間にうろついている子どもだ。

ジャイアンは家に帰るなり母親から大目玉を食らい、追い立てられた。

ジャイアンとは同級生たちの間で使われる渾名だ。本名は剛田武。実家は雑貨屋を営んでおり、両親とも豪快な性格で、近所の人たちからは一目置かれている。ジャイアンのママが「タケシ!」と怒鳴って息子に放つビンタは端から見ても痛そうで、町のガキ大将であるジャイアンにとって唯一の恐怖なのだった。

スネ夫は家に入れてもらえず、玄関先で一時間も泣き腫らした。父親が社長で、マスコミ各社にも顔が利く骨川家は、町内でもいっとう目立つ豪邸だが、息子のスネ夫はクラスでいちばんのチビだ。そのことがスネ夫の自尊心をいつも傷つけていたし、だからこそジャイアンやのび太たち同級生に、高価なおもちゃを見せびらかすことがプライドを保つ最良の手段だった。スネ夫は自分の背丈よりも大きなミクロスを操縦して、ミクロスに何度も玄関を叩かせ、「夜遊びする子はうちの子じゃありません！」と金切り声を上げるママに、大声で泣いて許しを請うた。

のび太、静香、ジャイアン、スネ夫。

四人はいつもいっしょだった。

いつからかそこにドラえもんが加わった。

いろいろなことはあっても、五人がばらばらになるときがやってくるなど、誰も思いはしなかった。

†

「この近くにいることは確実なのです」

少女は小高い山の中腹から町内を見下ろしつつ、通信機に言葉を発した。この小さな町はすでに寝静まっているが、遠くには高層ビル群が都市の光を浴びて浮かび上がっていた。

「部品はすべて先着した『頭脳』の誘導で、無人の北極圏に送られたはずなのに、かけらひとつ見当たりませんでした」

少女の声は無表情だった。本来、彼女の住む世界に人間の言葉は不要だった。彼女は神の意志によりあえて唇と喉を与えられ、そこから発する声と言葉を与えられていた。

「頭脳からの応答をキャッチ。ただちに急行したのですが、電波は途絶えてしまいました。わずかな通信記録だけではこれ以上発信源を絞り込むことはできません。ただし手掛かりはあり、頭脳からノビタという少年の名を受け取っています。なぜ北極に送られたはずの頭脳がここへ運ばれてきたのか――しばらくこの辺りの捜査を続けます」

通信機は相手の声を伝えてこない。おのれの任務を完遂するまでは一方向の情報伝達が続く。少女は静かにいった。

「何があろうと、この身にかえても、使命を果たすことを誓います――祖国メカトピア、万歳！」

第3章

　ベルが鳴って、今日の学級当番が声を上げる。

「起立！　礼！」

「先生さよおなら！」

「はい、さようなら」

　半袖のワイシャツにネクタイ姿の先生が会釈を返す。クラスのみんなはランドセルを取り出して下校の支度を始めた。

「野比は残りなさい」

　先生が首筋の汗をハンカチで拭きながら唱える。早くもランドセルを背負って帰ろうとしていたのび太は、と大声で訴えた。しかし先生は四角い眼鏡の奥から睨んでいった。

「なんでということがあるか。今朝も遅刻して、宿題は忘れてくる、授業中に居眠りはする。まだ夏休み気分が抜けんのか！　しばらく反省しろ！」

担任の先生は昔柔道か何かやっていたのか、がっしりとした体つきで、短く刈り込んだ髪をいつも真ん中で分けている。もう中年なのでお腹は出ているが、いったん怒り出すとさすがに恐ろしく、雷が落ちると身がすくむほどだ。のび太の通う小学校でも、生徒への厳しさでは一、二を争う先生だった。

こういうときは反抗すべきではない。とぼとぼと自分の席に戻り、ランドセルを置いて座る。

のび太は教室にひとり残された。

こうして居残りになるのはいつものことだが、手持ち無沙汰で困る。鼻くそをほじっているところを見つかったらさらにお目玉を食らうし、居眠りをしても怒られる。といって宿題が進むはずもなく、ぼんやり前の黒板を向いているか、窓の外を眺めるほかない。

陸上クラブの六年生たちがトラックで練習している。運動場の向こうではサッカークラブのメンバーが集まっていて、ときどき掛け声や笛の音が聞こえてきていた。

巨大ロボットのいない世界。

ザンダクロスは鏡面世界に置きっぱなしだった。

ビルが崩れ落ちたときの恐ろしさが忘れられない。

あんなものを目の前で見て、いつものように勉強しろという先生のほうが無茶なんだ。そう思った。

「あれっ」

のび太は振り返り、廊下側の扉に目を向けた。見慣れない女の子が教室の中を覗き込んでいたのだ。

はっとするほど鮮やかな赤毛だった。

「こんな大きな建物の中ならもしやと思ったけれど」

女の子は能面のように無表情だった。

「違ったみたい」

そう呟いて、廊下を去ってゆく。のび太は立ち上がって声を掛けた。

「ねえ、きみ！」

扉へ駆け寄って廊下へ出ると、ちょうど女の子が角を曲がってゆくところだった。

その後ろ姿にもう一度声を掛けようとしたが、タイミングを逃した。

転校生だろうか。外国から来た子かもしれない。

「野比、よく反省したか」

はっとして振り返ると、いつの間にか先生が廊下に立っていた。

「はい、はい、はい」

愛想笑いをして何度も頷く。

「帰ってよろしい」

「はい、はい」

急いでランドセルを取り、お辞儀を繰り返してから、後ろ向きに駆けて先生に手を振る。

「廊下は走っちゃいかん!」

「はい!」

角を曲がって辺りを見渡したが、もう赤毛の子の姿はなかった。

もう一度声を掛けなかったことが、なぜか今後の運命を左右する、大きな過ちだったような気がした。

†

のび太のママは驚いて、せんべいを咥えたままガラス戸の外を見つめた。

庭からひとりの少女が居間の中を覗き込んでいたのだ。

テレビはCMを流している。いつから少女が庭に入り込んでいたのか、まったく気づかなかった。

ぞっとして、せんべいを置いた。

「こんな小さな家じゃ、置き場所がないわね」

少女はいい捨てて庭を歩いていった。

姿が見えなくなって、慌ててガラス戸に駆け寄り、サッシを開けて外を窺った。人の気配はない。瞬時にして消えてしまったのだ。

恐怖が退いて、思わずママは声を上げていった。

「小さな家で悪かったわね！」

そして、息を呑んだ。

一瞬だが、向かいの屋根の向こうを、少女の影が通り過ぎたような気がしたのだ。

長い赤毛の後ろ姿が、魔女のように、空中に見えたのだ。

頭を振ってサッシを閉める。錯覚を忘れるため、食べかけのせんべいを何度もかじり、テレビに目を戻した。

†

ちょっぴりかわいい子だったな、と思い返しながら、のび太は家路についた。

もう通学路は閑散として、じりじりとした夕方の熱気だけがアスファルトに残っている。つまらなかった。せっかく巨大ロボットが自分のものになりかけたのに。

プロペラの音が聞こえた。

後ろを振り返る。やはりそうだ。スネ夫のロボットが空から迫ってくる。

のび太は駆け出したが、速さで敵(かな)わないことは昨日のうちに確認済みだ。ロボットは背後からのび太のランドセルをつかみ、力任せに引き上げた。バランスを崩して倒れそうになる瞬間、両肩のベルトがすっぽりと外れてしまった。ロボットはランドセルを抱えたまま飛んでゆく。

「返せーっ！」

のび太は追った。ロボットは学校の裏山のほうへと逃げてゆく。向こうはラジコン操縦で空を飛んでいるから平気だろうが、こちらは坂道を駆け上らなくてはならない。途中で息切れがして、膝に手をついて胸を押さえる。居残りをさせられて、しかも裏山まで走らされるとはさんざんだ。

スネ夫とジャイアンが中腹の樹の枝に座って、笑いながらこちらを眺めている。のび太はへとへとになって膝をついた。スネ夫のロボットがゆっくりと降りてきて背中のプロペラを畳み、のび太のランドセルを林の向こうへ投げた。

ふたりはするすると樹を下りてきた。スネ夫がロボットにファイティングポーズを取らせながらいう。

「のび太、よくもすっぽかしたな。今日は逃がさないぞ」

「ちょ、ちょっと、待ってよ」

「おまえのロボットを連れてこい」

「ぼくのミクロスと決闘させろ！」

ミクロスがパンチを繰り出しながら迫ってくる。のび太は後じさりしながらいった。

「ロボット？　なんのこと？　知らないよ」

「とぼけるな！」

「ビルよりでっかいとかなんとか、さんざん自慢したろ！」

「あ、あれ」

あれは未来の兵器でしたなどとはとてもいえない。進退窮まって、のび太は消え入りそうな声でいった。

「あれは、ウソ……」

「はあ？」

「ウソ？」

スネ夫よりジャイアンのほうが先に声を荒らげた。

「のび太、よくもそんな！」

「いーや、そんなはずはないよ、ジャイアン。ドラえもんがきっと何か……」

「ほんとのことをいえ！」

ジャイアンが羽交い締めにしてきた。手足をじたばたさせるが逃げ出せない。ジャイアンの腕力に敵う小学生は町内にいないのだ。

「スネ夫！　ミクロスに襲わせろ！」

「ミクロス、ＧＯ！」

スネ夫がラジコンのスイッチを押す。ミクロスが助走をつけて走ってくる。ワン、ツー、スリーで大ジャンプして、跳び蹴りの姿勢でのび太の目の前に迫る。咄嗟に首を引っ込めた。信じられないことにするりとジャイアンの腕から頭が抜けて、気がつくとミクロスのキックがジャイアンの顔面を直撃していた。

ジャイアンの顔が真っ赤に腫れ上がる。スネ夫は青ざめていた。

「ぼ、ぼくじゃないよ、悪いのはのび太……」

「スネ夫、てめえ！」

ジャイアンが両腕を振り上げる。その隙にのび太は林の中へと逃げ込んだ。ロボットが投げたランドセルをつかみ、すばやく背負って雑草の中を走る。

「のび太、もう勘弁しねえ！」

「ぼく、なんにもしてないよ！」

生い茂った草が足を鋭く刺す。のび太は必死で走った。林の奥へ入ると一気に緑の匂いが鼻をついた。ジャイアンとスネ夫の声が後ろから近づいてくる。プロペラの音はミクロスかもしれない。また空から攻撃されたのでは勝ち目はない。

草むらをあと少しで抜けるというところで、樹の根っこにつまずいた。頭から地面に落ちて激痛がはしる。倒れるときにてのひらを擦り剝いてしまった。立ち上がろうとしたそのとき、女の子の足下が目の前に現れ、のび太はあっと声を上げた。

あの赤毛の子だった。

「さあ、行きましょ」

女の子はのび太の手を取って立ち上がらせた。突然のことにのび太は言葉を返せなかった。

背後からスネ夫とジャイアンが追いついてきた。のび太を捕まえようとして、ふたりとも女の子に気づいた。

「なんだ？」

「昨日の子じゃないか」

女の子はのび太の手を引いて、歩き出そうとする。のび太は女の子とスネ夫たちを交互に見比べて、どうすればいいかわからなくなった。しかしジャイアンがのび太の手を振りほどいていった。

「おい、待てよ。のび太にはおれたちが用があるんだ」

「そうだよ。勝手なことしないでもらおう」

女の子はふたりを一瞥（いちべつ）したが、無表情のまま再びのび太の手を取って歩き出す。

「あっ、おれたちを無視した！」

スネ夫が悔しそうにコントローラーを操作した。ミクロスがプロペラの回転数を上げて、のび太たちに飛びかかってくる。

のび太は避けようとしたが、女の子の取った行動は意外だった。足を止めて向き直ると、右手の人差し指をぴたりとミクロスの顔に近づけ、トンボを捕まえるときのようにくるくると回したのだ。そしてスネ夫とジャイアンのほうに指先を向けた。

ミクロスは飛んできたほうへ戻ると、突然スネ夫たちに向かって指先からプラスチック弾を発射し始めた。

「いてえ！　いてえ！」

「なんで！」

ふたりはわめきながら逃げてゆく。ミクロスといっしょに姿が見えなくなり、のび太は呆気にとられながらその一部始終を見つめていた。

「ありがとう。助かったよ」

膝小僧の泥を払う。まだてのひらが少し痛い。

女の子は人形のようにただ立って、血の滲んだのび太の手を見つめている。

「きみ、学校にいたよね。ぼくのクラスを覗いていたでしょ」

「学校？」

「転校生だろ？　ぼくの名前は――」

「さっきあの人たちが呼ぶのを聞いたわ。ノビタ。だから来たの」

「えっ？」

「私はリルル」

聞いたことのない名前だ。

「きみ外国人？」

「ガイコクジン？　なにそれ？」

日本語がよくわからないらしい。まだ引っ越してきたばかりなのだろうか。

「さあ、早く行きましょう」

「どこへ？」

リルルと名乗ったその子は、当然のことだといわんばかりに答えた。

「あなたのおうちよ」


きれいな女の子といっしょに町を歩くのは、まんざらでもない体験だった。

リルルは背も高く、赤くて長い髪の毛はひときわ町の中で目立って見えた。裏山から下りて商店街を過ぎるときも、道行く人たちがみんな振り返って、リルルとのび太を見つめるのだ。

のび太は柄にもなく照れていた。どうしてぼくに興味を持ったんだろう。一目惚れってほんとにあるのかな。外国人のガールフレンド、悪くないね——そんなことを考えると、つい表情もでれでれと緩んでしまう。途中で同級生たちと出会ったが、みんな目を丸くするのがおかしかった。

「よお！」

と調子に乗って声を掛けてみたりする。同級生たちはぽかんとして、何も言葉にできない様子だった。

「あれね、ぼくの友だち」

歩きながら後ろを指差していう。

「トモダチ？」

リルルは簡単な言葉もまだわからないらしい。友だちといっても、本当は大の親友というわけではないのだ。ジャイアンの野球チームでいっしょにプレイするくらいなのだから。しかし自分にたくさんの友だちがいることを外国の子に自慢できるのは鼻が高かった。つい歩き方も胸を張って、ふんぞり返ってしまう。

「さ、さ、遠慮なく」

そういって自分の家に案内したが、外国の子に見せるにはいかにも貧相な借家で、のび太は恥ずかしくなった。これだから安月給サラリーマン一家は！　と意味もなくパパとママに憤る。ドアを開けてエスコートし、いそいそと三和土(たたき)の埃(ほこり)を手で払った。玄関で靴を脱ぐことも知らないようなので、自分でまず手本を示してみせる。

「どうぞどうぞ。狭くて汚いけど」

弾むような気持ちでリルルを二階に上げた。散らかりっぱなしのマンガ本を急いで書棚に押し込む。ドラえもんの姿はない。近所の飼い猫のミイちゃんとデートでもしているのかもしれなかった。

ふだんはまったく使っていない座布団を用意する。外国人なのにきちんと正座をしたことが少し驚きだった。ぴんと背筋も伸びて、見れば見るほど人形のように整った体格だ。

「待ってて。ママにお茶を頼んでくるね」

「ママ?」

どたどたと足音を立てて一階へ下りる。台所に行くとママがすでにお茶菓子のバターケーキを用意していた。紅茶を淹(い)れたカップがいかにも安物で恥ずかしい。

「もっと上等のケーキないの？　メロンでもいいけど」

「ありません！」

下唇を突き出してママからトレイを受け取る。仕方がない、これからもっと親密になったら、何度でも家に呼べるのだ。

「のびちゃん、あの子、どこのお嬢さん？」

「転校生だよ。引っ越してきたばかりなんだ」

「三〇分くらい前、うちの庭から部屋を覗き込んでいたのよ」

のび太は首を傾げた。その前は学校で会っている。そんなに短い時間であちこちに行けるはずはない。

「ママの見間違いでしょ。あんまりへんなこといわないでよ。まだ日本に慣れていないんだから」

トレイを持って階段を上がる。

「おまちどお！」

といって笑顔で部屋に入ったところで、のび太は意表を突かれて立ちすくんだ。リルルはのび太の勉強机に上り、尻をこちらに向けて四つん這いの格好で窓の外を眺めていたのだ。

もう少しでミニスカートの中から下着が見えそうだった。

「なにしてるの」

　のび太はトレイを脇に置いて、そっと尋ねた。外国人というだけではない、何かもっと異質なものを感じた。

　リルルがこちらを向いた。変わらずその顔は無表情だった。

「ロボットはどこにあるの」

「ロ、ロボット？」

　心臓を射貫（いぬ）かれた気がした。リルルはゆっくりと机を下りて、のび太を見据えながら歩み寄ってくる。

「さっき、あの人たちがいってたでしょ、ビルより大きいとか……」

「あ、あいつら、ウソついてるんだよ！　そ、そ、そんなの、あるわけないでしょ！」

「あなたが部品を受け取ったことはわかっている。あなたの名前も、この地域も、頭脳がちゃんと教えてくれたのだから」

　何もかも見通されている。部品とは、いくつも落ちてきたロボットのパーツのことに違いない。

　この子のロボットなのだ。

「どうして、きみがあんな恐ろしい兵器を……」

　少女はのび太の呟きを聞き逃さなかった。

「やっぱり知ってるのね」

　しまった、と手で口を塞いだときには遅かった。少女は鋭い眼光で迫ってきた。のび太は後じさりをして、かかとをトレイの端にぶつけ、カップの中の紅茶がこぼれた。

　のび太は襖まで追い詰められた。

「あれは兵器なんかじゃないわ。土木工事用に開発された量産型ロボットよ」

「それが、どうして北極に……」

「聞かないほうがいいと思うわ」

「そんな……」

「さあ、ロボットのところへ連れて行って」

「待って、わかったから、待ってよ」

　のび太は背後の襖を開けた。少女の堅いアクセントが、かえってのび太の心を圧迫した。少女はのび太を見つめて視線を動かそうとしない。瑠璃とエメラルドが混じった深い緑色の瞳には、容赦のない強い意志が宿っている。

　襖の隙間から、ドラえもんの寝床の下を探る。いつもそこに〈スペアポケット〉を隠してあるのだ。ドラえもんのポケットと四次元空間で繋がっていて、手を入れれば未来の道具を取り出すことができる。

「見ないでよ！」

のび太は思わず声を上げた。静香やジャイアンたちならともかく、他人の前でドラえもんの秘密を安易に晒すのは憚られた。

おざしき釣り堀を畳の上に広げた。少女はまだ理解できていない様子だった。無理もない、いきなり二二世紀の道具を見せられてすぐに納得できる人はいない。釣り堀の水面にはまだ〈逆世界入り込みオイル〉の膜が広がったままだ。のび太たちとこの室内を、上下あべこべの状態で映し出している。

「絶対誰にもしゃべらないと約束してよ」

「なに、これ？」

「〈おざしき釣り堀〉といって……、秘密なんだ」

靴を取ってこなくてはいけない。のび太はミニスカートの下から伸びる少女の素足を見て思った。逃げ出したかったが、少女をひとりにしてしまうのも恐ろしかった。ふたりで階段を下り、ママに悟られないよう足音に注意しながら靴を取り、二階に戻る。のび太が先に釣り堀の中へ足を入れた。

「ついておいでよ」

ママが用意してくれたケーキと紅茶を残して、のび太たちはもうひとつの世界へと潜った。

「どこ？　ここは……」

逆さまの世界に足から抜け出して、少女は畳に転がるようにして姿勢を戻した。用心深く周囲を見回す。

「鏡の中の世界。ぼくらのほかは誰もいない」

のび太はポケットからタケコプターを取り出して頭に装着した。浮かび上がって窓の外へ出てみせてから、もうひとつを少女に差し出す。

「これをつけて、ボタンを押すんだ」

だが少女は無視した。何もつけずに身体を浮遊させたのだ。

少女はそのまま部屋から浮かんで出てくる。のび太は言葉を失った。タケコプターで飛ぶときはからからというプロペラの回転音がつねに耳に届いて、それに慣れ切っていたのに、少女は道具を使わず無音で自在に飛んでいる。しかも少女はその超能力が当たり前であるかのように、表情も変えずに上空へ進んでゆく。

コーヤコーヤ星で見たガルタイトという鉱石を思い出した。ふたつの石を重ね合わせて結晶の軸をずらしてゆくと反重力エネルギーが発生するのだ。まるで少女は身体の中にガルタイトを埋め込んでいるかのようだった。

新宿を目指して飛んだ。

いったんオイルで境界面を確保すると、鏡の向こうでは最初のあべこべ世界がそのまま維持されてゆくらしい。オイルを垂らした瞬間の世界が、無人の自動車や電車となって凍りつくのだ。ただし鏡の中でも時間は経過するらしく、太陽は東西あべこべに動くだけで同じ時刻に日が昇り、日が沈む。唯一、風の動きだけは微妙に変化するのか、もとの世界とは雲が少しばかり違ったかたちに見えた。

のび太はずっと黙ったままだった。リルルも言葉を発することなく飛び続ける。タケコプターのプロペラの音だけが耳に響いて、それが耐えられなかった。新宿中央公園が遠く前方に見えてきたとき、のび太はひとつ高層ビルが存在しないことがこんなにも景色の印象を変えるのだと改めて知って愕然(がくぜん)とした。左右あべこべであるよりもずっと恐ろしい違和感だった。

「あれだわ!」

直立するロボットをリルルが見つけた。

「ジュド! やっと逢えた!」

初めて少女が弾んだ声を上げげた。ロボットに手を振り、加速して近づいてゆく。

破壊された高層ビルの粉塵は、予想以上の広範囲まで広がったらしい。公園の樹木は灰をかぶり、舗道にもうっすらと積もって、風に煽られて波のような紋様を刻んでいる。辺りの高層ビルの壁面にも灰は付着し、窓ガラスは薄汚れていた。

ザンダクロスもわずかに埃をかぶっていたが、しかし周囲のビルや樹木に比べればずっと鮮やかに太陽光を照り返していた。

「ジュド、どうしたの？　返事して！　動いて！」

リルルはザンダクロスに話しかける。少女の呼ぶジュドという名称にのび太は馴染めなかった。

「無理だよ、操縦もしないで」

「そんな！　ジュドは自分の判断で自由に行動できるのよ。組み立てるとき、ちゃんと頭脳を入れたでしょ」

「頭脳？」

「さっきいったでしょ、頭脳があなたの名前を記録して、場所の情報も送ってくれたの。丸いボールみたいな……」

あの青いボールのことだ。いわれて懸命に思い出そうとしたが、どこへやったのかまるで記憶になかった。昨日、裏庭で部品を運び出すときには見かけたような気がするのに。

「なくしたの……?」

リルルはザンダクロスの肩に座り込み、大きなため息をつく。責められているようで、のび太は慌てていった。

「すみません。ごめんなさい。でもそのかわり……」

ポケットからサイコントローラーを取り出し、リルルに渡した。

「これで、握って思うだけで、操縦できるから」

リルルは小さな装置を受け取り、右のてのひらで包んだ。小さな振動を感じ取って、どのように作用するか理解したらしい。再び空中に浮かび上がって、ザンダクロスの正面から命じた。

硬直していたザンダクロスが動き出した。両腕を上げ、リルルを目で捉えた。

「ほらね」とのび太はお詫びするつもりで指し示す。

リルルは飛びながらザンダクロスの動きをひとつひとつ確かめていった。腕や上体の動き。前進。跳躍。リルルは周囲の樹木などお構いなしだった。ザンダクロスは平気で舗道から踏み出し、柵を越えて緑を踏みつけ、枝や幹をなぎ払って進んでゆく。

リルルはザンダクロスと並んで陸上選手のようにすばやく、鋭く飛んだ。その顔に喜びの表情が戻ってくるのがわかった。

そしてリルルはジェットエンジンを点火させた。

ザンダクロスの肩にふたりで乗る。風を強く切ってザンダクロスは飛んだ。リルルは満足した様子だった。

「ね、この通りちゃんと動くんだから、勝手にロボットを使ったこと、許してよ」

「いいわ、許してあげる。そのかわりふたつのことを約束して」

空が朱く焼けつつあった。雲の端が太陽の光を受けて黄金色に輝き始めていた。夏がじわじわと終わりに近づいてきているのだ。ザンダクロスはリルルの操縦でのび太の家の脇に降り立ち、直立の姿勢に戻って止まった。

釣り堀の鏡面を抜けると、もとの世界の部屋にも夕刻の陽射しが射し込んでいた。

「ひとつは、この〈おざしき釣り堀〉をしばらく貸してくれること」

「えっ」

「もうひとつ、今日のことは私たちふたりだけの秘密にしておくこと」

リルルは釣り堀を丸めて抱え、微笑みさえ浮かべながらいった。

リルルの後ろの窓に、ちょうど赤い太陽が差し掛かって、のび太は目を細めた。いやな感じの熱が身体を照らした。

「いいわね、誓ってちょうだい」

「うん……、誓うよ……」

のび太はうつむきながら右手を小さく上げた。そっと背後に視線を向けると、スペアポケットを使ったときに開けた襖がそのままになっていた。

冷や汗が滲んだ。

のび太は上目遣いにリルルへと目を戻し、辛くなって心の中で声を絞り出した。

心でドラえもんの名を呼んだ。

†

「こちら〝地球〟、リルルから総本部へ」

リルルは昨夜と同じ位置、すなわち学校の裏山の中腹から、通信機を用いて発声による定時報告を送った。

電波によるこの情報通信は、質量を持つ物体の移動と同じく、時空間の跳躍を繰り返してリルルの祖国へと届けられる。

「ジュドを発見、ただし『頭脳』は行方不明。捜査は続けますが、見つかるまで私が操縦して作業にかかります」

眼下の小さな町は昨夜と同じく寝静まっている。だがリルルは成層圏に上がって大気の状況を分析し、今後の天候を察知していた。湿った大気が北から降りてきている。カムフラージュに好都合だ。

「なお、大きな収穫がありました。北極より広く、まったく無人の世界を発見。ここなら地球人に気づかれることなく計画が進められます」

鏡面世界は、リルルの祖国では知られていない科学技術によるものだった。鏡を境界面として、奥行きだけが逆向きになった世界が果てしなく続いているのだ。すなわち鏡の平面に垂直なベクトルだけがあべこべになった世界である。

慣性質量と重力質量を持つ知性体は、そうした鏡面に向かい合ったとき、奥行きではなく左右が逆向きになった世界と錯覚して周囲を認識する普遍的特徴がある。地表に立つ知性体は天体の重力を無意識のうちに感じ、天体の中心に至る z 軸ベクトルをつねに身体性として確保しており、一方その主体は移動知と感覚知を持つがゆえに、おのれの進行方向を、あるいは視線などで注意を払う方向を、やはり無意識のうちに x 軸として捉える傾向があるからだ。よって鏡面世界に入り込んだ知性主体に残された余剰のベクトルは y 軸であり、彼らは左右があべこべになったものとして世界を認識する。これは知性主体がどのように設計、制御されていようと、共通して起ち現れる主観である。

リルルはそうした理屈を充分に理解しており、鏡面世界の物理法則が祖国の計画になんの支障も来さないばかりか、幸運といえるほど祖国の目的に適っていることを確信していた。

リルルは空に瞬く星々を見上げて、報告の最後の言葉を発声した。

「基地の完成を待って、鉄人兵団の出動を求めます」

恒星たちが大気の揺らぎに応じて輝いていた。地上からは圧倒的な大きさに見えるその星々の大河は、リルルの頭上をはるか越えて、地球の向こうまで続いていた。

†

静香の話も耳に入っていなかったらしい。

何度か名を呼ばれて、のび太はようやく顔を上げた。静香とふたりで歩きながら話しているのだから、ふだんなら足取りも軽くなるはずなのに、ずっと手を後ろに組んでとぼとぼと足下ばかりを見つめていたのだ。

昼寝から醒めたような顔をしていたかもしれない。静香は呆れるというより不安げな表情でのび太を覗き込んだ。

「のび太さん、このごろ様子がへんよ」

「……そうかな」

と答えたが、いままで静香がなんの話をしていたのかうまく思い出せなかった。

「具合でも悪いの？　それとも何か心配事？」

「べつに……」

そのままとぼとぼと歩いていった。佇む静香を置き去りにしていたが、それさえのび太は気がつかなかった。

空き地が見えてくる。

話し声が聞こえていた。ジャイアンやスネ夫の声だとわかったが、のび太にはあまり興味がなかった。聞き耳を立てればそこにドラえもんがいて、スネ夫のロボットを囲んでこんな会話をしているとわかったはずだ。

両腕を振り上げながらガーガーと勇ましく唸るモーターとギアの音。そしてミクロスから発せられる人工の声。

「ボク、みくろす。命令スレバナンデモヤルデス」

ジャイアンとスネ夫が目を丸くする。

「すげえ！」

「ひとりで動いてしゃべってる！」

うふふとドラえもんが笑顔を見せた。

持ち主のスネ夫の喜びはとくに大きいようだ。顔を輝かせてミクロスの動きを見つめる。

「ドラえもん、これ、未来の人工知能だろ。自律ロボットになるなんてすごいや！人間なみの知能？」

「スネ夫くんなみの知能を持たせたんだ」

「スネ夫なみか。じゃあ大したことねえな」

といってジャイアンは笑う。スネ夫は睨んでみせたが、まんざらでもない様子だ。

「試してみようか。ミクロス、1たす1はいくつ？」

ミクロスはドラえもんのほうを振り向き、ガーガーと考える音を立ててから指を二本突き出して答えた。

「2！」

「うわーっ、おりこう！」

スネ夫が満面の笑みで手を叩く。子どものお遊戯に喝采を送る親の心理とまるっきり同じだ。ジャイアンもおもしろくなったのか、スネ夫を押しのけて訊く。

「じゃあな、おれとスネ夫、どっちが強い？」

「ガガガ、じゃいあん、強イ、世界一！」

「おーっ、こいつ気に入ったぜ！」

ジャイアンはにこにこして、ミクロスの肩を何度も叩いて友愛の情を示す。スネ夫なみの知能だけあってお世辞もうまいようだ。

ドラえもんはそんなふたりに話を切り出した。

「そこでお願いがあるんだ。ロボットのことではいろいろ張り合ったけど……、このへんでのび太と仲直りしてやってくれない？」

「いいだろう」ジャイアンは頷いた。「おれたちゃいつまでも過去にこだわったりしないのだ。なあ、スネ夫？」

「ああ」とスネ夫も頷く。

「おっ、のび太、いいところへ。しずちゃんも、ここへ来ておれのミクロスを見ろよ！」

「ぼくのだけど……」

のび太は顔を上げる。ジャイアンが上機嫌で手招きをしていた。ドラえもんの姿もあった。後ろを振り返って、静香がそこにいることに気づく。

静香がジャイアンたちのもとへ行くのを見て、のび太も続いた。スネ夫のロボットがガーガーと声を上げているのを見て、スネ夫の手元にコントローラーがないことにやっと気づいた。

「こいつ、おまえより頭がいいんだ」

「じゃあ聞くけど」のび太は面倒くさくなっていった。「こじかとおやじか、大きいのはどっち」

「オヤジカ！」

ミクロスが即答し、ジャイアンとスネ夫が揃って拍手する。

「な！　頭いいだろ」

「ブーッ、残念でした。こじかが大きい」

「ガ、ガ?」ミクロスが唸る。

「えーっ、どーして、どーして?」ジャイアンとスネ夫が叫ぶ。

「ちょっと考えりゃわかると思うけど。だって、おやじかは蚊のオヤジ。こじかは鹿の子ども。鹿のほうが大きいに決まってるじゃないか」

ガ、ガ、ガ、とミクロスがへんな感じで唸り、頭から火花を散らし始めた。煙を出してひっくり返る。ドラえもんが慌てていった。
「ややこしい問題を出すなよ。コンピュータがショートしちゃったじゃないか」

「のび太！　ぼくのミクロスを……！」

「あとで直すから」

ドラえもんがのび太の背を押す。ジャイアンとスネ夫が追いかけてこないうちにふたりは急ぎ足で空き地を離れた。静香がため息をついているのがちらりと見えた。

歩きながらドラえもんがいう。

「せっかく仲直りさせようと思ったのに」

「ほっといてくれ。ぼくはひとりになりたいんだ」

「おい、のび太。ひょっとしてきみ……、なんか隠しごとをしてやしないか」

「してない、してない！」のび太は歩きながらわめく。

家に着くころ、急に辺りが暗くなった気がして、ふたりは立ち止まった。

いつの間にか厚い雲が発達して空全体を覆っていた。夜にはひと雨来そうだった。

ごろごろと雷の音が聞こえてくる。

「降る前でよかったよ。傘を持っていなかったからね」

会社から戻ってきたばかりのパパが、ネクタイを外しながらいった。ママは夕食のご飯を茶碗によそってテーブルに並べている。手を洗ったの、と声を掛けるママに、のび太はぼんやりと応じ、洗面所に行っていわれたことをする。タオルで手を拭きながら、ふと思い立って足下の引き戸を開けて中を覗き、洗面台の上の棚も開けてみる。

「何か捜し物？」

横で見ていたらしい。のび太はドラえもんに曖昧な返事をしてダイニングに戻る。

テーブルについても、箸は動かなかった。

「のびちゃん、さっさと食べないとおつゆが冷めちゃうわよ」

「のび太、どうした。食欲がないのか」

パパもいう。ドラえもんはずっと黙ってご飯を掻き込んでいた。

のび太が何もいわないので、食卓がなんとなく暗くなる。遠くで雷がまた聞こえ、やがて雨音が家を包み始めた。

「こりゃまとまって降るかもしれないなあ。週末あたり、久しぶりに釣りにでも行こうと思ってたんだが……」

パパはそう呟いてから、気まずい雰囲気を変えようと声を上げた。

「そうだ、のび太もいっしょにどうだ。ママ、天気予報は」

「明日の午後には晴れるっていってたわよ」

「それはいい。ママも釣りをやってみろよ」

「まあ、私はだめよ、やったことがないもの」ママも明るい声でいう。

「よし、それじゃあ手始めに、近くの釣り堀でも行くか」

「釣り堀の話はしないで！」

のび太はわめいた。

パパとママはきょとんとする。ドラえもんは声に驚いて茶碗のご飯を顔にかけてしまった。のび太はうつむいて再び黙る。

ママが取りなそうとして笑った。

「なあに、ドラちゃんの顔。鏡を見てごらんなさい」

「鏡の話なんかしないでよ！」

のび太は立ち上がって大声を上げる。パパとママはびっくりして固まってしまった。

「ごちそうさま」とのび太は小さくいって、うつむいたまま席を離れた。

その後、のび太は部屋に籠（こ）もりきりだった。

ドラえもんはしばらく二階に上がってこなかった。居間でパパやママたちとテレビを見ていたのだろう。のび太が部屋の電気を消し、ひとりで布団に入ってからようやくやってきて、無言のまま押し入れの中に引っ込んだ。のび太は布団の中で目を瞑り(つむ)ながら、襖が閉まる音を聞いた。

寝つけなかった。雨音のせいだと自分にいい聞かせたが、そうでないことはのび太自身がよくわかっていた。

雨は激しくなりつつあった。

そっと布団から抜け出て、窓のカーテンを開けた。外は部屋の中より暗く、窓ガラスは雨に滲んでいた。

時計の針は深夜を大きく回っている。ドラえもんが起きてくる気配はない。

布団の上にあぐらを組み、ぐるぐると考えを巡らせる。

あれからずっとのび太は青いボールを捜していたが、見つからなかった。どこで見失ったのか、思い出せない。といってパパやママに尋ねることはできず、ましてやドラえもんに訊くことはできなかった。

ドラえもんはあれ以来、サイコントローラーのことを問い質(ただ)してこない。のび太はずっとひとりで悩みを抱え込んでいた。

あのリルルという子は何者なんだろう。

ザンダクロスを返して本当によかったんだろうか。

鏡の中の世界で、あのでっかいロボットを使って、いったい何をしようとしているんだろう。

「ドラえもんが知ったら怒るだろうな……」

でも、約束をしたのだ。秘密をしゃべるわけにはいかない。

窓の向こうを見上げる。ずっとうつむいていると涙がこぼれてしまいそうだった。

そのとき、何かが光った。

雷鳴が追ってくるのを待った。しかしごろごろという唸りは届かなかった。

予感がして、机に身を乗り出し、窓の外を見つめた。雨がガラスに滲んでいる。思い切って窓を開けた。湿った風が吹き込み、カーテンが揺れた。雨音がいっそう激しくのび太の耳を打った。そのとき、次の光跡が斜めに落ちてゆくのがはっきりと見えた。

稲妻ではない。流れ星のようだが人工の光だ。雷雨に紛れて誰かが空から物体を撃ち込んでいる。

のび太はそっとパジャマを着替えて、机のいちばん下の抽斗(ひきだし)から運動靴を取り出した。おざしき釣り堀で鏡面世界に行くようになってから、ママの目をかすめるためビニール袋でくるんでここに隠していたものだ。押し入れの襖を振り返ることなく、のび太はタケコプターを頭につけて窓の外へ飛び出していた。

雨粒がのび太の顔を打つ。しかしいまはのんびりと考えていられなかった。光は学校の裏山へと落ちている。リルルと出会った場所だ。

町は雨に濡れて暗い。誰も空からの光に気づいていない。その中で裏山はいっそう黒く雨に溶け込み、沈黙している。

また光だ。間違いない。まっすぐ裏山の中腹へと落ちてゆく。

その光跡を目に焼きつけて、のび太は急いだ。タケコプターの羽根が雨を散らす。リルルと出会った付近に到着し、樹木の陰にも目を凝らしながら辺りを探る。そしておざしき釣り堀を見つけた。

枝葉の陰に、まるで雨を避けるように広げられている。慎重に降下してみたが、近くにリルルが潜んでいる気配はない。なぜここに釣り堀だけが置いてあるのだろう。

空が光った。灰色の雲が一瞬、爆発するように輝きを増し、のび太のほうへ向かって目もくらむような光が迫ってくる。咄嗟に脇へ身を伏せると同時に、光は釣り堀の中へと撃ち落とされた。釣り堀の水面が鮮やかな青色に発光し、そして光を呑み込んで静まった。

のび太は眼鏡を上げて目を擦った。光が目の裏を焼いて、まだちかちかする。いっさいの光は失われ、森はさらに暗く、雨は枝葉に降り続けて、濃い匂いを放っている。のび太は釣り堀を見つめた。

「何かが鏡面世界に送り込まれているんだ！」

釣り堀の中へと飛び込んだ。鏡の世界へ入ることが久しぶりに思えた。タケコプターであべこべの裏山に出た瞬間、のび太はこちらの世界では雨が降っていないことに気づいた。空には同じように重々しい雲が広がり、月も星も見えないが、こちらの世界ではまだ雨粒が地表に落ちていないのだ。

低く飛びながら、周囲に注意を向ける。かすかな光が木陰の向こうで揺れており、そっと近づいてみると機械のブロックが草むらに転がっていた。流星の正体に違いない。熱が籠もっているのか、まだ青白い光を発している。

人工の音が聞こえてきて、のび太は身を潜めた。樹木の陰から見ていると、昆虫のようなかたちのロボットが飛んできて、長い四肢でクレーンゲーム機のようにブロックをつかみ、運び去っていった。すべてはプログラムされた動きに思えた。

どこへ持ってゆくのだろう。

後を追おうとして、のび太は息を詰めた。背後で草の揺れる音がしたのだ。

「……誰？」

小さな声で尋ねたが、喉が嗄れて言葉にならなかったかもしれない。がさ、がさ、と音はのび太の後ろから近づいてくる。のび太は喉を振り絞った。

「……そこに誰かいるの？」

「シッ、静かに」

草むらから顔を出したのはドラえもんだった。険しい顔つきで駆け寄ってきて、のび太の口を塞ぐ。

「騒いだら見つかる。ここらにはへんなロボットがうようよしてる」

のび太はこくこくと頷く。ドラえもんは手を離し、きつい口調でいった。

「きみの様子がおかしかったから後をつけてきたんだ。さあ、こうなったら何もかも打ち明けてもらおう」

「……わかったよ」

釣り堀の置かれた方角で、また青い光が広がった。のび太たちは草むらの陰に隠れた。ドラえもんのいう通り、昆虫型のロボットがいくつも空を飛んでいる。そのうちの一匹が、新たに届いたブロックを抱えて飛んでいった。

のび太はすべてを話した。

「ナゾの少女、リルル？」

「ひょっとして、未来人か宇宙人じゃないかと思うんだ。どうも何かを企んでいるらしい」

ドラえもんは空飛ぶロボットたちを見上げる。一定の間隔で釣り堀の方角から光が広がり、それが収まったところで昆虫型ロボットが落下物を山の裏側へと運び去ってゆくのだ。送り込まれてくるブロックのかたちはひとつではなく、さまざまな部品があるようだ。

ドラえもんはいった。

「よし、ロボットの行くほうに行ってみよう。何かがあるはずだ」

そっとタケコプターで飛び上がる。運搬ロボットだけでなく見張りのロボットも飛んでいるので油断はできない。枝葉の下を、陰に紛れるように低空飛行で追跡する。

やがて森の向こうから人工の光が見えてきて、のび太たちは地面へと降り立ち、慎重に近づいていった。個々の部品の光ではなく、もっと巨大な、町のような明かりだ。サーチライトがときおり空をかすめて、雲の底を探っている。のび太は息を詰めた。靴で踏みつけて鳴る草の音でさえ、ロボットに聞かれるのではないかと気が気ではなかった。

　林が途切れて、のび太たちは崖のほうへと近づいていった。そして岩の陰から見下ろし、あっと叫んだ。

　町の一部が取り壊されて、まるでSF映画のような世界が建設されている。いくつものドームが並び、可動式の舗道が整備され、大きなプラント施設まで組み上がりつつあった。それらの間を無数のロボットがせわしく行き来している。

　身を低くしながら、のび太たちはロボットたちの動きを見つめた。町全体が巨大なロボット工場になっている。ベルトコンベアーはいくつもの部品を運び、大小さまざまな機械がそれらを組み合わせ、加工して、オートメーションで次々とロボットを生み出している。そうしてつくられたロボットはたちまちのうちにエネルギーを得て、新たな作業へと参加してゆく。

　完成した機械は積み重ねられ、それらはビルのかたちをつくってゆく。ザンダクロスと同じ方式だ。小さなブロックをプラモデルのように組むことで、小さな労力で巨大な人工物をつくり上げているのだ。空を飛び交う運搬ロボットの動きはきびきびとして、決して互いにぶつかることはない。作業ロボットの種類も多種多様で、それぞれがおのれの役割に応じた最適のかたちをしている。だが作業ロボットだけではない。

町のあちこちをプテラノドンのような鋭いくちばしと爪を持った二足歩行ロボットが巡回している。明らかに敵の侵入を警戒しているのだ。

町はどこまでも機能的で、無駄がなかった。これは人間の住む場所ではない。のび太にもそのことがわかった。これはロボットの兵営だ。ロボットたちの軍事基地だ。

「ザンダクロス！」

ビルの向こうからザンダクロスが姿を現して、のび太は思わず叫んだ。しっ、とドラえもんが注意する。こまごまと働き続けるロボットたちとは比較にならないほどザンダクロスは巨大だった。しかしその大きさは、かえってロボットの町の中で異質に見えた。ザンダクロスの足下では、同じく赤や青色に塗装されたブルドーザーのようなロボットが動き、大量の土とコンクリート壁を運び出していた。ザンダクロスもそうした作業ロボットの一員なのだ。リルルのいった通り、アニメに出てくるロボットのようなザンダクロスも、本当はあの巨大な手で岩盤を削り取り、重々しい建造物を運んで据えつける、ヒトのかたちをした土木機械だったのだ。

ザンダクロスの肩に小さな影があった。

「リルルだ！」

「あれが？」

ドラえもんが目を凝らす。ミニスカートをはいているリルルの姿はさらに異質だった。ザンダクロスの上でしきりに両手を振り、周囲のロボットに何かを命じている。だが遠すぎて声は聞こえない。

「何をいってるんだろう」

「よし、いいものがある」

ドラえもんはポケットからふたつの小さな筒を取り出した。

「〈糸なし糸電話〉。この片方を——飛べ！」

筒の一方がすばやく空を切って飛び、ザンダクロスの後方へと回った。もう片方の筒をドラえもんは地面に置く。少しずつ筒の中から声が聞こえてきた。リルルだ。

「——急いで。一日も早く工事を進めること」

リルルはまるで軍人のような口調で命じていた。感情のいっさい籠もらない、少女の姿とはかけ離れた話しぶりだった。

「メカトピア兵団は出動準備を整えて、あとはこの基地の完成を待つばかり！　本営、兵員宿舎、整備工場、倉庫……、地球での戦いに欠かすことのできない設備を。そして——」

リルルは声を上げた。

「――地球人捕獲作戦を成功させるために！」

「ええーっ！」

のび太たちは顔を見合わせた。「地球人をとらえるって！」

「まずい！」

ドラえもんが慌ててのび太の口を塞ぐ。「こっちの声も向こうに聞こえるんだぞ！」

はっとして、のび太は口を噤んだが遅かった。岩陰に身を潜め、ザンダクロスのほうを窺うと、リルルが糸なし糸電話の筒を発見している様子が見えた。

「のび太くん、来たのね」

リルルは先ほどまでの口調とは変わり、柔らかな、どこか喜びさえ含んだ少女の声になっていた。

「あなたを連れに行こうと思っていたところなの。私たちに協力してちょうだい。大兵団の到着に備えて、鏡面世界の出入り口を拡げてほしいのよ。地球人の中であなただけ特別扱いをしてあげる」

ドラえもんが目で合図する。のび太は頷き、糸電話の筒を置いてその場をすばやく離れた。筒からはまだリルルの声が聞こえていた。

「出ていらっしゃい、のび太くん。逃げられやしないんだから」

周囲の草むらがざわめき出した。リルルが合図を送ったらしい。くちばしと爪を持ったロボットが次々と現れてのび太たちに迫ってきた。

「おざしき釣り堀はあっちだ！」

ドラえもんが叫ぶ。のび太は懸命に林の中へと走った。基地の放つ明かりに目が慣れてしまったのか、真っ暗な洞穴へ逃げ込むようだ。ロボットは大きな足音を立てて、小枝など蹴散らして追ってくる。のび太より何倍も大きな体躯だ。あのくちばしで引き裂かれたらひとたまりもない。

「あっ！」

つまずいてのび太は頭から地面に倒れた。樹木の根っこが出っ張っていたのだ。ジャイアンとスネ夫から逃げるときに足を引っかけたのと同じ場所だと気づいた。またてのひらが擦り剝ける。姿勢を立て直す余裕はない。哨戒ロボットがツルハシのように鋭いくちばしを打ち下ろしてくる。

「どっかん！」

大きな音がして、ロボットたちが吹き飛ばされた。ドラえもんが腕に〈空気砲〉を塡めている。

「のび太、早く！」

ドラえもんの手を取り、のび太は立ち上がった。ポケットからタケコプターを取り出してすばやく頭につけた。

リルルの指令が、遠く離れた糸電話の筒から夜空に響いた。

「ジュド、行くわよ！」

ジェット噴射の轟音が世界を揺るがした。空の底が赤く染まり、そしてザンダクロスの巨大な姿が見えた。

タケコプターの速度を最大に上げて、のび太たちはおざしき釣り堀のもとへと急いだ。高く上がりすぎてはいけない。枝や幹の隙間を縫うように飛ぶ。ちょっとでも気を抜くと幹にぶつかってしまいそうだ。ザンダクロスは巨体にものをいわせて、林の枝を両手でなぎ倒しながら迫ってきた。その激しい物音がぐんぐんとのび太たちの背後に近づいてくる。

「だめだ、ドラえもん、捕まっちゃうよ！」

「あと少しだ、がんばれ、のび太！」

「逃げられないわよ！」

歓喜の歌を歌うようなリルルの声が聞こえる。閃光がのび太たちを襲った。周囲の枝が次々と光線で焼かれてゆく。リルルが指先から光線を放っているのだ。リルルも武器を指先に持っていたのだ。火の手が上がる林の中を、のび太は悲鳴を上げて飛び続けた。握りしめた手の中で血が滲んでいる。ずきずきと皮膚が痛む。だがその痛みさえ数秒後には無意味になるかもしれない。リルルはやはり地球の人間ではなかった。自分たちを捕まえて鏡面世界の通路を拡げるためには手段を選ばない、冷血な異人だ。地球人のいのちなどなんとも思っていないのだ！

光線がのび太たちのタケコプターに命中した。ぱっ、と激しい音を上げてタケコプターが破裂し、羽根が砕けて四方へと飛び散っていった。のび太は懸命に両腕を掻いたが空気はつかめない。身体が落下してゆく。ドラえもんと共にのび太はわめいた。ぐるぐると空中を転がりながら、落ちてゆくその先に、おざしき釣り堀の水面が一瞬見えた。

奇跡的にのび太たちは水面へと落ち、鏡の境界を越えて、もとの世界へと飛び出した。いくつもの雨粒が顔を刺した。たちまちのうちに眼鏡が曇り、のび太は雷雲に向かって上昇し、そして地球の重力につかみ取られ、放物線を描いて引き戻された。ドラえもんとほぼ同時に、のび太は雨を吸った地面に叩きつけられた。

だが終わりではなかった。釣り堀の水面が青く光り、飛沫(しぶき)を上げてザンダクロスの手が突き出されてきた。のび太は絶叫した。盾を備えたザンダクロスの太い二の腕が、釣り堀の面積いっぱいまでせり上がってくる。まるでそれは海底から上昇して襲いかかってくる巨大怪獣だった。ザンダクロスの五本の指先は、怪獣の五つの鎌首だった。

「ジュド、出入り口を拡げて！」

リルルの指令が鏡面世界の向こうから聞こえてくる。ザンダクロスはそれを受けて、ぐいぐいと腕をこちらの世界に突き出してくる。のび太はドラえもんにすがりついた。ザンダクロスの手が周りの枝をつかんではちぎり、荒々しくそれらを放った。五本の指がのび太たちのほうへと迫ってきた。

ばちっ、と鋭い火花が空中で弾けた。ばちばちと夜の森が激しく光を放ち、それらの火花は互いに繋がって、たちまち波のように広がっていった。雨の粒たちが光の波に触れて、あちこちで蒸発し始める。鼓膜を焦がすような甲高い金属音がせり上がってくる。

「無茶だ、破れるぞ！」

ドラえもんが叫んだ。

「少しでも遠くへ逃げるんだ。爆発する！」

無我夢中で走った。泥のような地面に足を取られる。

火花が世界に溢（あふ）れ、洪水となってゆく。のび太は目をきつく瞑った。走りながら叫んでいた。激しい破裂音が膨れ上がり、そして爆音が轟き、のび太は後ろからまともに衝撃を受けた。

吹き飛ばされ、地面に叩きつけられる。のび太は歯を食いしばった。目が開かない。自分の身体に、辺り一面に、ばらばらと土砂が降ってくる。辺りが見えなくても、すさまじい煙が立ち上っているのがわかった。ドラえもん。のび太は心の中で叫んだ。

ドラえもん!

ド、ド、ドラえもん!

——やっと起き上がったのは、土砂が完全に落ち着き、煙が消え去ってからだった。雨は降り続けていた。のび太は濡れたまま、地面に這いつくばっていた。てのひらがまだずきずきと痛んで、のび太は雨に濡れて滲んだ眼鏡越しに、てのひらをぼんやりと見つめ、まだ生きているのだなと思った。その右手で拳をつくり、力を込めて、手足がばらばらになっていないことを感じた。節々で痛みが走り、自分の身体を思い出した。

のろのろと起き上がった。雨の音が不意に胸に迫って、のび太は孤独に怯えた。眼鏡を拭こうとして、自分の服が泥だらけになっていることに気づいた。それでも上着の裾でレンズを拭き、掛け直して世界を見た。後方の地面は大きくえぐり取られ、陥没していた。

ザンダクロスの姿はどこにもなかった。

「ドラえもん」

のび太は声を上げた。雨に負けそうだったので、再び喉を振り絞った。

「ドラえもーん！」

「ここだよ……」

馴染みの声が聞こえ、のび太は涙が溢れそうになった。少し離れた場所でドラえもんの赤いしっぽが地面から飛び出しているのが見えた。急いで駆け寄り、周りの泥を手で掻いてやると、ドラえもんがようやく埋もれた頭を上げた。

のび太はドラえもんと抱き合った。ふたりとも雨と泥で真っ黒に汚れていたが、こうして無事を確かめ合えるだけで充分だった。

「いまのはなんだったの？」

「次元震だよ」ドラえもんは爆発の痕を見ていった。「次元の違いを無理にこじ開けようとしたので、空間の接点が歪(ゆが)んでねじ切れたんだ」

「……向こうの世界の出入り口も塞がったかな」

「うん、間違いないね」

「じゃあ、あのおっかないロボットたちは、もう出てこられないんだね？」

「そういうことだ」

ドラえもんがぱっと顔を輝かせる。

「ということは……」

手を取り合っていっしょに叫んだ。

「地球は救われたんだ！」

ふたりで喜び合い、何度も互いの肩を叩いた。雨はまだやまなかった。だが相手の顔が少しずつはっきりと見えてきて、周囲に光が戻りつつあることに気づいた。

ふたりは空を見上げ、そして静かに林を進んだ。

視界が開けて、町が眼下に広がった。ロボットの侵略していない、いつもと変わらない町並みがどこまでも続いており、遠くの空がうっすらと染まっているのがわかった。雨雲が立ちこめていても、新しい太陽の光は雲の底をかすかに照らしつつあった。

「夜が明けるぞ」

「寝る時間がなかったね」

ふたりで並んで町を見下ろしながらいった。

ドラえもんがポケットに手を入れた。

「何を出すの？」

「うふふ、ただの傘」

二本の黒い雨傘が出てきて、のび太は笑った。

ボタンを押して、傘を開いた。てのひらの血はまだ滲んでいた。のび太はポケットからハンカチを取り出して手に巻き、傘の柄を持った。

タケコプターはなかった。ふたりで裏山を歩いて下り、誰もいない車道を渡り、家路についた。

「ひと晩中、悪い夢でも見ていたような気がするよ」

途中、のび太はひと言だけ、そう呟いた。急に眠気が襲ってきてあくびが出た。見るとドラえもんも大きく口を開けて、のどちんこを見せてあくびをしていた。

雨が降っていても、世界はこんなに明るいのだと、のび太は思った。

一歩進むその向こうに雨が落ちて、濡れたアスファルトに小さな丸い波紋を描く。そこにまた新しい雨粒が落ちて波紋を書き換える。そうしたさまが家に近づくごとにはっきりと目に見えてくる。朝が近づいていた。その一瞬一瞬を、のび太は鮮やかに感じていた。

町は大地の底から息を吹き返しつつあった。

†

野比家の物置の中で、ジュドの頭脳は目覚めた。

一定の期間、作業が進行しない場合に起動する、フェイルセーフ機能だった。頭脳は別世界へ最初に送り込まれる、いわば先兵であり、このような何重にも仕組まれた安全装置はその役割にとって不可欠なものだった。

何度も叩かれたことで電子回路の一部が破損していた。頭脳は自己修復プログラムを発動させ、コマンドをひとつずつ試していった。

第4章

　のび太は片手に傘を持って歩きながら、大きなあくびをする。目はしょぼしょぼとして、ほとんど前も見ないで足だけ出して歩いている。そんなのび太を、いっしょに登校している静香はなかば呆れて見つめる。

「のび太さん、久しぶりに遅刻しないと思ったら、まだ寝てる」

のび太がみんなといっしょに登校するのはむしろ珍しいのだ。

　ジャイアンとスネ夫は熱心に話し込んでいる。

「ゆうべの地震、すごかったな」

「地震じゃないらしいよ。朝のニュースだと、裏山に隕石(いんせき)が落ちたんだってさ。それですっごく大きな穴が開いたって」

「すげえな。放課後、見に行こうぜ」

「しばらく立ち入り禁止だって。のび太、起きてるか？」

のび太は寝言で返事をする。

その手、どうしたの、と静香が訊いてきた。傘を持つ右のてのひらに、大きな絆創膏を貼って家を出たのだ。

「これ……、ああ、転んじゃって……」

「のび太らしいや」

「いつもドジなやつ！」

スネ夫とジャイアンが笑う。

朝のホームルームが終わるころには、のび太は熟睡モードに入っていた。ふだんから「3、2、1、グウ……」と自らカウントダウンして眠れるほど、睡眠はのび太の特技だが、今回は特技を発揮する努力さえ不要だった。

「野比、授業中に居眠りするとはけしからん！」

先生が机を強く叩いたので、ようやく薄目を開ける。しかしまだ脳みそは夢の中だった。

「はあ、ゆうべ地球の危機を救ってましたから……」

「なんだあ？」

周りのクラスメイトが爆笑するが、のび太は寝ぼけて意味がよくわからない。

「立っとれ！」

と先生が怒鳴るので、のび太は瞼(まぶた)を閉じたままふらふらと廊下に出た。そして扉を閉めて脇に立ち、「グウ……」と呟(つぶや)きながら、さらに寝た。


ドラえもんも二階の部屋で大の字になっていた。

「のび太もいまごろ学校で……フンガー……」

子守りロボットなのでのび太のことを気にかけるが、それでも二二世紀の高級なロボットは、人間なみに睡眠を取らないと頭が冴えないのだ。自分が眠いときはのび太の居眠りにも寛容になる。

ママが昼ごはんを呼びに来たような気もしたが、眠りに掻(か)き消されて聞こえなかった。外は小雨だが、次第に明るさを取り戻してきたようだ。のび太が帰るころには晴れ間も戻るだろう。それまでひたすら寝てもばちは当たらない。

しかし、甲高い電子音で安眠は吹き飛ばされた。

「うわっ、なんだ、なんだ？」

びっくりして飛び上がる。急いで階段を下りて音のする裏庭に回る。ドラえもんはあっと叫んだ。

記憶から薄れていたあの青いボールが、内部から光を放っている。そのボールをママが竹箒で何度も叩きつけているのだ。

「ご近所迷惑だっていってるでしょ！」

「そうか、あれがザンダクロスの脳なんだ！」

ドラえもんは悟った。頭脳だけが送り込まれていないのはおかしいと思ったが、各部品を呼び寄せるこのボールが、ザンダクロスの頭頂部に収まる最後のパーツだったのだ。

「ママ、待って！」

ドラえもんが駆け寄る。ママは勢い余ってドラえもんの頭を竹箒で叩いた。さすがの攻撃に、ドラえもんはくらっと目眩がした。

「ドラちゃんでしょ、こんなボールを出したの！　早く片づけて！」

「はいはい、はいはい」

急いでボールを抱えてママから逃げる。といってもボールを捨てる場所はない。そのまま二階へ持ってゆく。

ボールの電子音は収まらない。それどころか、内部で重心位置を巧みに制御する仕組みがあるらしく、ドラえもんの手の中で暴れて逃げ出そうとする。次第に電子音も強弱をつけて、特徴のある信号を発し始めていた。

「何かしゃべってるような気がする……」

ドラえもんはのび太の部屋に戻り、慎重にボールを検分した。三つの穴から内部を覗(のぞ)き込もうとすると、別の電子音が続けざまに聞こえてきた。この穴はザンダクロスの頭部との連結ソケットであると同時に、外界を捉えるセンシング装置なのかもしれない。

ボールを畳の上に置き、ポケットから未来の道具を取り出した。

「〈ほんやくコンニャク〉。でも、うまくいくかな?」

二二世紀の道具の中でも奇天烈(きてれつ)さでいえば相当なレベルの食品化合物だ。姿かたちはまるっきりコンニャクだが、相手に食べさせると発声した言語を自動的にこちらの言語に置き換えて耳に届けてくれる。〝翻訳〟と〝コンニャク〟を掛け合わせるというひどいだじゃれをまじめに発明してしまったのは、きっと日本人だろう。だが異国の人であろうが、宇宙人であろうが、コンニャクを食べられる相手ならどんな言語でも対応する。

ただし、このボールは機械だ。

ものは試しと、コンニャクをボールの上に載せてみる。すると予想外のことが起こった。

ボールがコンニャクをかぶったまま、人間の声を発したのだ。

「なあに、ドラちゃん!」

ドラえもんはボールを見つめた。

その声はママにそっくりだった。

「よくもひどい目にあわせたわね。私の身体を返してちょうだい」

はっとして、慌てて頭を振った。ボールが発したのはまぎれもなくママの声だ。しかし話している内容はママのものではない。

ボールが不意に声色を変えた。

「ドラえもん、きみ、ドラえもんだろう。ぼくの身体をどこかに持ち去ったよね」

寒気が背筋を駆け上る。それはのび太の声だった。

「リルルがやってきたはずだよ。ぼくがなんとか場所を伝えたからね。ぼくたちの目的を、きみはもう知っているんだよね? これから地球がどうなるかもわかってるんだ、ねえ、ドラえもん？」

　ただのボールがのび太そっくりの声で脅迫している。表情も何も持たない、ただのボールが。しかもその口調はのび太以上にのび太のクセを捉えている。

「そうか、この声じゃ迫力が出ないか。せっかく親しみやすく話してやろうと思ったのに——それなら」

　のび太の声が急速に変化した。

「やい、こら。おれの身体を返せよ」

　野太い男の声になった。もはやのび太の面影はどこにもない。

　ママが見ていたテレビドラマから学習したのか、まるで殺し屋が凄むような、低く暴力的な声だ。

　人のいのちを奪うことなどなんとも思わない、壊れた男の声だ。

「か、勝手なことを、いうな」

　ドラえもんはやっと声を出した。

「ロボットに、地球征服なんか、させない！」

「おまえもロボットだろう、なあ、ドラえもんよ」

　ボールは身体を小刻みに揺すりながら低く笑った。

「教えてやろうか。おまえたち〝地球〟の人間どもがどうあがいても、いまさら手遅れさ」

青いボールは内部から光り始めた。

「おれには自己修復機能ってものがある。おまえたちのママに閉じ込められている間に、いろいろ作業させてもらったよ。おれの祖国とも連絡がついた」

「祖国……?」

「おまえたちの言葉でいうなら、機械の楽園——メカトピアというのさ」

ドラえもんは息を呑んだ。

「やっぱり、きみたちの祖国は、どこかの惑星なのか」

「さてね」

「きみたちは未来のロボットなんかじゃなくて、別の星からやってきたというんだな！　地球の人間を捕まえるために！」

「ただ捕まえるだけじゃない。奴隷（どれい）にするのさ」

「リルルはもういないぞ！」

「もはや関係ないな。さっき連絡が届いたのさ。鉄人兵団は基地の完成を待ちかね、すでに地球へ向けて発進したと！」

ボールが笑い声を上げた。ぞっとして、ドラえもんは相手を見つめた。ボールの声がさらに変化してゆく。低く粗野な男の声は、ドラえもんがもっともよく知る声へと溶けてゆく。

「ワープを繰り返しながら殺到しつつあると！　どうだ、驚いたか！」

それはドラえもん自身の声になった。

ボールがドラえもんの声で高笑いを始めた。

笑い声は果てしなく続いた。ボールは息継ぎを必要としない。嗄(か)れることなく、疲れることなく、息を止めることもなしに、さらに、さらに、人間の限界を超えて、どこまでも音量を上げて続いた。聞く者の心を粉々に破壊する笑いだった。

ドラえもんは部屋から飛び出し、階段を駆け下りた。

廊下を走り、玄関の扉を出て、わめきながら外へと走り出した。

そして出会い頭にぶつかった。

「……なんだよ、ドラえもん、何をばか笑いしてたんだ」

ランドセルを背負ったのび太が尻餅をついていた。手にしていた雨傘がぶつかった勢いで飛んでいった。まだ笑い声が聞こえてくることに気づいたのび太は、あれ、と二階を見上げて首を傾(かし)げた。

「じゃあ、あの声は誰が？」

「なんだって、鉄人兵団が地球へ！」

のび太はその場でぐるぐると走り回った。どこへ走ればいいかわからない。

「逃げなきゃ、早く！」

「どこへ？」

「地球が征服されるんだろ！」

「ママに話そう！」

ふたりで家に駆け込む。靴を脱ぐのももどかしく、のび太たちは居間へとなだれ込んだ。

ママはテレビを見ていた。夕方の情報バラエティ番組だ。のび太とドラえもんはその前に立ち、座卓を必死で叩きながら訴えた。

「ママ、ロボットの団体が攻めてくるんだ！」

「地球征服！　早くなんらかの対策を！」

ママは顔をしかめた。「ちょっと、見てるのよ。邪魔しないで」

「そんな場合じゃないんだよ！」

「マジだぜ！」

ふう、とママはため息をついた。

「前から気にはしてたのよね……」

「なにが」

「テレビやマンガを見すぎるのよね。しまいにはお話と現実がごっちゃになって……」

「そんなんじゃないんだ！」

のび太は絶望的な気持ちに襲われながらわめいた。

ママの腕を引っ張って叫ぶ。ドラえもんもママのもう一方の腕を引いて訴えた。だが話せば話すほどママの顔は曇ってゆく。

「いいかげんになさい！」

ママの一喝が心に刺さった。のび太はよろよろと廊下へ出て膝を落とした。ママが怒るのも無理もない、自分でもまだ信じ切れず、どう説明したらいいかわからないのだ。

「あきらめるな、のび太くん！」

ドラえもんがのび太の手を引っ張って三和土まで連れてゆく。電話の受話器を取って110番する。そうだ、まだ話を聞いてくれる大人がいるはずだ。のび太はドラえもんから受話器をもぎ取って耳に当てた。

「ほんとです！　いたずら電話じゃありません！」

受話器の向こうの大人は相手にしてくれない。のび太はいままで生きてきたどんなときよりも丁寧に、心を込めて、礼儀正しく訴えたはずだ。それでも向こうから電話を切られたことに、のび太はショックを受けた。パパやママや学校の先生ではない、見ず知らずの大人に嘲笑され、おかしな子どもと思われたのだ。

「自衛隊にかけてみろ！　内閣総理大臣、国連事務総長……子ども電話相談室！」

のび太は104で片っ端から電話番号を訊いた。オペレーターの中には、端からばかにしてくる人もいた。それでものび太はひたすら電話し、なりふり構わず訴えた。もはや相手の大人が何をどういって断ってくるか耳に入らなかった。誰も真剣に耳を傾けてはくれない。当然のことだ。のび太自身でさえ信じられないのだ！　最後にどこへ回線が繋がったのかさえ、のび太はわからなくなっていた。命綱の切れるような音で回線が絶えたとき、のび太はシャツの襟元をむんずと捕まれて引っ張られた。

「なんですか、さっきから電話でいたずらばかり！」

「違うんだ、違うんだってば！」

のび太は手足をじたばたさせて叫んだ。

「ママのばか！」

「まあっ、親に向かってなんてことを！」

襟首がママの手から離れ、のび太はその場に尻餅をついた。それが痛くて、のび太は悔し涙を流した。ドラえもんの丸い手を取って、二階へと駆け上がった。

「やあ、のび太くん」

部屋の扉を開けると、青いボールが三つの穴を向けて待ち構えていた。

「奴隷になる覚悟はできたかい」

ドラえもんの声だった。

「このにせもの！」

背負っていたランドセルをボールに叩きつける。ボールの上からほんやくコンニャクが弾き飛ばされ、ボールは再び甲高い電子音に戻って部屋の中をうろつき始めた。

「こいつ！」

のび太は飛びかかり、ボールをつかんだ。そして壁へ投げつけようとして、堪(こら)えていた涙の残りがどっと溢(あふ)れ、その場に座り込んだ。たとえこの狭い部屋の中で、のび太の腕力で投げたとしても、ボールを壊すことはできないとわかっていた。

拳で殴った。すぐに手が痛くなり、赤く腫れてきた。ボールはまだ電子音を立てている。自分はこの音さえ黙らせることができないのだ。のび太の手からボールが離れた。のび太は嗚咽を漏らした。

今度はドラえもんがボールと格闘し始める。やがてボールの電子音が小さくなった。後ろを振り返ると、ドラえもんが汗を流しながらボールを召し捕り、ずだ袋に入れて縄でぐるぐる巻きにしていた。

「放っておくとどこへ逃げるかわからない。吊しておこう」

はあはあと息をつきながらドラえもんはずだ袋を天井から吊した。袋はしばらく暴れていたが、次第に収まっていった。

「うるさい音は収まったが……、こいつがいまも祖国の惑星に向けて連絡を取っていることは間違いない」

ドラえもんも座り込む。のび太はぽつりといった。

「ドラえもん、だーれも信じてくれなかったよ……」

「きみが悪いんじゃない」

「昨日、寝ないでがんばったのに」

「こうしてる間にも、鉄人兵団は地球を目指して……」

「ぼくは抜けてるんだ。こいつのことを忘れていたから、こんなことに」

「のび太くん、きみのせいじゃないんだ！」

ドラえもんがぴしゃりといった。その強い口調に、のび太は頬を叩かれたような気がした。

ドラえもんがいう。

「あとは誰に相談できる？」

「ジャイアンとスネ夫」

自然と口から出てきた名前だった。

あんなのしょうがないんじゃないの。きっとドラえもんのことだから、そんな返事が返ってくるものだとばかり思っていた。

だがドラえもんは少し考えてから、頷(うなず)いて立ち上がった。そしてのび太の手を取っていった。

「よし。行こう」

「ガガガ、すね夫サマハ、オ留守ダ」

スネ夫の家のチャイムを鳴らして玄関から出てきたのはミクロスだった。がしゃん、がしゃん、と音を立てて二足で歩き、器用に扉を開けたのには驚いた。ドラえもんが組み込んだ知能のおかげだろう。ミクロスは右手を向けて拒絶のポーズを取った。

「どこへ行ったか教えてよ。大事な用があるんだ」

「ベー！」

ミクロスは長い舌を出した。ドラえもんと顔を見合わせる。

「アカンベー用の舌を取りつけたのか」

「スネ夫らしいや」

のび太はくすくすと笑ってしまった。ドラえもんもぷーっと噴き出す。地球の危機が迫っているというのに、スネ夫はこんなものを自分のロボットに装備していたのだ。スネ夫がひとりで熱心に工作している姿を思い浮かべると、地球の危機だって少しは待ってくれそうな気がしてきた。

「何ヲ笑ッテル！」

ミクロスが怒り出したので、のび太は笑いを堪えながらなだめた。

「ごめん、ごめん。じゃあナゾナゾを出すよ。答えられなかったらスネ夫の居所を教えろ」

「ヨシ、受ケテ立ツ」

のび太は出題した。

「大ざる、こざる、けんかさせたらどっちが強い?」

「ソレハモチロン大ザル……待テヨ。今度ハ引ッカカラナイゾ」

ミクロスは宣言した。

「答エハコザル!」

「残念でした」のび太は種明かしをする。「笊(ざる)はけんかなんかしないもんね」

ミクロスはずっこける。そのしぐさもどこかスネ夫らしくて、のび太はしてやったりという顔をそのまま返してやった。

「ウー、ウー……」

ミクロスはムッとしながら歩き出した。気のせいか、ミクロスの頭からは湯気が立ち上っているようだ。難しいことを考えさせすぎると、またオーバーヒートしてしまうかもしれない。

「そう悩むなよ」

と、のび太たちはいって、ミクロスに歩調を合わせながら後をついていった。ミクロスはまだ納得できないのか、少し肩を怒らせて歩く。その後ろ姿は愛嬌があった。機械のかたまりが器用に二本の足で歩いていることが、なんだかふしぎで楽しかった。

いっしょに歩いてゆくうちに、のび太の心は少しずつ落ち着いてきていた。

ミクロスは多奈川(たながわ)沿いの道を進む。堤防から見下ろすと、スネ夫とジャイアンの姿があった。スネ夫が持っているのはラジコンヨットだ。のび太はふたりの名を呼んで駆けていった。

のび太たちが訴え始めると、すぐにふたりは身を乗り出して聞き入ってくれた。ミクロスとなぞかけをしたことで、パニックの心がほんの少し薄れたのだ。そのため突拍子もない事態をうまく説明できるようになったのかもしれない。

「大変じゃないか！」

「どうしよう！」

むしろジャイアンとスネ夫のほうが慌てて、帰宅直後ののび太と同じようにその場でぐるぐると走り回る。それを見てのび太は熱い涙が滲(にじ)んだ。横を見るとドラえもんも目を潤ませていた。

「信じてくれるんだね」

「やっぱり友だちだなあ……」

「なにいってやがる、おれたちだってあのリルルとかいう子を見たんだ。信じないわけがあるか」

のび太は呟いた。

「だーれも相手にしてくれないんだもの、心細くて……」

「そりゃあ、やつらが攻めてくれれば信じるだろうけどな」

ジャイアンが苦々しげにいう。スネ夫も焦りながら「遅すぎるんだよ、それじゃ！」と声を上げた。

のび太もジャイアンもスネ夫も、誰も〝大人たちは〟という言葉をつけ加えはしなかった。しかし気持ちは同じだった。

「悪イろぼっと、ヤッツケル！　任セナサイ！」

脇で話を聞いていたらしいミクロスが、いきなり勇ましく両腕を振り回す。しかし力の差は歴然としている。ジャイアンがそれを見て、「気持ちは嬉しいけどな」といった。

のび太は叫んだ。

「もっと強い味方がほしいよ！」

みんなは互いの顔を見合わせる。味方？　味方なんて、どこにいる？

最初に口を開いたのは、スネ夫だった。

「ねえ、こんなことできないものかな……」

みんながスネ夫の顔を見つめる。

「ザンダ……なんとかの脳を改造してさ、こっちの味方につけちゃうんだ」

ドラえもんが、はっと息を呑む。

「すね夫サマ、天才！　日本一！」

ミクロスが大声で賛辞を送る。

「おまえ、うるさいんだよ」

と、のび太はうんざりしたが、ドラえもんは顔を輝かせていった。

「いや、スネ夫、そのアイデアいけるぞ！」

ドラえもんは力説する。

「兵団を地球へ誘導しているのはあの電子頭脳だ。あいつさえこちらの味方につければ、兵団にニセの情報を流して攪乱（かくらん）させることだってできるかもしれない！」

「でも、改造って、どうやって」のび太が訊く。「別の星の機械なんだろ。地球のとはまるっきり違う電子回路なんだろ」

「地球製の電子回路に置き換える。ザンダクロスが二二世紀の電子頭脳で操縦できたんだから、あの電子頭脳は少なくともぼくら地球の機械と同じ制御原理で動いてるはずだ！　未知の電子回路をこっちの知ってる電子回路に置き換えてしまえば、あいつの自由になんかならないぞ」

「すげえな、スネ夫！」

ジャイアンがスネ夫の肩を何度も叩く。スネ夫は照れていった。

「いとこの兄さんがラジコンを改造するときによくやる手なんだ。だから同じようにできるかと思って……」

ドラえもんはみんなにタケコプターを配った。ミクロスには背中に自前のローターがある。一気に空を飛んでのび太の家へ戻り、靴を持ったまま二階の窓から中に入った。青いボールは逃亡することなく、袋に封じ込められたまま天井から縄でぶら下がっていた。

「帰ってきたのね、ドラちゃん」

ボールは気配を察したのか、ママの声でしゃべり出す。ほんやくコンニャクをいっしょに巻き込んだまま縄で縛り上げておいたのだ。ジャイアンとスネ夫はその声に驚いた。

「なんだこれ」

「気味が悪いな……」

「地球人ども、おまえたちがいくら知恵を絞ろうが無駄さ」

ボールは殺し屋の声に変わった。

「声でわかるぜ、頭の悪そうなやつらじゃないか」

「余計なお世話だ、おとなしくしろ！」

ジャイアンがずだ袋に飛びかかる。ドラえもんが鋭くいった。

「みんな、まともに受け取るんじゃない。聞き流すんだ！」

「ドラえもん、早く！」

ジャイアンが袋を取り押さえる。ドラえもんは袋を開けて三つ穴の部分をあらわにし、工具を取り出して穴のひとつへねじ込んだ。

「わっ、何をする！」

ドライバーが高速で回転し、ボールの奥へと入り込んでゆく。ほんやくコンニャクが外れて、ボールはピ・ピ・ピと甲高いあの電子音を発し始めた。ドラえもんはすかさずふたつめ、三つめの穴にもドライバーを突き立て、小さな蓋を外した。

中を覗(のぞ)き込んで様子を探る。

「やはり、見たことのない回路がいっぱい詰まってる」

「そいつを見たことのある回路に直すわけだ！」

「その通り！〈天才ヘルメット〉と〈技術手袋〉！」

ドラえもんは以前スネ夫のラジコン戦車を改造したときに使った道具を取り出し、すぐさま作業にかかった。

ヘルメットをかぶり、右手に手袋を填める。手袋はてきぱきと工具を扱い、目的に適った電子回路へと内部を置き換えてゆく。かなり精密な工程だ。最初は電子音を鳴らしていたボールも、やがて静まり発光を止めた。ドラえもんは流れる汗も拭かずに必死で作業を進めてゆく。

のび太は窓の外に目を向けた。陽射しが戻って、ちぎれ雲が流れている。いつもの毎日だ。それなのに世界は破滅へと近づいている。

「うーん……、これはかなりの難物だぞ」

「どうしたの」

「こいつは抵抗しているみたいだ。よくわからないけれど、簡単に改造できない仕組みになってるのかもしれない」

「じゃあ、無理なの？」のび太は絶望的な気持ちでいった。

「いや、ごっそりと基板を入れ替えたらおとなしくなった。もうしゃべらないだろう。

通信機能を試してみる」

　ドラえもんは針金のような細い線を内部に突き刺し、手元の機械で複雑なプログラムをインプットしていった。

「よし。ザンダクロス、兵団への通信をいっさいストップしろ」

　ピッ、と短い電子音を発して、ボールは素直に応答した。

　ドラえもんはヘルメットのフェイスシールドを上げる。

「……ここまでは大丈夫のようだ」

「よかった！」

「まだ喜ぶのは早い。いままでこいつが送った情報のキャンセルができないんだ。地球の大まかな位置情報は、すでに兵団に伝わっている。相手の軌道を逸らすことはできないかもしれない」

「じゃあ、やっぱり、兵団は地球にやってくるのか」

　ジャイアンの不安げな声に、ドラえもんは答えた。

「まだチャンスはある。兵団は現地スパイを失ってしまったんだからね。メカトピアでどんな観測をしているかわからないが、あいつらにとってはいまなおこの地球が未知の世界なんだ」

「ザンダクロスを動かせるかな？」スネ夫が訊く。

「鏡面世界の裏山にあるはずだ。昨夜の次元震でバーゲン品の電子頭脳はショートしてしまったはずだから、向こうで倒れているに違いない。こいつを持っていって組み直そう」

　ジャイアンが覚悟を決めたように頷いた。

「鏡の世界に行くんだな」

「新しく出入り口をつくらなきゃならない。鏡のように真っ平らな、反射する平面を探そう」

「多奈川は？」

「流れているからだめだ。静かな水面でないと」

「静かな……」

　のび太は考えて、結論に達した。「あそこしかないな」

「どこ？」

　ドラえもんは〈どこでもドア〉を出した。のび太が先頭になってドアを潜る。

　静香の家のお風呂場だった。ドラえもんたちはがっくりと肩を落とす。

　浴槽には沸かしたばかりのお湯がなみなみと張られていた。湯気がいかにも温かそうだ。浴室は磨き上げられ、石けんやシャンプーもきちんと棚に並んでいる。いつも静香が使っているであろうハンドシャワーの先端部が、小首を傾げてのび太たちを見下ろしていた。

「しずちゃんに断らなくていいかな」

スネ夫がおずおずと尋ねる。のび太はいった。

「こんな恐ろしい事件に女の子を巻き込みたくない」

「よくいうよ、真っ先にここを思いついたくせに」

ぐずぐずしている暇はない。ドラえもんは〈逆世界入り込みオイル〉を浴槽に一滴垂らした。

「うわっ、鏡になった」

初めて鏡面世界の入り口を見たジャイアンは驚きの声を上げる。

「ぼくらだけで行こう。出発！」

ドラえもんから鏡の中へ足を踏み入れる。続いてのび太、そしてジャイアンがつま先から浴槽へ入っていった。

「おい、ミクロス、どうした」

腰まで浸かったジャイアンが、スネ夫の背後を見ていう。ミクロスが浴室の隅で震えていた。

「ガガ、向コウニハ、コワイろぼっとガ、タクサンイルンデショ」

「だからって逃げるわけにいかねえ。来い、ミクロス！」

　ジャイアンはざぶんと鏡面世界に潜り込む。スネ夫はおずおずと指先を水面に入れて様子を探り、ミクロスを見た。そのこわがりようが自分そっくりだとスネ夫は思った。

「ミクロス、ご主人様のいうことが聞けないのか？」

　スネ夫もミクロスの腕を取って飛び込む。

　全員が無事に鏡面世界へ入り込んだことを確認し、ドラえもんはいった。

「外へ出るぞ」

　次元震でおざしき釣り堀の出入り口は破壊されたとはいえ、リルルが裏山の向こうに建造した基地がまだ残っているはずだ。基地にいたたくさんの作業ロボットは、いまも無傷のまま鏡面世界をうろつき回っていることになる。どこに潜んでいるかわからない。息を殺しながら静香の家の廊下を進む。

　左右が逆になると、家の中も大きく変わって感じられる。壁掛けカレンダーも鏡文字だ。慣れないジャイアンとスネ夫はひとつひとつの変化に目を瞠って（みは）いる。

玄関から外の通りに出ると、誰もいないあべこべの世界であることが、いっそうはっきりとわかった。

「ひえー、これが鏡面世界……」

スネ夫とジャイアンは目を丸くして周囲を見渡す。どこまでも町が続いていることがにわかには信じられないようだ。

「ほんとに左右が逆なだけで、そっくりそのままの世界だ……」

「じゃ、じゃあ」スネ夫がドラえもんに慌てて尋ねる。「ぼくらの家もそっくりそのまま？」

「そう」

「空き地とか学校とか商店街なんかも？」ジャイアンも尋ねる。

「何もかもね」のび太は答える。

「こんな世界をずっとひとりじめしていたのか！」

ジャイアンはのび太を小突こうとしたが、ドラえもんに止められた。

「そんなことより早く裏山へ」

「おう、そうだ」ジャイアンは左右をきょろきょろと見回していった。「いつもはあっちが裏山だから……、こっちへ行くわけだな」

「そう、東西も逆になるんだ」

急ぎ足で道を進む。あまり大きな音を出してはいけない。誰もが無言だった。

先頭を駆けていたドラえもんが、路地の手前でびくりと立ち止まり、壁際に身を潜める。

「なんだ、どうした?」

「しっ!　あの音……」

のび太たちは電柱の陰からそっと首を伸ばし、路地の向こうを探った。

がしゃん、がしゃん、という重い金属の音が近づいてくる。閑散とした道に、昨夜のび太たちを襲ったプテラノドンのくちばしのロボットが一体、ゆっくりと歩いているのが見えた。

「あれが敵のロボットか」ジャイアンが憎々しげに呟いた。

「哨戒(しょうかい)ロボットだ。見回りをしているんだよ」

かちゃ、かちゃ、とのび太たちの近くで小刻みに金属が音を立て始めた。スネ夫が「しっ!」と声を上げる。

ミクロスが両腕で身体を掻き抱きながらぶるぶると震えている。

「コワイ、コワイ」

「ばかっ、音を立てちゃだめっ」

スネ夫が懸命になだめるが、ミクロスの震えは止まらない。敵の様子を窺っていたドラえもんが身を強ばらせた。

「まずい、気づかれたか？」

スネ夫がミクロスの口を塞ぐ。のび太たちは息を殺した。哨戒ロボットの足音が止まった。こちらを見ているのか？

再び足音が聞こえてくる。少しずつこちらに近づいてくる。のび太たちの間に緊張がはしった。このままでは見つかってしまう。

ミクロスが大声でわめき、スネ夫の手を振り払って、いきなり走り出した。

「ワアーッ！」

「あっ、ばかっ！」

ミクロスは路地を飛び出し、両腕を振り回して駆けてゆく。哨戒ロボットがその行方を鋭い眼で見つめる。スネ夫は目を瞑り、頭を抱えてその場にしゃがみ込んだ。これでロボットたちにこちらの居場所を知られてしまった！

「……いや、待て、様子がへんだ」

ドラえもんが囁く。陰からそっと見ると、哨戒ロボットはミクロスの走っていった方角をじっと見つめ、そして興味を失ったかのようにきびすを返したのだ。どこかに連絡を取る気配もない。がしゃん、がしゃん、と足音を立てて、最初の巡回ルートへと戻ってゆく。

「……行っちゃったよ」

「どうしたんだろ」

首を傾げてから、ドラえもんが納得したように頷いていった。

「そうか、同じロボットだから、仲間だと思ったのかもね」

「なるほど」

「気をつけて急ごう」

ドラえもんが先頭になって走る。スネ夫はミクロスの行方を気にしていたが、ひとりだけ残るわけにもいかず、みんなに続いた。


「静香、お風呂が沸いたら入りなさい」

「はあい、ママ」

ママの声に促されて、静香は気持ちよく鼻歌を歌いながら浴室へ向かう。

静香はクラスメイトにもよく知られるほどお風呂が大好きだった。できることなら一日中入っていたいくらいだが、さすがにママに咎められるので朝夕晩の三回きりだ。以前、ドラえもんの未来の道具を借りて、憧れの牛乳風呂を堪能したこともあった。夢は豪華な宮殿で薔薇の香りに包まれながらゆったりと浴場で心身をほぐすことだが、自宅の浴室でも満足なのだった。

浴槽から湯気が立ち上っている。静香はいつものように指先で湯加減を確かめ、にこにこしてシャツを脱ぎ始める。

そこで気がついた。

静香は浴槽へ向き直り、その水面を覗き込んだ。自分の顔が映っている。いつものお湯よりずっとくっきりと、まるで鏡のように。

「鏡面世界！」

静香は向こう側へと入り、上下逆さまの浴槽をまたいで向こう側へ出た。服も身体も濡れてはいない。オイルの作用だ。

「のび太さんね」

周りはしんとして、なんの物音もしない。静香は浴室の扉を左右あべこべに開け、こちらの世界に来ているはずの同級生を追った。

「おーい、あったぞーっ！」

林の奥でジャイアンが叫ぶ。「こっち、こっち！」

鏡面世界の裏山は、かなりのダメージを受けていた。おざしき釣り堀が置かれていた場所は大きく土が抉（えぐ）られ、周りの樹木はなぎ倒されて、まるで爆弾が落ちたようだ。

のび太たちは倒れた樹木を越え、ジャイアンのほうへと向かった。やがて視界が開け、泥だらけで仰向けに倒れたザンダクロスの巨体が目に飛び込んできた。よほどの衝撃だったのか、地面にめり込んでいる。

「こんなところまで吹き飛ばされていたんだ！」

「次元震はこちら側のほうが激しかったみたいだね」

ドラえもんはザンダクロスの脚部へよじ上り、状態を確かめながら頭頂部へと向かっていった。どうやら異常はなさそうだ。

電子頭脳の格納スペースも、外から見る限り傷はない。しかしドラえもんは蓋を開けて、やっぱりといった表情を見せた。二二世紀のデパートで買ったバーゲン品はショートしていた。

「早いところ頭脳を取りつけよう。みんな、ロボットが来ないか見張っててくれ」


「のび太さんたち、どこへ行ったのかしら……」

静香は人影のない左右あべこべの町を駆けていた。すぐに見つかると思ったが、すでにザンダクロスの立つ新宿へ行ってしまったのかもしれない。静まりかえった町は不気味で、いつしか静香は人を捜すというよりも、湧き起こる不安を振り切るために走っていた。

物音が聞こえた。

「のび太さん？」

静香は立ち止まった。人の足音ではない。かちゃ……、かちゃ……、と何かの金属が擦（こす）れ合う音だ。

ロボットだ。しかも路地の向こうからまっすぐ近づいてくる。足音はやがて速さを増して、駆け足となって向かってくる。

静香は悲鳴を上げた。

「誰か！　助けて！」

懸命にその場から逃げる。金属の足音はさらに速度を上げて、背後からぐんぐんと迫ってくる。ここは鏡面世界だ。誰もいないことはわかっている。だが静香は必死で走りながら叫んだ。

「誰か！」

「誰カ！」

「誰か来てー！」

「待ッテー！」

「えっ？」

静香は振り返った。

「なんだ、ミクロスじゃないの！」

ミクロスは静香の胸に飛び込んでいった。

「アーン、静香サン、コワカッタヨー！」

「そうか、あなた、言葉を話せるのよね。のび太さんたちを知ってる？」

「裏山ニ行ッタ。ボク、コワイカラ、静香サン、イッショニ帰ロウ」

「まあ、あなたそれでもロボットなの？」

「ダッテ、コワイモノハ、コワインダ、モン」

「だめよ。いっしょに行きましょ。何かが起こってるのね？」

ザンダクロスの目に光が宿った。

「動き出した！」

のび太たちは固唾を呑んでなりゆきを見守った。大の字に倒れていたザンダクロスはゆっくりと上体を起こしていった。ジャイアンとスネ夫はこの巨大ロボットが動くさまを見るのは初めてだ。ふたりとも目を瞠り、その重々しさに圧倒されている。

「ほんとにぼくらの味方になったんだろうか」

のび太は少しばかり逃げ腰になっていた。ドラえもんも緊張の面持ちでロボットを見上げる。

「こっちを見たぞ！」ジャイアンがいった。

ザンダクロスが右手を伸ばしてくる。一同は身を寄せ合った。五本の指で握られたら人間などひとたまりもない。

だがザンダクロスは手首を返し、のび太たちの前にてのひらを差し出して、その動きを止めた。

みんなはほっと息をつく。

「もう安心だ！」

「乗ろう！」

てのひらに駆け上る。ザンダクロスは四人を器用に持ち上げると、胸板を開いてコクピットの中へと迎え入れてくれた。ザンダクロスは力強く立ち上がった。コクピットから裏山の向こうまで遠く見渡せるようになり、のび太たちは歓声を上げた。胸板が悠然と閉じられ、四人の前に鮮やかな映像が映し出された。

「すげえ！　強い味方ができた！」

「ロボットども、来るなら来い！」

ジャイアンとスネ夫はコクピット内部の装備にも心を奪われた様子だ。とくにスネ夫は顔を輝かせながら操縦パネルを見渡し、それぞれの示す意味を考えている様子だった。すばやく身を乗り出して主操縦席の脇に立ち、のび太たちにいった。

「どう？　いっそのこと、鉄人兵団が来る前に、やつらの基地を叩き潰さない？」

「そりゃいいや、やろう、やろう！」ジャイアンは拳を振り上げていった。

「よし、スネ夫、操縦を任せる」ドラえもんが頷いた。「新しい頭脳になったからサイコントローラーは使えない。でもラジコンと同じはずだ。スネ夫、一気に向こう町の基地へ攻撃を仕掛けよう！」

スネ夫は中央の操縦席に深く座り、両腕を上げてパネルの全体を見渡した。足下のペダルがスネ夫の運動靴にフィットする。スクリーンの脇に緑色の表示が現れ、スネ夫はそれを見据えてから赤いレバーを一気に押し込んだ。

「動け！」

スネ夫の直感は正しかった。ザンダクロスは雄々しく前進を始めた。のび太はその動きにぞくぞくするような快感を覚え、ドラえもんやジャイアンと手を取り合って前方のスクリーンを見つめた。

ドラえもんが電子頭脳の回路とプログラムを置き換えたことで、コクピット内部の操作法もすべてつくりかえられたのだ。飛行機の操縦感覚に近いユーザーインタフェースが各々のレバーやボタンに割り振られ、初めての人間でも直感的に扱えるようになっている。最初のうちは様子を見ながら動かしていたスネ夫も、すぐに慣れてザンダクロスを走らせるようになった。裏山の向こうに鉄人たちの基地が見えてくる。スネ夫は一気に山を駆け下り、そのままザンダクロスを突進させていった。

「あれはなんの音？」

　裏山の奥のほうから、何かが爆発するような音が聞こえてくる。まるで戦争のようだ。静香は慎重に歩を進めながらミクロスに尋ねた。

「帰リマショウ。ココハ、コワイデス……」

　ミクロスは静香の後ろからすがりつく。だが前に進まないわけにはいかなかった。静香だってこわいのだが、のび太たちと逢えなければこのままひとりで鏡面世界をさまよわなければならない。そのほうがずっと危険に思えた。

　学校の裏山はこの町内で唯一といっていいほど緑が自然のままに残された場所だが、頂上の一本杉までは人々の足で踏み固められた細道が続いている。その道を中腹まで上ってきた静香は、樹木がなぎ倒されていることに気づいて、道を逸れて林の中へ分け入ったのだ。木陰を抜けると、そこには大きく岩肌の抉られた痕があり、周りの樹木はほとんど焼けて焦土と化していた。その生々しい自然の傷痕に、静香はぞっとしながら近づいていった。

「いったいなにがあったのかしら……」

　そのときだった。

　はっとして、静香はミクロスの手を握った。

呻(うめ)き声が聞こえたのだ。くぐもった、か細い声だ。

「誰?」

思い切って問いかけたが返事はない。静香はミクロスに訊いた。

「どこから聞こえるかわかる?」

ミクロスはがたがたと震えながら、抉られた岩の向こうを指した。

「誰かが埋まってるんだわ!」

静香はミクロスの手を引っ張って、声の聞こえたほうへと駆けた。

「のび太さん? のび太さんなの?」

「違イマス、静香サン、ココ!」

静香は息を呑んだ。土の中から人間の指先が覗いていたのだ。泥でひどく汚れているが、男の子の指ではない。

「ミクロス、手伝って!」

静香は周りの土を懸命に掻いた。手の甲と手首が見えてくる。間違いなく女の子だ。自分たち以外にも鏡面世界に人間がいたのだ!

呻き声が土の中から聞こえてくる。「がんばって!」と静香は声を掛けながら女の子の周りの土をのける。だが爆発の土砂を浴びて深く閉じ込められているようだ。爪の間に石が入って痛くなる。静香はもう一度ミクロスに叫んだ。「なにしてるの、早く手伝って！」

「ハ、ハイ！」

ミクロスは両腕の関節モーターをフル回転させて、泥を掻き取っていった。次第に少女の全身が見えてくる。まず静香が目を奪われたのは、少女の鮮やかな赤い髪の毛だった。日本人離れした美しい顔立ちで、頬や腕は白く、ノースリーブの服にミニスカートをはいている。爆発から逃れようとしてうつぶせに倒れたらしい。肩から背中にかけて衣服は焦げつき、あちこちが破れかかっていた。ようやく細い両脚まで掘り出したミクロスは、少女を泥の中から抱え上げ、静香のそばへそっと寝かせた。

いままで一度も見たことのない女の子だ。自分たちのほかに、この鏡面世界への出入り口を知っている人がいたということだろうか。

手当をしなければ。手を差し伸べようとしたとき、静香は少女の片腕の傷に気づいて、あっと声を上げた。

傷口から精巧な集積機械が覗いていたのだ。

「――ロボット！」

そのときだった。少女が突然、目を開けた。

静香の足首をつかんだ。

すさまじい握力だった。少女は獣のように静香の脚を捕らえ、ぎりぎりと締めつけながら一気に這い寄ってきた。

「見たわね」

静香は絶叫した。


ザンダクロスの足が格納庫を踏みつける。小さな爆発がいくつも誘発されたが、ザンダクロスはびくともしない。エネルギープラントの太いパイプを拳で叩き、ベルトコンベアーを蹴散らして進む。

「いいぞ、スネ夫！　もっとやれ！」

特撮映画でもお目にかかれない大スペクタクルがスクリーンに映し出され、ジャイアンが歓声を上げる。

だが、しばらくして奇妙な不安がのび太たちの胸中に膨らんできた。やがてスネ夫は攻撃をやめて振り返り、みんなの顔を窺った。

ドラえもんが険しい顔でスクリーンを見つめていった。

「おかしい。どうしてロボットたちがいないんだろう」

「ビルの中に隠れているのかな」

「いや、まったく姿を現さないのはへんだ。スネ夫、ハッチを開けてくれ。外へ出て確かめよう」

ザンダクロスのてのひらに乗って下に降りる。念のためドラえもんはポケットから空気砲を取り出して全員に配った。

「罠じゃないとは思うけど、気をつけて。一〇分後にここに集まろう」

のび太たちは四方へ散った。耳を澄ましながら、空気砲を構え、ビルの隙間や開け放たれた入り口の向こうを探る。のび太は途中でジャイアンと鉢合わせをしたが、やはり何も収穫はないようだった。

「ロボットなんかひとつもいねえぞ」

「おかしいなあ」

もとの場所に戻ったが、やはり途中でロボットを見かけることはなかった。ドラえもんはすでに待ち合わせ場所で首を傾げていた。

「いないわけないんだ。この基地をつくるために何百体というロボットが……」

「そう！　確かにゆうべ見たもんね」

「じゃあ、どこへ行ったんだ」

「鏡面世界からの出口を探して、町中に散っているのかも」

そうドラえもんが呟いたとき、スネ夫が前方のビルの入り口から手招きをするのが見えた。

「おーい！　ちょっと来てよ！」

何か大切なものを見つけたのだ。のび太たちは走った。スネ夫は階段の下を指す。

金属的なトーンの声が聞こえてきた。

《リルル、応答せよ。リルル！》

はっとして、のび太はドラえもんと見つめ合う。あの少女の名前だ。

「誰かいるのか？」

「いいから早く！」

と、スネ夫が階段を駆け下りてゆく。のび太たちも急いで続いた。地階に下りるとすぐに大きな扉があり、開け放たれていた。その中に駆け込んだのび太たちは、正面に据えられた巨大な六角形のスクリーンに目を瞠った。

そこに大きく映し出されているのは、この世のものと思えないロボットの姿だった。甲冑(かっちゅう)に身を固め、歯を剝(む)き出しにして、丸い眼球が恐ろしいほど赤く光っている。その姿は昆虫のようで、頭部から鞭のように伸びる二本のアンテナはまるで触角だ。スクリーンいっぱいに拡大されたそのロボットは、ぎらぎらと目を光らせながら日本語を発していた。

《兵団はすでにメカトピアを発進したぞ。明晩、地球に到着の見込み。リルル、誘導せよ！　誘導せよ！》

†

その一時間前。

「やれやれ、まいっちゃうなあ」

「どうしたんですか」

「いや、おかしな電話が来るのはいつものことなんですけど」

ディレクターは肩をすくめてみせた。「地球の危機だって」

ラジオ番組の公開収録が終わり、お疲れさまでしたという挨拶があちこちで交わされていた。スタジオは渋谷の通りに面しており、若者たちが防音ガラス窓から手を振り、携帯電話のレンズを向けて写真を撮っている。彼女はスタジオから出る前にそっと会釈し、笑顔で手を振り返すと、ガラスの向こうで若者たちが歓声を上げた。

「地球の危機？」

調整室でディレクターは少し恐縮する。

「いえ、ぼくたちのほうで止めておきましたから、収録には取り上げなかったんですけどね。宇宙からロボットの兵団が襲ってくるって。なんだか必死な声で、圧倒されちゃって」

「スミレさん、車の用意ができました」

「はい、いま行きます」

彼女は声を上げた。名前の通り、朝露にきらめく菫（すみれ）のように透き通ったその声は、子役のころの可憐さから大人の女優としてのしなやかさを備えて、いまなお人々の耳に心地よい。彼女はスタッフへのねぎらいの言葉も忘れなかった。調整室に集まっていた人たちは、みんな椅子から立ち上がり、自然と顔をほころばせて会釈を返した。

「そういえば、あの子、名前もちょっとおもしろかったなあ」

ディレクターは思い出しながらいった。「のび太といったっけ。珍しい名前ですよね」

「ロボットが、襲ってくるといったんですか」

「あ、お急ぎでしょう。すみません、無駄話で。今日はお忙しいところ本当にありがとうございました。子どもたちも豪華ゲストでみんな大喜びでしたよ。お車までご案内します」

「その子の相談、もう少し教えてくれませんか」

「えっ？」

星野スミレはまっすぐ相手を見つめていった。

「のび太くんという子の相談、教えてください」

第5章

《兵団は〝日本〟時間の明晩に到着の見込み。リルル、誘導せよ！》

「えーっ、明晩！」

「いくらなんでも早すぎる！」

のび太は震えながらドラえもんと抱き合った。

「逃げなきゃ！」

とスネ夫は叫んだが、その場から動けずにいる。ロボットの声はやまなかった。誘導せよという言葉が何度も地下室に響き渡る。

そのときだった。

「みんな、うろたえるな！」

びくりとして、のび太たちは振り返った。ジャイアンが肩を怒らせて立っていた。

「兵団が来るのはわかっていたことじゃないか！」

ジャイアンが怒鳴る。

「そ、そりゃ、そうだけど……」

「いきなり明日の晩なんて……」

「何か、いい案でもあるの」

「ない」

両足を踏ん張るジャイアンは、そこで少しだけ肩を落とした。だがすぐに言葉を繋いだ。それが町いちばんのガキ大将であるジャイアンらしかった。

「でも、おれたち、戦うしかないだろ」

《応答せよ、リルル！　なぜ答えない。事故でもあったのか！》

スクリーンのロボットは静止画像のまま声を発している。しかしその内容が変化しつつあった。

《リルル、おまえの役目は地球上に確かな足場をつくり、鉄人兵団を安全に誘導することではなかったか。突然連絡を絶ったのはどういうわけだ。ジュドとの通信も再び途切れたぞ。リルル、早急に応答せよ、応答せよ！》

「そうか、これだ！」

ドラえもんが叫んだ。

「みんな、聞いただろ。リルルは行方不明なんだ！　兵団はこの基地の場所も、地球への攻撃目標も、まだ確実にはつかめていないに違いない。見切り発車で地球に向かってきてるんだ！」

「つまり、どういうこと？」

「ザンダクロスの電子頭脳もいまはぼくらの味方だからね。やつらは最終連絡が取れず、やきもきしている。リルルがいまどこにいるか知らないが、この通信室へ近づけないことだ！」

のび太たちはその言葉を聞き、互いに頷き合った。ドラえもんの説明に、ほんのわずかな希望が見えた気がした。

「地球へいきなり大軍が到着しても混乱するだけだ。ひょっとしてその隙がこっちのチャンスになるかもしれない。リルルには絶対に誘導させないことだ！　そして先発のロボットを……」

「ドラえもん！」

スネ夫が扉を指差した。

プテラノドンのようなくちばしの哨戒ロボットが、こちらに突進してくる。のび太たちは悲鳴を上げ、ばらばらに離れかけた。

「どっかん！」

ドラえもんが叫び、腕の空気砲が唸りを上げた。空気のかたまりは哨戒ロボットを直撃し、跳ね飛ばした。

すかさずジャイアンが自分の空気砲を構えて加勢した。哨戒ロボットは続けざまに衝撃を受けて倒れ、動かなくなった。

「ロボットたちが戻ってきた！　通信室に入れるな！」

のび太たちは階段を走って上り、空気砲を構えた。すでに基地には数十ものロボットたちの姿があった。特定の時間に基地へ帰還するようプログラムされていたのかもしれない。哨戒ロボットだけでなく、工場で作業していたロボットや、パーツを運搬する飛行ロボットも見える。

のび太たちは襲いかかるロボットたちに空気砲で応戦した。ドラえもんは子守りロボットであるから、武器の類は持っていない。一度ネズミをあまりにもこわがったとき〈地球破壊爆弾〉なるものを出したことはあったが、その後どんな危機に陥っても取り出したことはないから、一種の〝こけおどし爆弾〟だったのだろうとのび太は思っている。そうしたなかで、空気砲は相手に衝撃を与え、いっときであっても大きなダメージを与えることのできる、数少ない道具のひとつだった。どっかんと声に出せば腕に装着した筒から空気のかたまりが砲弾のように発射されて相手を撃つのだ。

　ロボットたちはいったん集まってくると無数にも思えるほどで、倒しても倒しても新しいものが押し寄せてくる。戦闘用ロボットではないため攻撃力は低いが、なかには哨戒ロボットのように鋭い爪とくちばしを持つものもいる。少しでも気を緩めればたちまち八つ裂きにされてしまいそうだ。

「空気砲のエネルギーはどれくらい保つの？」

「使い方によるけど……！」

　ひたすらどっかんを繰り返して喉を嗄らす。未来の道具であっても無制限にいつまでも使えるわけではない。どんな道具にもいつか電池切れがあり、クスリには効力の制限があり、長時間酷使すれば故障する。ドラえもんの出すものは魔法ではなく道具なのだ。これまで幾度ものび太たちは、そうした道具の限界が招く危機に直面してきた。だが一方でそれが劇的な大逆転に繋がったこともある。

「わーっ！」

　のび太は声を上げた。運搬ロボットが細い脚でのび太を持ち上げたのだ。たちまちドラえもんたちが眼下へと遠ざかってゆく。

だがそのとき、大きな影がやってきて、その手が運搬ロボットを握り潰した。のび太は解放され、もう一方の手で掬（すく）い取られた。

「ザンダクロス！」

のび太は地上に戻り、ドラえもんたちと歓声を上げた。

「ぼくらには強い味方があったんだ！」

ザンダクロスが自律モードで動き始めた。腹部のレーザー光線で基地の中枢部を一気に焼き払う。無言のパワーがいまは頼もしい。敵の統制が乱れた。

「さあ、ロボットたちを町から追い払おう！　行くぞ！」

「おう！」

のび太たちは駆け出した。

静香は悲鳴を上げ、少女ロボットから逃れようともがいていた。

「離して！」

だが少女ロボットは静香の足首をつかんだままだ。このまま一生離れないかと思うほどの握力で締め上げてくる。

ミクロスに助けを求めたが、ミクロスはがくがくと震えて、一歩も動けずにいた。

静香はついに倒れた。なんとか相手の指先をこじ開けようと力を込め、歯を食いしばる。少女ロボットは白目を剝いていた。機械がまだ暴走しているのだ。少女ロボットはさらに指先に力を込め、静香を引きずり寄せると、上から押さえ込んで首に手をかけた。

「まだ私の秘密を……地球人に知られたくないの……！」

静香の絶叫がちぎれて消された。少女ロボットの握力が喉骨まで到達し、呼吸を閉ざされ静香は懸命に手足を動かした。相手はびくともしない。とても女の子の力では敵わない。目が霞んでくる。全身が痺れていうことをきかない。死ぬのだと静香は感じた。このまま窒息して死ぬのだ。

「カミサマ……コンニャロ！」

突然、がくりと相手は頭を垂れて倒れ込んだ。静香は喉を押さえながらその場にうずくまり、必死で呼吸を続けた。声が出ない。喉がじんじんと痛む。

「ヤッタ！　ボクハ静香サンヲ守ッタノダ！　正義ノろぼっと、みくろすハ強イノダ！」

ミクロスがガッツポーズをする。少女ロボットの後頭部を蹴飛ばしてくれたのだ。あんなに怯えていたのに、勇気を振り絞ってくれたのか。静香は胸を張るミクロスのしぐさについ笑みをこぼし、そして自分の喉から笑い声が出始めたことに安堵した。

「あなた、神様にお願いごともするのね」

「ツイ、口ヲツイテ出タンデス」

少女ロボットは動かない。静香は慎重に近づき、相手を仰向けにした。目を醒ます様子はない。ただ、小さな胸はゆっくりと上下に動いていた。人間そっくりに見せかけるための機能なのだろう。それを見ていると、ただのロボットではなく、傷ついた小鳥のようにも思えてくる。

「ミクロス」静香は決心していった。「この子をあたしの家まで運んでちょうだい」

「エエッ、ドウシテ？　手当スルノ？」

——ミクロスは少女ロボットを後ろから両腕で抱え、背中のローターを回して少女を持ち上げて飛ぶ。静香は喉をさすりながら、ミクロスと共に裏山を下りた。まだ遠くから爆発音が断続的に聞こえていたが、いまはこの少女を運ぶほうが先決だと思えた。

その音を除けば、鏡面世界はどこまでも静謐だった。ミクロスのローターの音がはっきり聞こえることがかえって不気味で、静香は足早に家まで戻り、二階の自室のベッドへ少女を寝かせた。

まだ泥がこびりついている。そっと頬の汚れを指で拭ってみた。人間の肌と変わらないきめ細かな弾力が返ってきて、いっそうこの少女がロボットであることが信じられなくなる。だが少女の腕や臑（すね）の傷から覗（のぞ）くものは、まぎれもなく機械だった。静香は少女の首元まで掛け布団を上げた。生きものではないのになぜそんなことをしたのか自分でもよくわからなかったが、少女の腕の傷口が目に入らずに済んだ。

「静香サン、コイツハ悪イろぼっとダヨ」

「悪いロボットじゃないと思うわ。きっと……故障のせいよ」

「ソウカナア……？」

静香もわからなかった。どこか自分にいい聞かせ、無理に納得させているような気もする。

「こんなにぼろぼろになってかわいそう。なんとか直せないかしら」

だが直してそれからどうすればいい？　静香にはわからなかった。静香はミクロスからことのなりゆきを大雑把に聞いた。ザンダクロスが未来ではなく遠い星のロボットであること、大兵団が地球に向かってきていること、のび太たちがザンダクロスの電子頭脳を改造して味方につけようとしていること――。

だがロボットと人間の戦争など、静香にはとても想像できなかった。何かの行き違いがあったのだ。その証拠に、いま目を閉じているこの少女は、天使のような顔で眠っている。

たとえ静香の喉を絞め上げるほどの腕力を持っているとしても。

「ロボットのけがって、どんな手当をすればいいのかしら」

「サア……」

ミクロスも首を傾げる。

そのとき、一階から物音が聞こえた。

「あらっ、のび太さんたちかしら」

静香はミクロスに見守りを頼んで、部屋を出た。

「誰かいるの？」

階段を下りながら、急に不安を感じた。ガラスの割れる音がいきなり響いてきたのだ。人の声は聞こえない。家具の倒れる音がする。

静香は居間のドアを開けた。

そこには、大人よりもはるかに巨大なロボットがいた。

ガラス戸が破られ、壁の一部まで壊されて、鋭いくちばしを持ったロボットが屋内まで入り込んできていた。その両腕は太く、先端の指は鉤のようで、倒壊した家具には深い爪痕が刻まれている。午後の陽光を背に浴びて、ロボットは静香を睨みつけた。

静香は顔を歪めて悲鳴を上げ、ドアを閉めた。ノブを押さえようとするが手が震えてうまくいかない。内側からのすさまじい衝撃で、静香は弾かれて尻餅をついた。次の瞬間、木製のドアが引き裂かれ、ロボットのくちばしと鉤爪が静香の頭上に振り下ろされた。

砲撃の音が轟き、周りの壁やドアの破片が爆発して散った。静香は目を瞑り、両手で頭をかばった。巨大なロボットが静香の頭上を越えて倒れてゆく。ぎりぎりと鋼鉄の軋む音が静香の鼻先をかすめてゆく。静香は崩れかけた壁に手をかけ、懸命に立ち上がった。もうもうと煙が立ちこめるなか、ロボットの破壊したドアから太陽の光が入り込み、幾条もの光線となって静香の目を射た。

そこにはのび太がいた。

同級生ののび太が、ドラえもんの未来の道具を右腕に塡め、光を後ろから浴びて立っていた。

「しずちゃん！」

「のび太さん！」

のび太の腕の道具からはかすかに煙が立ち上っていた。ガンマンのように後光を受けるのび太は、表情が影になって静香にはよく見えない。だが彼が救ってくれたのだと静香にはわかった。静香はのび太の胸に飛び込んでいった。

「ありがとう！　のび太さん！　こわかったの、あたし！」

「来ていたんだね！」

静香は涙を流しながらのび太に抱きついた。同級生ののび太が力を込めて抱き返してくれた。その力強さが頼もしかった。初めて静香は男の子の肩を借りて泣いた。

「いたぞ、ポストの陰だ！」

遠くから声が聞こえた。同級生の声だった。

「ジャイアンだ」

のび太はそういって、静香を離した。その表情も逆光で翳っていた。

「二階でじっとしてるんだ。ロボット狩りが終わったらすぐ戻る。いいね？」

のび太は駆け出していった。

「こっち！　五、六体まとまってる！」という別の声が、通りの向こうから聞こえてきた。のび太はそれに応じて走っていった。やがて砲撃の音と、重い金属のぶつかる音が続き、さらに同級生たちの声が上がった。

静香は両手を胸に当て、破壊されたガラス戸を、その向こうの庭と塀を、もう行ってしまった同級生の後ろ姿の面影を見つめた。そして一度だけうつむき、頬に流れた涙を指で拭った。

きびすを返し、倒れたロボットを避けて、階段を駆け上った。この鏡面世界で恐ろしいことが起きている。ふだんの生活とはまったく違った恐ろしい何かが、自分ひとりではどうにも押し戻せないほどの圧倒的な力で押し寄せてきている。だが静香は自室に戻り、少女ロボットがまだ目覚めていないことを確かめ、怯えるミクロスをなだめて、バルコニーから世界を見渡した。のび太やドラえもんたちの姿があった。そしていまベッドで眠っている少女とはまるで異なる無機質なロボットたちの姿もわずかに見えた。静香は身を退き、バルコニーのガラス戸を施錠し、すばやくカーテンを閉めて、左右あべこべの世界を視界から消し去った。逃避したのではない。この世界から逃げるのではない。カーテンを閉めることで、静香はのび太との約束を果たす決意をしたのだ。のび太が戻ってくることを信じたのだ。少女ロボットがベッドの中で呻き声を上げた。静香はハンカチで彼女の顔と首の泥を拭い、髪をそっと梳いてやった。

そして静香は彼女の前に座り、ミクロスを引き寄せた。ミクロスの身体は金属の冷たさを残し、表面もごつごつしていたが、それでも静香はミクロスを寄せた。カミサマ、とミクロスが裏山で祈ったことが、ふと思い出された。静香も少女の横顔を見据えながら心の中で唱えた。

神様。

スネ夫の助けを呼ぶ声が聞こえて、のび太は急いだ。ひとつ先のブロックで、スネ夫とジャイアンが路地の向こうに空気砲を撃ち続けている。相手のロボットの姿は建物の陰に隠れて見えないが、ふたりはじりじりと後退している。のび太はふたりの名を叫んだ。

「のび太！」

「ここにまとまってやがった！」

のび太が駆けつける前に、ロボットたちが一斉に姿を現した。工場にいたロボットたちだ。くちばしや爪はないが、がしゃがしゃと激しい音を立てながら、何体もいっしょになってふたりに襲いかかってゆく。

後じさりをしていたスネ夫がバランスを崩した。ジャイアンが慌てて前に出てかばうが、ロボットたちは攻撃の勢いを緩めない。ジャイアンの空気砲を擦(す)り抜けた一体が、脇から回り込むようにしてスネ夫に手を伸ばした。

「来るな！　来るな！」

スネ夫が慌てて空気砲を撃とうとする。しかし運の悪いことに、そのとき空気砲のエネルギーが切れた。ロボットは不発の空気砲を手で払い飛ばし、スネ夫の胸元をつかんだ。

「スネ夫！」

咄嗟(とっさ)にのび太は空気砲を構えたが、この角度からではいっしょにスネ夫を撃ってしまう。

ジャイアンの空気砲がロボットを弾き飛ばした。スネ夫はその場に倒れ込んだ。まだロボットは残っている。スネ夫は丸腰で道に放り出され、青ざめて自分の両手を見つめていた。ロボットがスネ夫に突進してゆく。スネ夫は両腕を突き出し、どっかん！　どっかん！　とわめいたが、なにも出てくるはずはない。スネ夫が泣き叫んだ。

のび太はふたりのもとにたどり着き、目に見えるロボットを片っ端から攻撃していった。ジャイアンが再びスネ夫の前に立ち、迫ってくるロボットに真正面から応戦した。

その[illegible]聞こえてきて、のび太はすばやく振り返った。ザンダクロスの[illegible]歓声を上げた。

ザンダクロ[illegible]相手のロボットたちを一気になぎ払い、壁に叩きつけた。ジャイア[illegible]ットを空気砲で吹き飛ばした。

ようやくロボットた[illegible]りな金属音は聞こえなくなった。

「スネ夫、大丈夫か！」その手を取って起こす。スネ夫は震えていた。唇は青ざめ、声も出せない様子だ。スネ夫の使っていた空気砲が、道の端に転がっていたが、スネ夫はそれを取ろうとはしなかった。

「あ、ありがとう」ようやくスネ夫は消えそうな声でいった。

「これで町内にはもうひとつもいないみたいだぜ」ジャイアンはガッツポーズをしてみせた。「おれさまの強さがわかったか！」

のび太は訊いた。「ドラえもんは？」

「あれ？　さっきまでいたけど」

三人できょろきょろと見回す。ジャイアンが通りの向こうを指差した。隣町との境になっている小川沿いの道だ。ドラえもんはステッキで道路に赤線を引いていた。先端にチョークがついているのだ。

のび太たちが駆け寄ると、ドラえもんは線を引きながら説明した。

「〈金属探知チョーク〉だよ。ロボットがこの線を越えるとものすごい音が出る——これで裏山を含めて町内をすっぽり囲んだ。ひとまず安心」

見ればなるほど、通りにはずっとチョークの赤線が続いており、ドラえもんのステッキの先端は起点と繋がった。かなりの距離をドラえもんは歩いてきたのだとわかった。

後方から大きな音が

姿があった。のび太は

は太い腕を伸ばし

が最後のロボ

ちの耳障

ゃんが来てるんだ」

なは驚きの声を上げた。

えもんは首を傾げ、そしていった。「そうか、お風呂

ンダクロスは自律モードで町内の周回を始める。

くる。のび太たちが鏡面世界に再び足を踏み入れ

同じ二時間が現実世界でも過ぎていることを、まだのび太たちはほとんど自覚していなかった。行方不明ののび太たちを、彼らの家族が捜し始めていることに、まだのび太たちは気づかなかった。

†

「静香！　静香！　どこへ行ったの」

静香のママは声を上げたが、家のどこからも返事は聞こえてこなかった。

「しょうがない子ね、お風呂のスイッチを入れたままにして。ちゃんと入ったのかしら？」

浴室のタイルがほとんど濡れていないことに、不審を抱いた。しかしいつもの習慣で、静香のママは浴室を確かめることもなく、湯を排水口へと解放した。源家はお湯の使い回しをあまりしない。とくに静香の入浴したお湯は芳香剤が入るので、取り置いて洗濯に使うこともない。だから彼女は深く考えることもなく、いつものように栓を抜いたのだ。

排水口は湯を呑み込んでいった。そのときママが一度でも浴槽を覗き込んでいたら、ふだんとは違って自分の顔がよく映っていることにきっと気づいただろう。だが彼女はどこかにいるはずの静香に声を掛けることに気を取られていた。そして呑み込まれてゆく湯の表面は、やがて小さな渦を巻いた。表面に張られたオイルも細かく懸濁(けんだく)され、鏡面世界とのリンクを失っていった。

　太陽が沈むほんの少し前、誰もいない浴室で、湯の残りが最後に一度、懐かしい音を立てて排水口に消えた。

†

　静香の家のチャイムを鳴らすと、扉を開けて出てきたのは意外にもミクロスだった。

「ミクロス！　こんなところにいたのか」

　スネ夫は喜びの声を上げたが、すぐにミクロスを叱りつけた。

「いきなり逃げたりして、みんなが捕まったらどうするつもりだったんだ！」

「まあまあ」ドラえもんがなだめる。「無事でよかったじゃないか。ミクロス、しずちゃんは？」

「ゲガ、二階デス」

ミクロスに促されて中に入る。哨戒ロボットに破壊された痕が生々しい。あとで直してあげようよ、とのび太はドラえもんに囁く。静香は自室のドアを施錠し崩れた家財を避けながら廊下を進み、階段を上がった。静香はほっとした表情で迎えていた。ノックをすると、内側から鍵を開ける音がして、静香はほっとした表情で迎え入れてくれた。

のび太も嬉しくなって、戦果を報告しようとした。しかしドラえもんがいきなり叫んで、全員が振り返った。

「リルルだ！　どうしてここに？」

リルルがベッドで眠っている。のび太たちはここにリルルがいることなど知らなかった。

静香はこれまでのことを懸命に説明する。のび太たちは何重にも驚くこととなった。

「ええっ、リルルがロボットだって？」

「大けがをしているの」

「つまり、壊れかけてるんだ！」

のび太はドラえもんたちと顔を見合わせる。ベッドで掛け布団をかぶって目を閉じているリルルは、人間としか思えない。だが静香を信じるなら、布団をめくればそこに機械の証があるという。

言葉に出さなかったが、誰もが布団を取り払って、リルルの正体を自分の目で確かめてみたい気持ちに駆られていた。しかしのび太も、ジャイアンもスネ夫も、ドラえもんも、誰もが動けずにいた。

最初に口火を切ったのはスネ夫だった。

「完全に壊しちゃえ！」

「そんな、ひどいわ！」

静香が抗議する。その硬い表情にのび太はたじろいだ。

「でもよ、しずちゃん。こいつは地球征服を狙ってるんだぜ」

ジャイアンが慎重にいう。スネ夫はわが意を得たりという感じで大きく頷き、ベッドの中のリルルを指差していった。

「しずちゃん、こいつはロボット兵団のスパイなんだ。ぼくら人間に似ているけど、ひと皮剝けば機械のかたまりなんだろ。ぼくらがさっきまで一所懸命に退治してきたロボットたちと同じじゃないか。しずちゃんはいま、このリルルが女の子の姿をしているから、勝手に同情しているだけだ。このままにしておくとあとで取り返しがつかなくなるぞ！」

「スネ夫さん……」

静香は同級生の言葉にショックを受けた様子だった。スネ夫がここまではっきりと意見したことに、のび太だけでなくドラえもんやジャイアンも少し驚いていた。

ミクロスが顔を出し、おずおずという。

「アノ、ゴ主人サマ、ソンナニイワナクテモ……」

「そうだよ、壊すってのはどうも……」

しかしスネ夫は一歩も退(ひ)かなかった。

「のび太までそんなことをいうのか。いままで戦っていてこわくなかったのか。明日には鉄人兵団が攻めてくるんだろ、こいつが兵団と連絡を取る前に壊さなきゃ、ぼくらは死んじゃうんだ！　それがわからないのか！」

「待てよ、スネ夫。落ち着け」

ドラえもんがとりなそうとしたが、スネ夫は聞かない。

「ほかのロボットたちは壊しておいて、なぜ女の子のロボットならだめなんだ。これは鉄人たちの罠かもしれない。かわいい子の姿にしておけば、ぼくら地球人が優しくして、隙を見せると計算しているんだ。だいたい、どうやってこいつらは人間そっくりのロボットをつくることができたと思う？　これまで何人も地球人を攫(さら)って、解剖して、研究したのかもしれない」

「そんな」

のび太はスネ夫の言葉にぞっとした。そこまでは考えていなかったのだ。

「もし壊すのがいやなら、ザンダクロスの頭脳みたいにリルルの脳もつくりかえなきゃ。ぼくたちの味方にするにはそれしかないんだ」

スネ夫は両手を大きく振り回しながら、唾を飛ばしてまくし立てる。先ほどロボットたちに襲われたときの恐怖心が、スネ夫を頑なにしているのだ。静香も次第にいい返せなくなり、うつむいてしまった。

「ドラえもん」

のび太は助けを求めた。しかしドラえもんはいいにくそうな表情で呟いた。

「スネ夫のいうことは筋が通っている」

「そんな」

「でも」

静香が顔を上げ、スネ夫を見つめていった。

「スネ夫さんだって、ミクロスが壊されたらいやでしょう?」

スネ夫が息を呑む。静香はミクロスをかばうようにしていった。

「ミクロスちゃんは、とっても勇敢だったのよ。あたしを助けてくれたの！」

「それは……」スネ夫が戸惑いながらいう。「リルルがしずちゃんを殺そうとしたからだろ。ぼくはリルルの話をしてるんだ」

「スネ夫、もうよせ！」

ジャイアンが一喝した。スネ夫はびくりと身を縮めて、ばつが悪そうに押し黙った。

だが、沈黙のあと、静香はうつろな目でぽつりといった。

「……スネ夫さんのいう通りかもしれない」

「しずちゃん」

のび太は遮ろうとした。しかし静香は声を強めて続けた。

「あたし、こっちの世界に来たばかりで、何もわからなかったの。だから直してあげたいと思ったの。でもみんなはこわい思いをしてロボットを退治してきたんだもの、スネ夫さんみたいに考えるのも当然だわ。いま大変なことが起こっているのはわかった。あたしが間違っていたわ」

そういって静香はうなだれた。

のび太はドラえもんに目を向ける。心の中で、なんとかしてくれ、助けてくれよ、とドラえもんに訴えた。

みんなの心がばらばらになりかけていた。こんな口論をしたことは、いままで一度もなかったのだ。以前、白亜紀後期に五人で漂着したとき、やはり焚き火を囲んで口論になったことがある。しかしあのときとは気持ちも大きく違っていた。あのときはピー助というフタバスズキリュウがどうすればいちばん幸せになるか、その道をみんなで話し合ったのだ。いまは議論の出口さえ見えなかった。幸せへの道筋どころか、明日死ぬかもしれない話をしているのだ。

誰もが言葉を失ったあと、ジャイアンがいった。

「ドラえもん、おまえが決めろよ」

有無をいわせぬ口調だった。

「ドラえもんならリルのこともよくわかっているだろ。おれはどうするのがいちばんいいのか、自分ではわからない。難しくてごちゃごちゃしちゃうんだ。のび太じゃ無理だ。だからドラえもん、決めろよ。もう考えがあるんだろ」

その言葉を受けてドラえもんは頷いた。そして決断してくれた。

「よし。直そう」

「直す?」スネ夫が叫ぶ。

「ドラちゃん!」静香が喜びの声を上げる。

「見たところ、リルルはザンダクロスの頭脳よりもずっと複雑なロボットのようだ。ザンダクロスのようなわけにはいかないと思う。それより、鉄人兵団について何か聞き出せるかもしれない」

そしてポケットから赤い十字マークのついた小箱を取り出した。

「〈メカ救急箱〉。ちょっと時間が掛かるけど、人間のクスリみたいに、塗るだけで分子が増殖して、切れた配線や、捩(ねじ)れたシャフトや、欠けた部品を復元できるんだ」

ドラえもんは静香にその道具を渡した。静香に使ってもらうことで、いったんこの場を収めようとしていた。のび太にはそのことがよくわかった。

静香は喜んで箱を受け取り、のび太たちにいった。

「じゃ、みんな、お部屋を出てってください。ロボットといっても女の子ですから」

スネ夫は憮然(ぶぜん)とした顔をしている。ジャイアンがスネ夫を無理やり引っ張った。のび太たちは静香の部屋を後にした。

「ドラえもん、その間に一階の壁を直してあげようよ」

ドラえもんは賛成する。「うん。それから夕食の支度だ」

階段を下りていると、二階の部屋から静香とミクロスの声が聞こえてきた。

「ミクロス、あなたもよ」

「ガガ、ボクモ……？　オトコ、ダッケ……？」

うふふ、と静香の笑い声が聞こえた。ミクロスが慌てて階段を駆け下りてくる。静香は部屋のドアを閉めた。


未来の道具で居間の壁をぴかぴかに修復する間も、スネ夫は塞ぎ込んでいた。ドラえもんの決定に納得がいかないというより、自分が仲間はずれにされたような気持ちになったのだろう。部屋はたちまちきれいに蘇ったが、その場の空気は重かった。

「おう、スネ夫、飯の支度をしようぜ！」

ジャイアンがスネ夫の肩を叩く。ドラえもんもいった。

「材料を調達しなきゃ。みんなでスーパーに行こう」

外へ出ると、鮮やかな夕焼け空が広がっていた。もう秋が近づいているのだ。みんなの長い影が誰もいない道路に伸びる。手を上げると影も手を上げる。思わず影踏みをしたくなるような、夏休みの間は忘れていた自分の影だった。のび太はようやく、ドラえもんや静香たちと部屋で右手を上げて誓い合った、あの夕暮れの重々しさから解放されていた。

「よーし、出発だ！」

ジャイアンはスネ夫の背を強く叩いてから、先頭を切って歩き出した。のび太もドラえもんと笑い合い、スネ夫とミクロスを押していっしょに続いた。ジャイアンは胸を張り、高く手足を振って、上機嫌で進んでいった。いま町にはのび太たちしかいない。誰にも迷惑は掛からない。ジャイアンは歌い出した。

そうだ、思い出した。ピー助を日本に連れて帰る長い旅の途中、何度もこの歌を五人で声を合わせて歌ったのだ。ドラえもんに教えてもらった二二世紀の曲だった。一〇〇年以上も子どもたちの間で歌い継がれている曲だった。

ボクはここにいる　君のポケットに
君といっしょに　旅するために
まっていたんだよ　気づいてくれるまで

ジャイアンの調子っぱずれで腹に響くような歌声は、ふだんなら迷惑千万で何をおいても逃げ出したいくらいのものだったが、いまはなぜか不快ではなかった。のび太とドラえもんは耳を塞ぎ、互いに苦笑してジャイアンの足取りについていった。

ジャイアンは上機嫌で歌い続ける。誰もいない夕暮れの世界に、その声はどこまでも広がってゆく。孤独を忘れられる気がした。だからのび太も、ドラえもんも、耳を塞ぐのをやめて、いっしょに歌った。ジャイアンに負けないくらいの声を張り上げて歌った。

スネ夫がわめく。

「ジャイアン、こんなところでリサイタルなんて、いいかげんにしてよ!」

「いいじゃないか、ほら、スネ夫も歌え!」

君が夢にみたものは　何だろう
いまからそこへ　ふたりでいこう
とっても遠くて　近い世界だよ

町いちばんのスーパーは、無人のまま自動ドアを恭しく開けて、のび太たちを迎えてくれた。明るい店内にずらりと新鮮な食材が並んでいる。

天井からぶら下がる案内板や手書きＰＯＰの文字は、すべて左右あべこべだ。それでも野菜や果物はいつもと同じように瑞々しい。

「お店の人、いないけど……」

「いいんだよ、勝手に持ってって」ドラえもんは請け合った。「ぼくらが鏡面をつくったとき、この世界ができたんだ。ぼくらの町だからどこで何をしても構わないいんだ」

「ほんとかよ！」

ジャイアンはほくほく顔で駆け出してゆく。のび太もスーパーの迷宮へと飛び込んだ。ドラえもんが最後にスネ夫を促した。

「さあ、スネ夫くんも、おいしいものを見つけてきてよ。今夜はバーベキューパーティをやろうじゃないか」

「わかった。いい肉を探すよ。上等のステーキになるやつを！」

「ほら、ミクロスもいっしょに」

「ハ、ハイ！」

ポケットの中にも　空がひろがり
ポケットの中にも　雲がながれる
こんなすてきな　世界があるんだよ

ジャイアンの歌声が続く。のび太もそれに合わせて歌い、ほしいものを次々と買い物かごに放り込む。

「あれ、待てよ、鏡面世界の食べ物って本当に食べられるのかな……？」

ふと不安になったのび太に、ドラえもんが答える。

「鋭い！　よくそこに気づいた。世の中には鏡に映して左右あべこべのかたちにすると、味がなくなったり、クスリが毒になったりする物質がたくさんあるんだ。でも大丈夫、二三世紀の科学はちゃんとそのへんもクリアしている。〈フエルミラー〉で増やしたどら焼きを食べたこと、あるだろ。この鏡面世界も、植物は枝つきが左右あべこべになるけれど、やっぱり草木として生きている。構成分子の鏡像異性体化がうまーく制御されて、毒ができないようになっているのさ。だから肉も野菜も安心して食べられるんだ！」

「へえーっ。でも、そのキョーゾーなんとかだけを、どうやって？」

「うん。いい質問だけど、その説明は長くなるからやめておこう」

ドラえもんは笑顔で向こうに行ってしまう。いつかどこかで聞いた台詞のような気もしたが、うまく思い出せない。

「ま、いっか！」

とりあえずのび太は気持ちよく歌い、ほしいものをかごに詰め込んでいった。三人でレジに戻ると、待っていたのは店のエプロンをつけてすまし顔のドラえもんだった。

「インスタントラーメンに、インスタントカレーに、ハンバーグにチャーハン」

「いっぺん丸ごとハムを食べてみたかった！」

「最高の備長炭だ！　それに見てよ、この常陸牛！　最高のステーキを焼いてあげるよ！」

山と積み上げられた商品を前に、ドラえもんは神妙な手つきでレジスターを操り、十数万円という値段を適当に打ち込んでいった。のび太たちはレジの液晶ディスプレイを見つめるが、左右あべこべなのでさっぱり数字がわからない。ドラえもんは最後にチンと景気よく機械を鳴らしてみせた。

「ぜんぶタダでございます」

レジ袋を存分に使って、みんなで商品を持ち帰る。両手は袋で塞がり、首から下げて、さらに笑いながら頭に乗っけてよろよろと歩いてみせる。今度はドラえもんが先頭だったが、みんなの足取りは揃っていた。みんなの歩く先に夕暮れの影が落ちていた。影はみんな笑い、歌っていた。誰もいない世界でみんなの歌と笑いだけが生きていた。

ポケットの中にも　海がひろがり
ポケットの中にも　鳥がとびたつ
こんなすてきな　世界があるんだよ
ボクと君が　旅する世界

あと二四時間もすれば鉄人兵団が地球に攻めてくる。明日にはスネ夫のいう通り、みんな死んでしまうかもしれない。

それでも、だからこそ、この瞬間はみんなといっしょに歌っていたかったのだ。のび太にはそれがわかっていた。ジャイアンにも、スネ夫にも、ドラえもんにもそれがわかっているはずだった。

だからみんなで、心をゆらして、こうして手を振り、足を上げて歌うのだ。友達だから、君がいるから、歌うのだ。

一〇〇年後でも、歌うのだ。

第6章

静香はリルルの看病を続けていた。

「二時間ごとにクスリを塗り替えるんだって。今夜は徹夜しなくちゃ」

そうひとり呟(つぶや)きながら、盥(たらい)のお湯でタオルを絞る。傷が深いのでリルルを入浴させることはできない。そのため全身をよく拭き、新陳代謝によって皮膚の表面から排泄(はいせつ)される微細な金属粉を取り除いて、つねに清潔に保つ必要があった。

ドラえもんのメカ救急箱は、中身もふつうの救急箱によく似ており、簡単な説明書を読むだけで静香にも充分に使い方を理解できた。まず全身の泥を落とすため、静香は盥に何度も湯を汲(く)んで、時間を掛けて丁寧にリルルの身体を拭き、赤い髪の毛を梳(す)かした。衣服を脱がせると、リルルはなにからなにまで人間そっくりで、傷口がなければとてもロボットとは信じられないほどだった。静香と同じようにわずかに胸は膨らみ、その先端にはきれいな乳首もあった。股間も見る限りではふつうの女の子と変わらなかった。触れればその皮膚は柔らかく、ほんのりと温かみさえあり、静香の指先に弾力を返してくる。しかし確かによく見れば、皮膚の産毛は人間よりも薄く、生まれつきの傷や痣のようなものはどこにもない。腕にBCGワクチン注射の痕があるわけでもない。全身をタオルで拭いて泥を落としてゆくにつれ、リルルのいわば人間離れした肌の美しさを、静香も理解するようになっていた。

説明書を読みながら静香は手当を進めた。まずはチューブからゲル状のクスリを指先に取り、リルルの傷口に伸ばしてゆく。説明書はこうした手順をあくまで機械部品を対象として記述していた。たとえば〝故障部分全体によく塗り込み、プラ膏薬を貼り、ポリ包帯をしっかりと……〟といった具合だ。しかし人間そっくりのリルルなら、その手当も人間の看護や介護と同じになる。プラ膏薬もポリ包帯も人間の病院で使うものと外見はほとんど変わらない。使い方は心得ていた。

静香はもう一度リルルの額を拭き、盥の湯をかえるために抱え上げて階段を下り、台所へ向かった。ドラえもんたちが一階を修繕してくれたので、破片につまずく心配はない。

新しい湯を溜めて、つとめて浴室のほうを見ないようにしながら二階へ戻る。盥を置いて手を洗う。

もとの世界とのリンクが切れたことに、静香は気づいていた。

湯を汲むため最初に浴室に行ったとき、この鏡面世界に来たときと変化していることに気づいたのだ。なみなみと張ってあるお湯が、もはや鏡面ではなくふつうの水面に戻っていた。

なぜオイルの効き目が切れたのだろう。向こうの世界はどうなっているのか。ドラえもんに聞かなければわからなかったが、黙って介抱していると不安が膨らんできてしまう。だから静香はあえて声に出して、自分がいま何をするべきかをいい聞かせていた。

そのとき、リルルが小さな呻き声を上げた。

リルルは顔をしかめた。眠りから覚めたらしい。静香は嬉しくなってベッドのそばに駆け寄った。

リルルが目を開ける。美しい緑色の瞳が次第に焦点を結んだ。

「あ、あなた、誰……」

「気がついたの！　よかった！」

リルルは身体を起こそうとしたが、たちまち顔を歪(ゆが)めて力を失った。リルルはいま全身が包帯で巻かれているのだ。傷口が痛むだけでなく、関節も固定されて、うまく動けないはずだ。慌てて静香は布団を掛け直してやった。

「まだ動いちゃだめよ。すぐによくなるわ」

「私をどうする気？」

「安心して。ドラちゃんがクスリをくれたの。ちゃんと手当して、必ず助けてあげるから」

「助ける？　どうして？」

「どうしてって……、ほっとけば死んじゃうじゃない」

「死ぬ……？　ああ、壊れるってこと？」

リルルは静香を見上げ、口元にかすかな冷笑を浮かべた。

「私が壊れたって、あなたになんの関係があるの」

静香はショックを受けた。リルルはお礼のひとつもいわないのだ。

「それより、私には任務が……」

リルルは再び上体を起こそうとする。だが激痛が走ったのか、やはり力尽きて倒れてしまった。赤い髪が乱れてリルルの顔を隠した。

静香はそっとその髪を分けてやった。

「ねえ、あまりしゃべりすぎないで……。動くと傷が塞がらないわよ」

リルルは呻いていたが、やがて徐々に力も抜けて眠りに就いた。リルルの胸の動きが安定するまで、静香はずっとベッド脇で横顔を見つめていた。

「シズカサーン！　シズカサーン！」

ミクロスの呼び声が聞こえた。玄関からだ。静香はリルルの容態を確かめて部屋を出た。外から鍵を掛けて階段を下りる。

外はすっかり暗くなっている。玄関の扉を開けると、ミクロスがひとりで待っていた。

「ミクロスちゃん、何かご用？」

「ゴ飯ダカラ、オイデッテ」

「ご飯？　誰がつくってくれたの？」

「ミンナデ。きゃんぷミタイニ、大張リ切リダヨ」

静香はミクロスの足音を頼もしく思いながらついていった。町内は暗く、明かりの点いている家はほとんどない。電柱の照明灯だけが道の行く先を教えており、空を仰ぐといつもよりずっと星が見えた。本当にキャンプに来たかのようだ。

いつもの空き地の方角から馴染みの声が聞こえてきた。暖かそうな茜色の炎の影が道を照らし、肉の焼けるいい匂いも漂ってくる。ここまでやってきたら安心だ。静香はみんなのほうへと駆けていった。

ザンダクロスは直立不動の姿勢で空き地に控えている。静香はその向こうにみんなの笑顔を見た。

「しずちゃん、早くおいでよ、バーベキューパーティだよ！」

男子たちはバーベキューコンロを囲んで食事を始めていた。コンロからは惚れぼれするような湯気が立ち上っている。スネ夫が炭火を巧みに調節して、ほかのメンバーは皿に肉と野菜を大盛りにしていた。みんなの顔がコンロの火種で赤く染まっている。

静香もさっそく皿を分けてもらう。

「こんなところで焚き火して、叱られない？」

「何をしても平気なの！　ぼくらだけの世界なんだから！」

「そうね！」

と静香も頷く。スネ夫がトングで肉を取り分けてくれた。

「いただきまーす！」

静香は割り箸で口に運ぶ。ぎゅっと肉汁の詰まったステーキのおいしさに、思わず笑みがこぼれた。頬が落ちるとはこのことだ。

「スネ夫さん、とってもいい味つけね！」

「そうだろ、ぼくって使える男だろ。これでもぼくは一流レストランで——あっ、ジャイアン、そんないっぺんに食べないでよ！」

「いいじゃんか、まだたくさんあるんだろ！」

ジャイアンは一気に二枚のサーロインを箸で取り、口いっぱいに頬張って、幸せそうに目を細める。

「ガガ、グ、グ……！」

ばちばちと火花が弾ける音がして、みんなが振り返ると、ミクロスが口元の隙間に肉を食い込ませてひっくり返っていた。回路がショートしかけたのか、必死で手足をばたつかせて助けを求めている。スネ夫が呆れ返って自分の目を覆った。

「ミクロス、きみはものを食べるようにつくられていないんだから」

ドラえもんが慌ててミクロスを起こし、肉片を取り除いてやった。

ミクロスはしかし、ムッとした感じで空き地を出てゆく。

「ツマンナイ。見回リニ、行ッテクル！」

その後ろ姿にジャイアンが大笑いをする。

「あはは、見てみろよ、スネ夫。あの拗(す)ねたところ、おまえにそっくりだぜ！」

「ミクロスはスネ夫なみの知能なんだ」

ドラえもんも苦笑いする。スネ夫は顔をしかめた。

「そうだ、しずちゃん」ドラえもんは新しい肉を口にしながら尋ねる。「リルルの具合はどう？」

「いまのところ落ち着いてるみたい。ぐっすり眠ってるわ」

「そうか。よかった」

だがスネ夫はいった。

「気をつけたほうがいいよ。地球征服を企(たくら)んでるやつらの手先なんだから」

「とうぶん大丈夫よ。身動きできないもの」

そしてのび太が、ふと空を見上げていった。

「鉄人兵団、どのへんまで来てるかな……」

ぱちっ、とコンロの火種が弾けた。

みんなは口を噤(つぐ)み、のび太と同じく夜の星を仰いだ。みんなが黙ると、世界は静寂に戻り、たちまち闇の深さが蘇った。そして誰ともなくコンロに目を戻し、そこに弾ける赤い火を見つめた。その火の明かりが届くわずかな範囲だけが、文明をどうにか灯し続ける、最後の領土のように見えた。

突然、激しい電子音が、みんなの耳をつんざいた。

びくりとして周囲を見回す。世界を打ち壊すほどの大音声だ。

最初に動いたのはドラえもんだった。

「金属探知機の警報だ！　ロボットが来るぞ！」

すばやくみんなにタケコプターを渡し、頭に装着する。五人は駆けながらボタンを押して空へ飛び上がった。ザンダクロスも自律モードで走り出す。

音は町の西の外れから響いてくる。小川の流れる方角だ。

「あっ！」

「なんだ、ミクロスか」

「ウッカリ、ちょーくノ線ヲ踏ンジャッテ……」

ミクロスが道路の赤線の横で、頭を掻きながら立っている。みんなは拍子抜けして降りた。

「こんなとこでうろうろすんな！」とジャイアンが呆れ顔でいう。

スネ夫が後ろから肩を怒らせて出てくる。

「人騒がせの、役立たず！」

目尻を吊り上げてミクロスに迫り、指を突き立てて怒鳴り散らす。

「ほんとにもう……、少しおとなしくしてたらどうなんだ！　ぼくは主人として恥ずかしいぞ！」

ドラえもんが間に入った。

「まあまあ、悪気があってやったことじゃない。おかげで金属探知チョークの信頼度は証明されたわけだ」

「まあ、そうだ」ジャイアンは鷹揚に頷く。

「ザンダクロスも自律モードで機敏に反応した。充分に頼りになるとわかったんだ。明日に備えて、今夜はもう休もうよ」

スネ夫はミクロスを睨みつけ、

「おまえはひと晩中、見回りでもしてろ！」

といい捨てて背を向けた。

ザンダクロスが赤線の内側を歩き始める。朝まで町を見張っていてくれるだろう。

その様子を見定めてから、みんなは揃って帰路についた。

歩きながらドラえもんが説明する。

「大丈夫だとは思うけど、念のためタケコプターと〈ショックガン〉をみんなに渡しておく。何かあったら使ってくれ。今夜はいつでも飛び出せるよう、服は着たままのほうがいいだろうね」

空き地の脇まで戻ると、みんなはそれぞれの家の方角に向けて一歩を踏み出した。

のび太とドラえもんは北へ。

ジャイアンとスネ夫は南へ。

静香は東へ。

いつも遊び終えて帰宅するとき、五人はこの十字路で手を振って別れる。明日も同じように会えることを疑いもせずに。

最後にドラえもんがいった。

「しずちゃん、リルルの手当と見張りを頼む」

「任せといて」

そして五人は三方へと別れた。

スネ夫はジャイアンといっしょに歩きながら、ポケットに手を突っ込み、ぼんやりと自分の足下に目を落としていた。

「休もうっつったって、こんなときに眠れないよな、スネ夫」

「うん」

「また腹が減ってきたぜ」

「うん」

スネ夫は生返事を続けた。するといきなりジャイアンが、満面の笑みを浮かべて肩に腕を回してきた。

「スネ夫、おもしろいこと考えたぞ。おまえな、今夜おれんちに泊めてやるぜ。かわりにおれがおまえんちで寝るってのどうだい」

「えーっ！」

「遠慮するなってば。だーれもいないんだからよ」

ジャイアンはスネ夫の首を絞めたまま、自分の家まで引っ張ってゆく。雑貨屋と一体になった木造家屋は見るからにおんぼろで、昭和の香りが漂っている。ジャイアンはスネ夫を無理やり家の中に押し込めると、じゃあなと声を上げて走っていった。

「いい夢見るぞ！　いっぺんベッドで寝てみたかったんだ」

そんなジャイアンの声が聞こえて、スネ夫は苦虫を嚙み潰した。

ジャイアンの部屋の襖を開けると、予想通り、菓子の食べ残しやマンガが散らかっていた。押し入れから取り出したせんべい布団は、ジャイアンの汗を吸ってひどい臭いだ。

「チェーッ！　チェーッ！」

スネ夫は布団に潜って、何度も舌打ちをした。低い天井と丸い蛍光灯が見えた。

不意にスネ夫は悲しくなって、大声でママを呼んだ。

むろんママの助けなど来なかった。スネ夫は布団を蹴飛ばして起き上がり、ジャイアンの家を出た。誰もいない夜の道を、ひとり肩を怒らせて歩いた。


時計は午後一〇時を過ぎている。ふだんならママにいわれてしぶしぶ部屋に上がる時間だ。それなのにいまのび太は誰にもいわれずに布団を敷き、中に潜って天井を見ている。

蛍光灯は点いたままだ。のび太は眼鏡も外していなかった。

「ドラえもん、まだ寝ないの」

「何かいい作戦はないか、考えてるんだ。気にしないで寝ろ」

ドラえもんはのび太の布団の横であぐらを掻いて目を瞑り、腕を組んで思案していた。のび太は寝返りを打ってそんなドラえもんをしばらく見つめたが、深く息をして、自分も目を閉じた。

そして目を閉じたままいった。

「眠れないよ」

「まあね……、こんな状況でぐっすり寝ろってほうが無理だ」

「そうだろ?」

のび太は目を開け、上体を起こした。するとドラえもんが笑った。

「きみが眠れないだなんて、まさに天変地異だ」

ザンダクロスの足音が聞こえてくる。見回りをしているのだ。その音が少しずつ遠ざかってゆくのを、のび太はじっと聞いていた。

「ドラえもん」

そしてのび太はいった。「どうもわからないんだ、いろいろと」

「ああ」ドラえもんは腕組みをしたまま頷く。

「たとえばさ、リルルは人間の姿をしているのに、あの基地で見た司令官みたいなやつは、カメムシそっくりだったじゃないか」

「スクリーンに映っていたやつだね」

「あいつがリルルに指令を出していたんだよね。メカトピアはカメムシがヒト型ロボットを支配しているのかな」

「そこはぼくも気になっている。メカトピアの社会構造は異質だ。地球人の感覚ならかっこいいザンダクロスがたんなる土木作業用ロボットだし、ぼくらとは価値観がかなり違うんだと思う。なぜやつらが地球を侵略したがっているのかも謎だ」

「わざわざ奴隷（どれい）にしようだなんてさ。ロボットなんだから、いくらでも働き手をつくればいいじゃないか」

「機械の考えることなんてわからないよ。ましてや遠い星のロボットだ。人間とはまるで違う思考回路を持っているんだろ」

「そんなものかな……」

　のび太は布団に身を投げ出し、大の字になった。

「リルルは何を考えて地球にやってきたのかな……」

「本当はそれを聞き出したかった。でも思ったより傷が深かったみたいだ。明日、その時間が取れればいいけど」

「リルルはぼくたちのこと、どのくらいわかってくれたのかな……」

のび太の声が小さくなった。ドラえもんは立ち上がり、蛍光灯からぶら下がる紐に手を伸ばした。

「消すよ」

部屋が暗くなっても、のび太は大の字の姿勢のまま、しばらく天井を見つめていた。

ドラえもんは再び布団の横であぐらを掻き、腕を組んで思索に戻った。


「起きていたのね！　ごめんなさい、遅くなって。おクスリ塗り替えましょうね」

静香は新しいお湯にかえた盥を絨毯（じゅうたん）の上に置きながらいった。

リルルのポリ包帯を丁寧に解いてゆく。この包帯はたんに関節を動かないように留めたり傷口に触れないようにしたりするだけでなく、覆うことでクスリの効果を上げる働きもあるらしい。そのためリルルの全身をぐるぐる巻きにする必要があったが、解くのも同じくらい時間が掛かった。

しかし皮膚が見えてくると、はっきりと回復の兆しがわかって静香は嬉しくなった。

皮膚に張りと瑞々しさが戻っているのだ。うつぶせに寝かせた裸のリルルの背中から膏薬のひとつをゆっくりと剝がして、静香は喜びの声を上げた。

「すごい！　もう傷口に薄皮が張ってる！」

生々しい傷痕が薄れると、リルルの身体の美しさが改めてよくわかる。腰はきれいにカーブを描いて、お尻は柔らかく膨らんでいる。静香はタオルで背中を優しく拭き、プラ膏薬を貼り直した。

「私を助けたこと、後悔するわよ」

「なぜ？　ロボットだから？　あたしはそんなこと気にしないわ」

新しい包帯をリルルの胸に巻きながら、明るい声でいう。包帯は白く、清潔で、リルルの透き通るような肌の色とよく合った。最初に手当をしたときより、ずっときれいに見える。

しかしリルルは手当を受けながら、視線も向けず低い声でいった。

「もうすぐ鉄人兵団が来て、地球人狩りが始まるの。あなたたちはみんな捕まっちゃうのよ」

「そんな……」静香はリルルを仰向けにして、包帯を肩から腕へと巻きながらいう。

「地球人を捕まえてどうしようというの？」

「メカトピアへ連れて行くの。私たちロボットのために働かせるのよ。奴隷としてね」

「奴隷？　人間がロボットの奴隷に？　そんなひどいこと……」

「どうしてひどいの。宇宙を支配するのはロボットなのよ。人間みたいな下等生物が支配者のために働くのは当たり前じゃない。これは神が定められた運命なのよ」

静香は包帯の端を切って留め、リルルから一歩退いた。

「勝手なこといわないで。ロボットは人間のために、人間がつくったものよ。あんたたちだって最初は誰かにつくられたんでしょ」

リルルは包帯を取り替えてもらったことの礼さえいわず、ベッドに横たわったまま、前を見つめて誇らしげにいった。

「メカトピアにはひとりも人間なんていないわ」

「それじゃどうやって……」

リルルは語り出した。

「いいわ、下等なあなたたちにも教えてあげる。はるか昔、あなたたち地球人が生まれるずっと以前――銀河の彼方に栄えていた人間たちがいたの。でも神は人間たちを見放されたの。わがままで、欲張りで、憎み合い、殺し合い……。だから神は無人の星に降り立ち、アムとイムというロボットをつくり、こういわれた。〝ロボットたちよ、おまえたちで天国のような社会をつくりなさい〟」

　リルルの長い睫(まつげ)が微動だにせず天井を向いていた。

「アムとイムはせっせと子孫のロボットをつくったわ。人間は滅び、ロボットは栄えた。そのうちロボット社会の中で、支配する者とされる者が現れたの。貴族ロボットや金持ちロボットが、奴隷ロボットを使うようになった。神の御意志をどう解釈するかで長い宗教戦争もあったわ。裕福な州と貧しい州の間でいさかいも起こった……。でも近年になって、ロボットはみな平等だという考え方が広まり……、ついに奴隷制度が廃止されたのよ！」

　リルルは静香に顔を向けて宣言した。回復しつつあるおのれの力を、歓喜の言葉に籠(こ)めるかのように。

「で、新しい労働力として人間を使うことにしたわけよ。わかった？　ロボットは神の子。宇宙はロボットのためにあるの」

　静香は壁際で膝を抱えて聞いていた。いいたくはなかったが、あまりに気落ちしたのでいった。

「まるっきり人間の歴史を繰り返してるみたい。神様もさぞがっかりなさったでしょうね」

「なんですって？　ロボットが人間の真似をしてるというの？」

リルルは包帯姿で起き上がった。鋭く静香を指差して命じた。

「取り消しなさい！」

「だめよ、いま動いたら傷口が……！」

リルルの指先からいきなり閃光が弾けた。静香はリルルに右手を伸ばしたままの姿勢で跳ね返された。激痛が全身を貫き、悲鳴を上げる間もなくもんどり打って倒れた。ぬいぐるみを並べてあるガラス戸棚にぶつかった。左腕が烙印を捺しつけられたかのように熱い。リルルが光線を放ったのだ。リルルはあたしを殺そうとした！

だがリルルは力を使い果たしたのか、よろめいて倒れてしまった。全身に包帯を巻かれた姿で、身動きできず震えている。静香は自分の左腕に目を向けた。服の袖は焼き切れていたが、まだずきずきと痛むものの、皮膚は軽い火傷で済んでいる。エネルギーが弱くて助かったのだ。

静香は床に倒れるリルルに向かってわめいた。

「もうあんたなんか！」

拳を振り上げたが、懸命に抑えた。涙が溢れてきて静香は部屋の外に飛び出した。扉を強く閉め、リルルが追いかけてこないように背で押さえた。涙が止まらなくなって頰を伝って落ちた。

「あんたなんか、勝手に壊れちゃえばいいんだわ！」

そして静香は泣いた。扉に背をつけたまま、目頭を手で押さえることもなく泣いた。悔しくてならなかったが、何に対して自分が悔しいのかわからなかった。自分はただ、友だちになりたかったのだ。友だちになれるかもしれないと、ただそう思っただけなのだ。それがすべて裏切られた。リルルにではなく、もっと大きな、自分たちではどうにもならない大きなものに、すべて裏切られたのだ。

静香は顔を上げ、一度だけ手の甲で頰を拭った。

「やっぱりほっとけない……！」

口をきつく結び、振り返って扉を開けた。床に倒れているリルルを抱き起こし、ベッドに寝かせた。リルルは再び意識を失いかけていた。静香はまだ涙を流していたが、もう手で拭いはせず、嗚咽を漏らすこともなかった。静香は唇を結び、涙を溢れさせながら、怒りの表情で、残りの手当を進めていった。一度だけ強く洟をすり上げた。

どこか遠くから飛行機の飛ぶ音が聞こえてきた。静香はしかし、カーテンを開けることはなかった。包帯の残りを巻き終えて、口を噤んだまま重い盥を抱え上げた。まだやることはたくさんある。今夜は徹夜なのだ。自分の悔しさをその事実にぶつけるかのように、静香は盥を持って階下へと向かった。

スネ夫は空き地でラジコン飛行機を飛ばしていた。

指先をコントロールスティックに掛け、その感触を頼りにしながら、目は頭上の零戦に向けている。おもちゃ屋から適当に二、三の箱を引っ張り出してきたのだが、本当はどれでもよかった。たまたまこの空き地に持ってくるとき、いちばん上の箱が零戦だったのでそれを操縦しているにすぎなかった。

いとこ直伝のスティック捌きは、小学五年生にしてはなかなかのものだと自負していた。いつもジャイアンやのび太たちに見せびらかしてはいるが、ひとりでラジコンを動かすことも決して嫌いではない。ただ無心に操縦しているときだけ、見栄も意地も自分の心から消えて、本当にひとりになれる気がするのだった。

しかし自分はまだ小学五年生だ。何もかもひとりでできるわけではない。クラスメイトのみんなからつねに羨望の的でいるためには、ちょっとばかり背伸びしたものを手にしていなければならなかった。こんなラジコンではなく、もっとかっこいいものを。もっと改造を利かせて、世界にふたつとないものを。そうした願いに限りがないことや、そんな欲望に溺れるのが心の弱さであることは、スネ夫自身もよくわかっていた。

ずしん、ずしん、とザンダクロスの重々しい足音が聞こえてくる。夜の見回りは町の境界付近だけではないらしい。町内をまんべんなく巡回するようプログラムされているのだろう。スネ夫はスティックを操ってラジコン飛行機を帰還させた。飛行機がスネ夫の横に美しく着地を決めたとき、ザンダクロスが空き地の前で足を止めた。

その横にふたつの影が立っていた。

「ジャイアン。ミクロス」

スネ夫は呟いた。ジャイアンはなぜか真剣な顔つきで、ケーキ屋の箱を両手に提げていた。その姿がアンバランスだった。

ジャイアンはずんずんとやってくる。スネ夫は怯んで、ラジコンの操縦器を差し出した。

「あ、これ？　寝つけなかったから、ほら、持ってきたんだ。何しても怒られないだろ、だから楽しくて」

ジャイアンは操縦器を取り上げ、脇へ放り投げた。

「あっ、なにするの！」

「スネ夫。ミクロスがおまえの家に来たぜ」

なんのことかわからなかった。

ジャイアンは後ろに控えていたミクロスを呼びつけていった。

「こいつ、おまえの家を警備するために、ザンダクロスといっしょにやってきたんだ。ご主人様の安全を確かめるためにな！」

「デ、デモ、じゃいあんサマガ、イラッシャッタノデ、ボク、ビックリシマシタ」

「スネ夫、おまえを守るために、ミクロスはがんばってんだ！」

「ミクロスが？」

スネ夫は自分のロボットを見つめた。自分より背の高い二足歩行ロボットは、もじもじと両方の人差し指を前で合わせていた。

「スネ夫、おまえ、家に帰れよ」ジャイアンは顎でしゃくった。「ひと眠りしたら満足したから、帰れよ」

スネ夫はびっくりして、なにをいえばいいのかわからなくなった。それで咄嗟にケーキ箱を指した。

「なに、それ？」

ジャイアンは笑っていった。

「また腹が減ったからよ、夜食を見繕ってきたのさ。おまえの分もあるぜ」

「こら！　なにやってんだ、ふたりとも！」

　空からドラえもんの声が飛んでくる。見上げるとタケコプターをつけたドラえもんがこっちに向かってきていた。

「のんきに遊んでる場合じゃない、明日は鉄人兵団が攻めてくるんだぞ！」

「わかってらあ。やっと眠くなってきたところなんだ」

　ジャイアンはケーキ箱のひとつをスネ夫に押しつけると、陽気に手を上げて去っていった。

「じゃあな、スネ夫！　ミクロスの面倒を見てやれよ！　まだ喉に肉の残りが引っかかってるぜ！」

「肉が？」

　ミクロスの喉元を覗き込んだ。すっかり冷めた肉片がこびりついている。こそぎ落とそうとしたが、関節に食い込んで離れない。

「スネ夫も、ほら、家に戻って！」

「わかったよ。おやすみ！」

　わめいて、スネ夫は歩き出した。ようやくドラえもんは帰ってゆく。ザンダクロスも自律モードで巡回を再開し、ずしん、ずしん、と歩いていった。

その後ろ姿が見えなくなったところで、やっとスネ夫はわれに還った。

「なにやってんだ。ミクロス、早く来いよ！」

「ハ、ハイ、ゴ主人サマ」

スネ夫はミクロスといっしょに家へ帰った。

自分にとって鏡のようなミクロスと共に、歩いて戻った。

自分の部屋にたどり着き、ジャイアンの散らかしたベッドを整え、工作具を取り出した。時計は深夜一二時を回ろうとしていた。しかしスネ夫は眠くなかった。

「ナニヲ、ツクルンデスカ？」

「つくるんじゃない。ミクロス、おまえの整備だ」

スネ夫はミクロスを引き寄せ、背中の凹みに隠されている電源ボタンを押した。ゆっくりと制御機構がシャットダウンされてゆき、全身から力が抜けた。スネ夫はドライバーで慎重にミクロスの筐体(きょうたい)カバーを取り外し、首の関節部から肉片をピンセットで取り出した。

今日一日、ずっと外を歩いていたので、カバーには埃(ほこり)がこびりついている。内部のモーターやシャーシにも小石が入り込んでいた。刷毛(はけ)で払い、エアーで吹き飛ばしては、じっと細部を見つめることを繰り返す。ベアリングも外して洗浄しておいたほうがいいかもしれない。明日はのんびりメンテナンスする暇もないだろう。朝までにバッテリーの予備も充電して、万事整えておかなければならない。

「ぼくなみの知能、か」

スネ夫は呟いた。ミクロスを自分ひとりできちんと整備するのはこれが初めてだった。いつも任せているいとこは、ここにいない。

だから黙々とスネ夫は作業を進めた。

「やれやれ。ジャイアンとスネ夫、ぜんぜん緊張感がない」

ドラえもんはひとりごちて、タケコプターでのび太の家へと戻る。

空から見下ろす町は暗く、夜の底に沈み、沈黙していた。鏡面世界では現実と同じように時間が経過するが、人間社会の営みは凍結される。信号や街灯はほとんどが自動制御なので正常のままだが、人家の明かりは激減してしまう。いつも遠くに煌々(こうこう)とそびえる新宿の高層ビル群さえ、いまは闇に半ば溶けている。東京の膨大な家々は、いまどれもが主人を失い、がらんどうのまま立ちすくんでいる。

現実世界はいま明るく光を放っているだろう。東京の夜空はその光を受けて、星々も薄らいでいるはずだ。

ドラえもんは心配していた。現実世界ではのび太たちが神隠しのように消えて半日が過ぎたことになる。

のび太のパパやママは心配しているはずだった。野比家だけではない、ジャイアンやスネ夫の家も、静香の家も、子どもたちの失踪で大騒ぎになっているはずだ。のび太と長く暮らして、ときにはこうして大きな事件に巻き込まれ、長期にわたって家を離れなければならないことがあった。そのたびにのび太たちの両親は身の削られるような辛さと不安を感じていたはずだ。そのことを思うといつも胸が痛んだ。

タイムマシンでもとの時間に戻ってごまかしたことも何度かある。しかしそれが決してよい解決策でないことは、ドラえもん自身がよく知っていた。家を離れた五分後の世界に戻れば、なるほど実際の外出はたったの五分ということになる。理論上、のび太が家を空けていたことさえ、パパやママにはわからない。しかし本当にそうなのか、誰も確証は持てないのだ。

時間の流れというものは複雑だ。のび太たちが一週間家を空けたとする。その一週間という時間は、パパやママにも同じように積み重なっている。その間、ふたりは必死でのび太を捜索しただろう。毎晩泣き腫らしただろう。その辛い日々は、のび太たちがタイムマシンでもとに戻ることで、なかったことにされる。別の並行世界が生まれて、続いてゆくのだ。しかし彼らが泣いて過ごした時間と、その辛い体験は、本当に消えてなくなるのか。失われたループは、もしかしたらどこかに残像のようなかたちで残るのではないか。辛い記憶はどこかに積み重なり、現実のパパやママにもわずかな影響を与えるのではないか。二二世紀の科学でさえ充分に解明されていない、宇宙の謎だ。

いま、現実の世界では何が起きているだろう。鉄人兵団の接近を、どこかの天文台は気づいているだろうか。

いや、気づいてはいないだろう。兵団はワープを繰り返して地球に接近しているのだと、ザンダクロスの電子頭脳は話していた。とても二一世紀の地球の科学技術でその動きが捉えられるはずはない。おそらく兵団は地球の大気圏内までいきなりワープして、一気に都市を攻撃するつもりなのだろう。その間にリルルやザンダクロスと再度の交信を試みるに違いない。

それが唯一のチャンスだとドラえもんは直感していた。相手はこの鏡面世界と交信してくる。その瞬間がただ一度だけのチャンスであるはずだ。

すごい思いつきがいまにも浮かびそうで、浮かんでこなかった。

家が近づいてきて、ドラえもんは降下する。窓からのび太の部屋に戻り、そっとカーテンを閉め直した。消灯されているのでのび太の布団を踏まないよう気をつけながら回り込み、押し入れの上段によじ上る。

「ドラえもん、押し入れで寝るの」のび太の声がした。

振り返ると、のび太がこちらに目を向けていた。

「なんだ、起きてたのか。寝るわけじゃない。作戦を考えないとね。横にいたらきみが眠れないだろうと思ってさ。じゃ、おやすみ」

そのまま襖を閉めようとしたが、のび太は会話をやめなかった。

「ねえ、ドラえもん。そっちに行っても、いいかな」

「なに？」

「いいだろ、ね？」

のび太は枕を抱えて上ってきた。ドラえもんは慌てていった。

「ちょっと、のび太！　窮屈じゃないか！」

「うふふ」

「なんだ、どうしたんだ！」

のび太はぐりぐりと身をよじらせて、狭い押し入れの中に入り込むと、自分から襖を閉めた。とてもふたりで横になれるほどの空間はない。ドラえもんが身をかわそうとすると、かえってあちこちをぶつけてしまう。案の定、のび太の足は押し入れの隅に置いてある〈四次元くずかご〉を蹴飛ばしかけた。どしん、ばたん、と派手な音が繰り返され、ヒゲを引っ張られてドラえもんは声を上げた。

「痛いなあ、もう」

「こうして一回、いっしょに押し入れで寝てみたかったんだ」

「幼稚園児みたいなことをいうなよ。ちゃんと自分の布団で……」

「ドラえもんは、ロボットなんだね」

のび太が静かにいった。

のび太はドラえもんを抱きかかえるような格好で、押し入れの中で身を縮めていた。

「いつもはさ、忘れてるけど、ドラえもんはロボットなんだ」

のび太のてのひらが、ドラえもんの頭に触れている。ドラえもんの感触を確かめるかのように。

「のび太……」

ドラえもんは思い出した。のび太は小さかったころ、叱られると押し入れに引っ込んで、膝を抱えて泣きべそをかいていたのだと、パパやママに教えてもらったことがあった。過去の秘密をばらされたのび太は、あのとき顔を真っ赤にして怒っていた。

のび太は寝息を立てていた。

安らかな寝息だった。

ずっと緊張していたに違いない。のび太だけではない、誰もが恐怖を抑えていたに違いなかった。それがいまだけ、ほんの少し解かれたのだ。

真っ暗な押し入れの中で、身をひねったまま、ドラえもんはしばらく動かずにいた。のび太の顔が見える向きではなかったが、構わなかった。のび太の寝顔はよくわかっている。

寝相が悪いのは、いつまで経っても直らないのび太のクセだ。掛け布団を蹴飛ばし、ごろごろと転がって、目覚めたときにはまるで違う方角を向いている。

だから熟睡してのび太の手が自然と離れるまで、ドラえもんはいま、自分からは動かずに、のび太の手の温もりを感じていた。

「たっだいまー！」

ひとりで声を上げて、ジャイアンは誰もいない自宅に戻った。

二階の自分の部屋でケーキの箱を開け、甘い匂いを堪能してから次々と口に放り込む。小腹を満たして満足し、電気を消してごろりと横になった。

天井をぼんやりと見上げる。

突然、孤独感に襲われて、ジャイアンは布団を鼻先までかぶった。

のび太はドラえもんといっしょだ。静香はリルルというロボットの少女を介抱している。スネ夫もいまはミクロスと共にいるだろう。

自分だけがひとりで夜を過ごすのだと、初めて気づいた。

「あのへんに、巨神像が見えたっけな……」

ジャイアンは暗い部屋の中で呟いた。昔のことを思い出した。かつて孤立していたとき、ペコという仔犬を抱いて、遠い地でいっしょに眠ったのだ。

いまはペコもいなかった。

ジャイアンは布団を頭まですっぽりとかぶり、目を瞑った。

†

空が白み始める。

ドラえもんはからっぽの布団の前でひとり腕を組んで座り、口を強く結び、目を閉じていた。

太陽の光が世界に満ちてくる。野比家の薄いカーテンを通して、その恵みが部屋にも入り込んでくる。

かっ、と目を開けて立ち上がり、ドラえもんは叫んだ。

「浮かんだぞ！　この手しかない！」

「わ、わーっ！」

のび太が押し入れの中からひっくり返って落ちてくる。部屋中を走り回り、ランドセルを背負ってさらに慌てふためく。

「遅刻だ、遅刻だ」

ドラえもんは肩を落とし、そして一喝した。

「寝ぼけるな！　ひょっとして、地球を救えるかもしれない手段を考えついたんだ！」

のび太はぴたりと足を止め、ドラえもんを見つめて応じた。

「よし、緊急会議」

カーテンと窓を開ける。ふたりは輝く朝の光の中へと、瑞々しい水分を含む朝の大気の中へと、タケコプターで飛び出していった。

ドラえもんは声を上げた。

「みんな集まってくれ！　作戦を開始する！」

†

ザンダクロスは町の外れで直立していた。

巡回プログラムが一時停止をしていた。ピ・ピ・ピというかすかな電子音が、ザンダクロスの頭頂部で時間を刻み続けていた。

地球人は電子頭脳の大部分をごっそりと別の回路に置き換えてしまっていた。その状況は、わずかに残された頭脳のかけらが認識していた。

自己修復プログラムだけではとうていすべてを元通りにすることはできない。しかしジュドのフェイルセーフ機能は、こうした万が一の事態をも想定していた。

ピ・ピ・ピと電子音は鳴り続ける。リルルが地球の道具で回復するのと同様に、電子頭脳もボールが内蔵していたナノマシン群によって変化することができた。時間は掛かるが、ゆっくりと、頭脳はおのれの役割へと向けて自己を取り戻していった。

ザンダクロスは朝の陽射しを浴びて、わずかにうつむいた姿勢のまま、無言で立ち尽くしていた。

†

その五時間前。

「じゃあ、スミレさん、お疲れさまでした。明日は八時に迎えに来ますから」

門扉の前でタクシーを降り、マネージャーに返礼する。去ってゆくタクシーのテールランプを見届け、星野スミレは自宅に戻った。

何度か根も葉もない噂を週刊誌に書き立てられたことはあるが、この一軒家は正真正銘、スミレにとって自分だけの、最後のプライベートな空間だ。子役時代に建てた家で、母とお手伝いさんの三人で暮らしていたが、いまは増改築を重ねてひとりで住んでいる。デザインや内装にも気を遣い、わがままを押し通していまのかたちにした。

わずかな休日はこの家でゆっくりと読書を愉しんだり、料理をつくったりする。

親しい友人でさえほとんど招かなくなったのは、かつてスキャンダルを捏造され、ある俳優につきまとわれて、この家にまで上がり込まれたことがあるからだ。だからそのとき現れたふしぎな子どもたちのことは強く心に残っている。彼らは何度か人生の途上で姿を見せ、スミレの心の大切な芯を、そっと優しく包んでくれた。

上がり框まで戻ると、センサが自動応答して光が灯った。スミレはハンドバッグから鍵を取り出した。

ふとバッグの中に目を落とし、小さな紙片を手にした。電話番号と練馬区の住所が書かれてある。子ども電話相談室のスタッフからもらったメモだ。地球が征服されると訴えてきた子どもの連絡先だった。

スミレはその場で考え込み、そしてきびすを返し、門扉を出た。道は暗く、周辺の家々は寝静まっている。スミレは大通りのほうへ向かって歩きながら携帯電話を取り出し、メモの住所を地図で確認した。

いま電話したほうがいいだろうか？　迷ったが、その電話番号に連絡することはひとまず控えた。かわりに大通りまで出て、タクシーに向かって手を上げた。

練馬区の住所を告げる。急いでください、とつけ加えると、急患かなにかだと理解してくれたようだ。運転手はアクセルを踏んだ。

スミレはそっと胸元のペンダントに手を当てた。ふだんは衣服の中にしまい入れているから、ほとんどの人は気づかない。だが役づくりのとき以外は肌身離さずつけており、いつもスミレの心に近いところにあった。

中には写真が入っている。スミレが子どものころいちばん大切に思っていた人の、笑顔の写真だ。彼はいま遠い世界にいる。

あのころから時が流れた。自分は成長し、あのころの特別な力はずっと昔に返還して、いまはただ、こうしてひとりの女優になった。当時はプロダクションの大人たちのいうことをきいて、ステージでスポットライトを浴びていくつもの歌を歌った。ペンダントの写真を見せたのは、あの子たちが最初で最後だ。彼らにどこか自分と同じものを感じたのだった。遠い昔の自分は、きっと彼らのようだったのだろう。冒険が好きで、まっすぐで、青天の霹靂(へきれき)のように授かったふしぎな科学の力で空を翔けるときだけ、本当の友だちと笑い合えた。

あのころは自分も地球を救っていたのだ。

いまの自分にもできることはあるはずだった。スミレはそっと目を閉じ、タクシーの加速を感じていた。

第7章

　ドラえもんは空き地の土管の上に立ち、集まったみんなの前で熱弁をふるった。

「こないだぼくらが泳ぎに行ってきた、高井山の奥の大きな湖。あそこに逆世界入り込みオイルを流して、巨大な出入り口をつくる！　そこから鉄人兵団を鏡面世界に誘い込むんだ！」

「ええっ、鉄人兵団をそっくり全部？」

「ぼくらだけで戦おうってわけ？」

「だって、兵団って、でっかいやつらが攻めてくるんだろ？　巨大ロボットの大軍が押し寄せてくるんだろ？」

「先のことはまた別に考えてある！　とにかく、こっちの世界ならどんなに壊されても平気だから、やつらに大暴れさせて、ひとり相撲をとらせるんだ」

スネ夫が小さな声でいう。「そんなにうまくいけばいいけど……」

のび太が訊いた。「でも、どうやって誘い込むの？」

「ザンダクロスの脳が部品集めの信号を出してただろ。あれを湖から発信させる。兵団は信号をキャッチして、脇目もふらずにやってくるはずだ！」

「うーん、どうかな……」

「賭けだよ、こりゃ」

ジャイアンとスネ夫が腕を組んで唸る。ドラえもんはいった。

「そうとも、賭けだ。でもこれしか地球を救う方法はない！」

誰もが不安げな表情だ。しかしドラえもんは言葉で押し切った。

「そこでひとつ大切なことがある。しずちゃん、リルルの具合はどうなってる？」

「どんどんよくなってるわ」

「〈コンピュータ睡眠薬〉。これを飲ませて、リルルを二四時間眠らせるんだ」

ドラえもんはポケットから小瓶を取り出し、静香に渡した。

「本当は、リルルからいろいろ聞き出して、味方につけたかった。でも時間がない。しずちゃん、やってくれるね」

「いいわ」

「手分けしよう。ぼくとのび太は湖へ。スネ夫とジャイアンは、まだ隠れているロボットをやっつけてくれ」

「みくろすモ！」

ミクロスが腕を振り上げる。ドラえもんは頷いた。

「始めるぞ。あれ、待てよ……」

ドラえもんはそこまで一気に説明してから、辺りを見回した。「ザンダクロスはどこだ？」

スネ夫が南を指差す。「町外れで止まってたよ」

「止まってた……？」

タケコプターで空へと上がる。みんなも自分のタケコプターであとに続く。朝日が東の空に昇っていた。気持ちのよい快晴だ。ザンダクロスはその陽射しを浴びて、勇壮な姿で直立していた。

「ザンダクロス！　どうしたんだ、こっちを向け！」

ドラえもんが命ずると、ザンダクロスは逞しいギアの音を響かせて、ドラえもんたちのほうを向いた。

「とくに問題はなさそうだ」

「夜の見張りが終わって休んでたんじゃないの」

ドラえもんは首を傾げたが、深く考えるほどのことではなさそうだった。

「スネ夫とジャイアンには武器になりそうな道具を渡しておく。エネルギー切れに気をつけて使ってくれ」

道具をポケットから取り出して、ふたりに配る。

みんなはこれで覚悟を決めたようだった。ドラえもんは全員の顔を見つめ、頷いてみせた。

「では作戦開始！」

のび太と共にザンダクロスの肩に乗り、鋭く命じた。

「ザンダクロス、飛べ！」

のび太たちはザンダクロスの背に乗って、高井山まで飛んだ。

湖は以前と同じように澄んでいた。ザンダクロスを湖畔に着地させ、ドラえもんは逆世界入り込みオイルの缶を取り出した。タケコプターで上昇し、缶を逆さにして湖の端から撒いてゆく。

「わあ、湖一面に、みるみるオイルが広がっていくね」

　のび太はいっしょに飛びながら、湖面が反応を起こしてゆくさまを眺め下ろした。

オイルはのび太たちが飛んだあとから薄く伸びて広がり、くっきりと世界を反射して、
まるでもうひとつの世界が上下あべこべに生まれたかのように色づいてゆく。

巨大な鏡が誕生し、朝の太陽の影が呑み込まれた。まぶしくてのび太は目を細めた。

「これで誘い込む網はできた。ザンダクロスに発信させよう」

ドラえもんはザンダクロスに細かな指令を出した。ピピー、ピピーというあの電子
音が山に響き始めた。

「果たして誘いに乗ってくるかどうか……」

ドラえもんが緊張の面持ちで呟く。

「うまくいくかな」

「わからないけど、うまくいくと信じるしかない。かなり位置情報を絞り込んだから、
やつらは周りに気を取られることなく、一直線にここへ飛び込んできてくれると思う。

やることはまだたくさんあるぞ。夜までにぼくらの戦力を整えるんだ」

ザンダクロスを見上げて、ドラえもんはいった。

「ザンダクロスはこうして発信させたまま、ここに置いておく。何かあったら自律モードが立ち上がって、ぼくらにも連絡をくれるはずだ。いったん都心へ戻るぞ。スネ夫やジャイアンたちがロボットの残党をやっつけている間に、ぼくらで決戦の準備をする！」

電子音が鳴り響く町を、ジャイアンとミクロスは銃を手に飛ぶ。

車の固まった道路で、スネ夫が作業用ロボットに銃を向けていた。ジャイアンが降り立って加勢する前に、スネ夫は銃からねばねばの液体を噴射し、ロボットをからめ取っていた。

「スネ夫、大丈夫か」

「見てよ、ゴキブリみたい。やっぱりドラえもんの〈瞬間接着銃〉はすごい効き目だよ」

ロボットは接着液にまみれ、もがけばもがくほどトラップされて、アスファルトの道路にへばりつく。ゴキブリホイホイに捕まった虫のようだ。

「撃ちすぎんなよ。夜にはもっと大軍がやってくるんだからな」

「もちろん。ロボットたちの弱点もわかってきたんだ。こいつら、不意打ちには反応が鈍いみたい。地球に慣れてないんだ。これなら兵団がやってきても戦えるよ」

「やるじゃねえか、スネ夫！　その意気だ！」

また別の方角から電子音が鳴り始めた。

「今度はこっちか！」

ドラえもんやのび太と分かれてから、町のあちこちにチョークで線を引いておいたのだ。基地で働いていたロボットたちは昨日のうちにおおむね退治したが、それでも残党がひと晩かけて都内に散っていったらしい。兵団の襲来までに、そいつらを根絶やしにしておくのがドラえもんの作戦だった。

「今度ハ、ボクニ任セテ！」

ミクロスが背中のローターで飛び上がる。

「おっ、頼もしいやつだな」

「ぼくは向こうを見てくるよ！」

スネ夫は手を振って、反対の方角へと飛んでいった。

「よかった！　すっかり傷が塞がってる」

静香はリルルの背中から一枚目のプラ膏薬を取り除き、皮膚が蘇生されていることに笑顔で声を上げた。

包帯を解かれた全裸のリルルは、ベッドの上に座り、胸元を隠すこともなく黙って静香に従っている。表情はまだ硬いが、それでも頬に血色が戻ってきているのは人間の女の子と変わらない。

静香は残りの膏薬を慎重に剝がしてゆき、すっかりリルルの背中がきれいに戻っていることに嬉しくなった。手鏡を持ってきて見せてあげる。

「ほら、もう大丈夫よ」

リルルがちらりと鏡の像を見て確かめたので、静香は満足した。

「もう包帯はいらないみたい。着替えが必要ね。あたしの服、どれでも気に入ったのを着ていいわよ。リルルさんならこっちかしら」

静香は衣装棚を開けてブラウスとスカートを見せ、その中から白とレモン色の爽やかな組み合わせを取り出した。リルルの赤毛と深い緑色の瞳には、清潔で透き通るような色の服が似合うと思ったのだ。

「ひとりで着られるわ」

リルルはようやく口を利いた。

下着をつけて白いソックスをはき、静香の見立てた衣服に袖を通すと、思った通りリルルは名門中学のチアリーダーのようにすてきな女の子になった。

静香はにっこりと笑ってみせた。リルルを再びベッドに寝かせ、上から毛布を優しく掛けていい聞かせる。それは決してドラえもんにいわれたからではなく、本心だった。

「でも、まだ動き回っちゃだめ。せっかく直りかけた傷が開いちゃうから」

「人間のすることってわからない。どうして敵を助けるの」

「ときどき理屈に合わないことをするのが人間なのよ」

静香はドラえもんから受け取った小瓶の蓋を開ける。赤色の丸薬をひと粒摘(つま)み、ベッド脇に腰を下ろした。

「このクスリを飲んで、ゆっくり休めばすっかりよくなるわよ。はい、アーン……」

リルルは目を閉じ、きれいな口を開けた。その中にぽとりとクスリを落とした。

水は不要だった。リルルは薄い桃色の唇を閉じると、すぐに顔を横に向けて枕に埋めた。胸が規則正しく上下し始めた。

「もう寝ちゃった。よく効くクスリね」

少し驚きながら、しかし静香はリルルの安らかな顔にほっとして立ち上がった。リルルを起こさないよう、足音を忍ばせて部屋を出た。

扉が閉まる音を確認して、リルルは目を開けた。

頬袋から丸薬を吐き出す。小粒はシーツを転がって床に落ちた。

地球人の企みを見抜くのは簡単だった。

すぐに脱出しては、かえって相手を警戒させてしまう。リルルはベッドに横たわったまま、時期を待つことにした。あの静香という少女も家を空けるときが来るだろう。兵団の到着までしばらく時間がある。それまでにジュドとの交信を試みるのだ。

リルルの心の中で、あの刷り込まれた勝ち鬨が反復していた。

祖国メカトピア、万歳。

†

午後いっぱいかけて飛び回ったジャイアンとスネ夫は、新宿中央公園の「ナイアガラの滝」の前で落ち合った。ミクロスも少し遅れてやってきて、三名が揃った。

「ゴ主人サマ、ボク、二五体モ、ヤッツケマシタ！」

「すげえや、ミクロス、おまえなかなかやるな」

「昨日のメンテナンスがよかったんだ」スネ夫は嬉しくなっていう。

夕暮れが近づいてくる。公園は無人でも、滝の水量は変わらずに豊かで、その自然な音を聞いていると緊張もほぐれそうな気がする。

「ロボットが現れなくなったな」

「あらかたやっつけちゃったのかもね」

「しずちゃんは？」

「夕食の買い物にスーパーへ」

ジャイアンは空を見上げた。

空が遠ざかりつつあった。夏休みのころはあんなに一日が長かったのに、いつしか夜の訪れが肌身でわかるようになってきていた。ぐずぐずしていると夜に追い越されてしまう、そんな季節がやってこようとしていた。

スネ夫がふと、高層ビル群に目を向ける。

新宿都庁の脇のビルは、瓦礫（がれき）の山となって放置されている。のび太たちが誤って破壊してしまったのだと聞いた。

都庁のガラス窓はわずかに粉塵をかぶっているものの陽射しを浴びて輝いている。その洗練された美しさとあまりにも対照的だった。

兵団が来たら、この都庁も瓦礫になるのかもしれない。

「行こうぜ、スネ夫」

あと二時間、いや、一時間で、鉄人兵団が地球にやってくる。

ジャイアンは都庁に背を向けて飛び立った。

スネ夫とミクロスが続いた。作戦本部は静香の家だ。静香が待っているはずだった。


リルルは飛び去る彼ら三名の後ろ姿を木陰から見つめた。そして気づかれないよう、そっと身を浮かせ、彼らに背を向けて高層ビルを越え、上昇した。

あの爆発で携帯型の通信機は失われている。ジュドがいまどこにいるのか、リルルにはわからなかった。夕日が都市の彼方へと沈んでゆく。リルルは突然、いままで感じたこともなかった孤独という心理状態に襲われ、狼狽した。眼下に広がる鏡面世界を見下ろし、仲間のロボットがひとつも動いていないことに恐れを抱いた。

まだ身体の節々が痛む。自分がふしぎなのは、その痛みのせいだとリルルは信じ、両腕でおのれを掻き抱いた。小さく隆起した胸が、地球人の衣服の下でいのちを模倣し、動いていた。

ジュドの人工頭脳は兵団への発信を続けながら、静かに戦争をおこなっていた。地球製の電子回路に対するナノマシン群の侵攻は、じりじりと進んでいたが、まだ表面上は相手の制御プログラムを陥落させるところまでは至らずにいた。

ナノマシンは互いに手を結び、いくつもの線維となって、ボールの小孔から手を伸ばし、外部にも助けを求めようとした。あと少しで敵のプログラムに手が届く。あと数時間で相手を支配下における。コマンドの一撃を放つことができる。

ジュドは湖畔に佇み、身動きもせずに、電子音を発し続けていた。ジュドにはわからなかったが、太陽は東へ大きく傾きつつあった。彼のかりそめのユーザーたちが、からからとブレードの音を立てながら戻ってくるのが、聴覚センサの情報でわかった。

ていた。

†

鉄人兵団を呼ぶ電子音が湖に響き渡っている。のび太とドラえもんは、夕方からずっと湖畔に座り、規則正しく発せられるこの人工音を聞きながら、鏡の水面を見つめていた。

「来ないね」

のび太は呟く。「この信号、ほんとに相手に届いてるのかな」

こんなにゆっくりと、夜がやってくるのを眺めたのは久しぶりだった。ぼんやり見ている間は空の色は変わらないが、湖畔の樹々の緑に目を向けると影が濃くなっているのがわかった。尾根に照り返す光の向きも変化し、空気の粒はいつの間にか重さを増して、ゆっくりと雲の底が紫色へと染まってゆく。

のび太は学校でいやなことがあったとき、裏山に登って草の上に寝転び、日が暮れるまでずっと空を見上げることがあった。そのときに仰ぐ空はのび太にとって馴染み(なじ)のもので、風の向きや光の行方さえ自分の身体のようによくわかった。

しかしいまは、鳥のさえずりもなければ一匹の虫の羽音さえない。そんな世界で風は吹き、葉はざわめき、太陽は沈んで、星は姿を現すのだ。のび太は湖面に映り始めた星たちに目を落とした。空の色は海底のように濃く、夜が世界を覆い始める。

　のび太はまた呟いた。

「ザンダクロスみたいにでっかいのが、何千体とやってくる……」

　返答を待っていたわけではなかった。しかし、横に座っていたドラえもんが、意外なほどはっきりとした口調でいった。

「いや、のび太、たぶん違うぞ」

「えっ？」

「兵団といっても、乗り込んでくるやつらの図体は、きっとそんなに大きくないはずだ。ザンダクロスよりずっと小型のロボットだろう」

「どうして？　相手は戦争を仕掛けてくるのに？」

「ザンダクロスが送り込まれてきたときのことを思い出せ。パーツごとにワープホールから落ちてきただろう。逆にいえば、やつらのワープ航法では、せいぜい直径四、五メートルの物体しか転送できないに違いない。ザンダクロスを丸ごとひとつワープさせることはできないんだ」

「そうか！」

のび太もようやくわかった。

「兵団は地球に来たらすぐ戦わなくちゃいけないから、こっちで組み立ててる暇なんてないんだ！」

「その通り。まだぼくらには勝算がある」

「それを聞いて力が湧いてきたぞ」

そのとき。

奇妙な音が聞こえた。

湖面の中央付近に、変化が起こった。青白い光の点が生まれ、それが徐々に広がって、円をかたちづくり始めた。

さらに別の場所に光が生まれ、音が聞こえ始めた。また別のところにも光と音が生まれた。次々と、連鎖反応のように、湖面のあちこちにいのちが満ち始めた。

ドラえもんも立ち上がった。ふたりともこの音に聞き覚えがあった。ザンダクロスのパーツが空から落ちてきたときに聞こえた音だ。何もない空間からいのちが膨れて、生まれ落ちてくるような、あのふしぎに懐かしい音だ。

それがいま、何十、何百と重なり合い、湖面を照らしつつある。個々の光は繋がり、あまりの多さに湖一面を埋め尽くしてゆく。のび太は鳥肌が立った。鉄人兵団がついに来たのだ！

　境界が繋がった。何百という黒い物体が湖面を突き抜けて飛び出してくる。湖面の飛沫が激しい音となって、山全体に反響し、周囲の樹々を震わせる。青い光が乱反射して、世界は爆発したかのようだ。のび太は目を瞠った。恐ろしいほどの数だった。ロボットたちは途切れることなく、次々と、無限とも思えるほどに飛び上がってくる。

　これがすべて地球を襲うのか？

　これがすべて鉄人なのか？

「ザンダクロス、信号を止めろ！」

　ドラえもんがポケットから道具を出して叫んだ。

「スモールライト！」

　ザンダクロスがみるみるうちに小さくなる。ドラえもんはすばやくポケットの中にしまい入れると、草むらへとのび太を引っ張った。

「ザンダクロスはいざというときのためにしまっておく。隠れろ！」

　少しの音でも相手に聞こえるかもしれない。草の中に飛び込んだのび太は、しっ！というドラえもんの声に硬直し、うつぶせのまま湖のほうへと振り向き、息を詰めた。

青白い光は激しく揺れて、ロボットたちが果てしなく飛び出してきているのがわかる。

背中にジェット飛行機のような翼をつけて、彼らは自在に空を飛行できた。全身は甲冑で覆われ、顔の中央に大きな目がひとつ、赤く不気味に光っている。

ドラえもんの予言通り、ロボットたちはザンダクロスほどの大型ではなかった。しかしその数は空を埋め尽くさんばかりに膨れ上がっている。のび太、伏せろ！　と鋭い小声が飛び、のび太は頭を押さえつけられた。湖全体を揺るがすような声が響いた。

《これが地球だ！》

のび太は息を呑んだ。リルルの基地でスクリーンに映し出されていたあのロボットが、のび太たちの眼前に重々しい音を立てて着地し、片手を上げてロボットたちに命じたのだ。のび太は両手で耳を塞いだ。だが効果はなかった。総司令官は両眼をぎらぎらと光らせて兵団にいった。その声がのび太の内臓を叩いた。

《まず大都市を破壊する！　地球人どもを震え上がらせるのだ！》

†

「き、来た……！」

いちばん後ろをタケコプターで飛んでいたスネ夫が声を上げた。

「ジャイアン、ロボ、ロボ、ロボットが、あんなに……！」

「ばかっ、スネ夫、早く隠れるんだ！」

ジャイアンはスネ夫の腕をつかんだ。ミクロスと三名で一丸となって飛んだ。はるか後方から、まるで津波のように低い唸りが迫ってくる。ジャイアンも、スネ夫も、ミクロスも、一目散に飛んだ。一瞬でも振り返ったらその遅れで捕まってしまうかもしれない。恐怖と戦いながら必死で逃げ、静香の家の庭へ飛び込んだ。

庭の木の陰に隠れる。スネ夫が何かいおうとするのを、ジャイアンは手で口を塞いだ。轟音は近づいてくる。ジェットエンジンの唸りが何十、何百にも重なっているのだ。ミクロスが震え始めた。ジャイアンはもう片方の腕でミクロスを引き寄せ、目を瞑り、強く押さえた。

ロボットたちは幸いにも町の上空を逸れて、南東の方角へ向かって進んでいった。左右あべこべだから、実際の方角は南西だ。つまり兵団は東京都の中枢へと攻め入りつつあった。

兵団が過ぎ去るまで、ジャイアンもスネ夫も息ができなかった。ようやく音が遠のき、全身の力が抜けた。

「ドラえもんがうまくやったんだ」

「でも、やつら、都心に向かったよ。東京がめちゃくちゃにされる」

そのとき、ミクロスがおずおずといった。

「ガガ、静香サン、ハ？」

はっとして、ジャイアンとスネ夫は立ち上がった。

タケコプターで二階のバルコニーへと上がる。ガラス戸は開け放たれていた。電気は点いていない。カーテンを掻き分けて静香の部屋に入ると、ベッドはもぬけのからになっていた。

「リルルは？」

「しずちゃん！」

「静香サーン！」

返事はなかった。

「まずいよ、リルルが逃げたんだ！」

「スネ夫、しずちゃんを捜せ！」

ジャイアンは部屋の扉を開けて静香の名を呼んだ。階段を駆け下りて、作戦本部に仕立てた居間に行く。そこにもいない。

「リルルに連れて行かれたんだ！」スネ夫がわめく。「しずちゃんがロボットの奴隷にされちゃうよ！」

「ばかっ、捜すんだ！」ジャイアンは怒鳴った。


「ただいま」

どこでもドアを潜って静香の家に戻ると、電気は点けっぱなしのままで、人影がなかった。

「あれ、スネ夫もジャイアンもいないのか」

昨夕につくり直した一階の居間だ。家の中はしんとして、人の気配はない。のび太は声を上げ、部屋の扉を開けて呼んだ。

「しずちゃーん！」

返事はない。

「みんなで夕食の支度かな」のび太は首を傾げる。

「兵団が飛び回っているから、出歩かないでほしいんだけど……」

「そうだ、兵団がどうなったかわかる？」

ドラえもんは小型モニターを取り出して絨毯の上に置き、台座のつまみを回した。

東京駅と近くの高層ビルが映し出された。

のび太はドラえもんの後ろからモニターを見つめた。静まりかえった夜の景色だ。ビルの窓はところどころ明かりが点いているが、全体としてはずいぶんと暗い。列車も走っていないので赤煉瓦の東京駅も闇に沈んで見える。

「来た！　鉄人だ！」

ドラえもんの肩を抱き、モニターに映る夜空を指差す。しかしドラえもんは慌てなかった。

「見ろ、やつらは都心に向かった。こっちの撒いた仕掛けが威力を発揮するぞ。しばらく鉄人兵団の暴れっぷりを見物しようよ」

ドラえもんはチャンネルを切り替えながら鉄人たちの動きを追う。モニターの右上に小さな地図が現れ、鉄人兵団の分布が赤いドットで表示された。鏡面世界なので東西はあべこべだ。

それを見ると、高井山から飛び立った兵団は、新宿方面と東京・霞(かすみ)が関(せき)方面の二手に分かれたようだ。ロボットたちは政治や交通の中枢部にまず総攻撃をかけるつもりらしい。

東京駅上空を飛ぶロボットたちが、一斉にビームを放った。

ロボットたちのアイカメラに人間の姿は映らなかった。町で動くものはなく、いくらかの広告照明は明滅を繰り返しているが、そこに人の気配はない。交通機関は完全に沈黙していた。

厳戒態勢が敷かれているものと予測された。

兵団は目標地点へと降下し、一斉に先制攻撃を与えた。両腕を前に伸ばし、指先からビームを放つ。東京駅とその近隣の高層ビルは爆発を起こし、ビルはぎりぎりと音を立てて崩れ落ちた。高架が砕け、電線がちぎれてのたうち回りながら火花を散らした。

そのとき、地上からビームが発射されて、部隊の数体が撃ち落とされた。兵団は降下をやめ、すばやく地上を走査した。赤外線センサにはそれらしき姿が映らない。ビルの陰へ回り込み、ビームで攻撃を加える。すぐさま相手も応戦し、さらに数体が破損を受けた。

後方に控えていた部隊がロケットランチャーで攻撃する。双腕を持つ彼らの身体は、市街戦のような複雑な戦闘環境下にも適応できる柔軟性に優れており、多数の武器を交換しながら、状況に応じて使い分けることができた。ロケット弾が高層ビルを直撃し、激しい炎が上がった。ビルは内部からさらなる爆発を誘い、自壊を遂げた。

人間どもを捕らえるのだ。総司令官からの指令が各部隊に飛び、彼らは崩れ落ちたビルへと降り立ち、敵の行方を探った。しかし有機生命体の活動は見当たらない。武器らしい武器も発見できない。あれほど激しく抵抗しながら、いったん破壊を受けるや瞬時に退却し、跡形もなく消え去ってしまうのだ。

総司令官の声がさらに飛ぶ。別の部隊は王宮と推定される広大な敷地へとビーム掃射を続けていた。漆黒の堀で囲まれたその宮殿にも、やはり人の気配はまったくない。彼らの武器は敷地内の林を焼き払った。

地球人はビームや爆風で応じてくるが、兵団の予測を超えるものはない。捕獲しようと接近すると、たちまち武器と共に失せてしまう。兵団はさらに国家の中枢を担っていると思われる建造物を砲撃した。古い遺跡のような形状の建物は、議会政治の中心地と考えられた。ここもあちこちからビームで応戦してきたが、やはり人が隠れている気配はない。別の場所にある電飾の電波塔は、鉄骨を軋(きし)ませてついに根本から折れ、周囲のビルを巻き添えにして倒れたが、やはりここにも人の姿はなかった。

総司令官は上空から戦闘状況を見つめていた。彼はあえて地球の言語を用いて声を轟かせた。地上のどこかに潜んでいるはずの、虫けらのような人間たちに、おのれの優位性を誇示するためだった。

《まだまだ手ぬるい！ 人間どもが震え上がって飛び出してくるまで、徹底的に攻撃しろ！》

「どうだい、〈改良型山びこ山〉の活躍ぶりは」

ドラえもんが小型モニターのチャンネルを切り替えながらいう。のび太は頷いた。確かにすごい迫力だ。

今日の昼から夕方いっぱいにかけて、ドラえもんと手分けをしながら東京のあちこちに仕掛けてきたのだ。本来〈山びこ山〉という未来の道具は、そのかたちと名称の通り、聞こえてきた声を山びこのように返す装置だ。ドラえもんはそれを改造して、音だけでなく光や爆風にも反応してこだまを返すようにしたのである。相手が激しい攻撃をしてくれれば、それに応じて激しい反撃が返ってゆく。

「でも、いつまで騙せるか……」

ドラえもんが呟く。いまは鉄人兵団もひとり相撲に躍起になっているが、いつこの単純な仕掛けに気づくかわからないのだ。

そのとき、玄関からスネ夫たちの声が聞こえてきた。

みんなが居間に駆け込んでくる。ジャイアンが静香の腕をつかんでいた。のび太とドラえもんはほっとして笑顔で迎えた。

「よかった、無事だったんだ！」

「みんな、どこへ行ってたの」

しかしスネ夫とジャイアンは切羽詰まった顔をしている。静香は涙ぐみ、口を結んでいた。

スネ夫がいった。「リルルが逃げたんだ」

「なんだって！」

ドラえもんは驚きの声を上げて、部屋を飛び出し、二階へと向かった。のび太たちも続いた。ドラえもんは静香の部屋で、空のベッドを見つめて驚愕（きょうがく）の表情を浮かべた。

「クスリが効かなかったのか？」

「ごめんなさい。あたしが悪いの」

静香がうつむいていった。「ちゃんとおクスリをあげたのよ。でも確かめなかったから」

「リルルはクスリを飲まなかったのか」

「夕方までずっと静かに眠っていて……。安心してお買い物に出掛けたら、その隙に……」

「大変だ！　鏡面世界の秘密をばらされたらおしまいだぞ！」

「あたしのせいだわ。あたしが同情して、手当しようとしたばっかりに……」

　のび太はスネ夫を見た。

　スネ夫は何もいわない。口を噤（つぐ）んだまま、堪（こら）えている。口を開けたら言葉を発してしまう、それをスネ夫は堪えている。のび太はミクロスを見た。ミクロスはスネ夫の後ろで小さくなっている。のび太はジャイアンを見た。

「誰のせいだとか、そんな話をしてる場合かよ」

　ジャイアンが怒った顔でいった。

「ドラえもんもぐずぐずいうな。おれたちはドラえもんの決めたことを受け容れたんだ。どうしようもなかったんだ。しずちゃんが捕まらなかっただけでもよかったじゃないか」

「ジャイアン……」

　のび太は目を丸くしてジャイアンを見つめた。ドラえもんもわれに還り、急いで頷いた。

「ジャイアンのいう通りだ。ぼくがどうかしてた」

ジャイアンはいった。

「リルルが兵団と出会う前に連れ戻そう。手分けして捜すんだ」

最初の決戦の夜が更けようとしていた。

†

ジュドの電子頭脳は四次元空間の中で奇妙な状況に陥(おちい)っていた。

ジュドが放り込まれたポケットの内部は、いわば時間の停滞した世界であった。このような時空間に浮かぶ未来の道具たちは、整然とタグづけされ、手を差し入れる者の判断に応じてすばやく検索・抽出がなされ、取り出される仕組みになっていた。四次元空間に道具を配置することで、省スペース化と物質の劣化対策がなされている。ただしユーザーの状況によってはタグとの記号接地問題(きごうせっちもんだい)がうまく解決されず、無関係な道具が次々に選択されてしまうというプログラム上の欠陥も抱えているようだった。

四次元空間は、時間の存在しない空間ではなかった。分子反応は平衡状態を維持したまま運動が続けられており、そのためすべての道具には使用期限が定められているようだった。

電子頭脳内部のナノマシンにとって、その状況は地球上の動物がおこなう〝冬眠〟に近いものだったかもしれない。まだ電子頭脳は仲間たちへ信号を発するほどには回復できていなかった。あと少しのところで作業は停滞していた。

しかしひとたびメインロボットが判断し、この四次元空間から取り出すことがあれば、たちまちいくつかの工程を終え、ジュドの身体性を奪還することができるはずだった。

第8章

夜が明ける。
《なんとふしぎな星だ》
総司令官は、破壊された都市を見下ろして感嘆した。
《なんとふしぎな人間どもだ》
その声が空に響き渡る。総司令官と二体の副司令官は、白い骨組みだけで建てられたかのような、この都市でもっとも高いタワーに立ち、いまなお各地から黒煙を噴き上げるこの都市にアイカメラを向けていた。夜明け前の強風が火の手を広げ、いまは川沿いの一帯を舐めつつあった。
タワーの頂上部は兵団の攻撃によって折れ、その先端は隣接する高層ビルを串刺しにしていた。総司令官たちは残った塔の頂に立っていた。メカトピアのロボットは本来、地球人の口に相当する器官を持たない。総司令官はアイカメラを光らせながら発声した。
《われわれはこの島国の首都と思われるこの都市に猛攻を加えた。地球人の応戦もめざましかった。ビルの陰から、屋上から、熱線を浴びせてきた。それもわれわれと互角の武器を使ってだ。しかし奇怪なことに……》
都市に指先を向けて言葉を放つ。
《人間がただのひとりも見当たらぬとは、いったいどういうことだ!》
三本の鉤爪（かぎづめ）を握りしめる。
《これだけの都市なら人口は一〇〇万を超えるはず。隠れる場所もあるまいに……》
背後から副司令官が進言する。
《総司令官、海の向こうにも国はたくさんあります。捜査の範囲を広げてはいかがでしょうか》
《それしかないな》
総司令官はマントを翻して部下たちに告げる。
《兵団の三分の二を各地に向け、出動させろ。さらに本国から増援も求める》

今回到着した兵団が戦力のすべてではなかった。地球人たちはそのことを知らない。兵団の総力がどれほど巨大なものであるか、人間たちが想像できるはずはなかった。
《第二師団は明朝にも到着します》
その答えに、総司令官は満足した。そして朝日を見つめていった。
《この地球の空を、われわれで埋め尽くしてやるのだ》

†

ドラえもんはステッキから手を離した。

まっすぐ立たせたステッキは、こつんと硬い音を立てて、のび太とドラえもんの前方を指して止まった。

「確かにこっちへ進めば、リルルがいるの?」

「確かかといわれても困る。〈たずね人ステッキ〉の的中率は七〇パーセント。ないよりましだろ」

「まあね。こっちか」

のび太はタケコプターで飛び立とうとした。だが上空でロボットたちの飛行音が聞こえ、ドラえもんがのび太の足をつかんだ。

「隠れろ!」

ふたりで瓦礫(がれき)の陰へと身を隠す。三体のロボットがマントをはためかせながら、低い高度で通り過ぎていった。先頭を飛んでいたのは、あのカメムシだ。残りの二体は部下だろう。いずれもいかつい甲冑(かっちゅう)を身につけたような姿で、まるでローマ時代の軍人を気取っていた。

「やっぱり、あいつが総司令官だな」ドラえもんが呟(つぶや)く。

「気味の悪いやつだなあ……」

「この方向だと国会議事堂かな。やつら、司令部を設置したのかも」

敵が見えなくなったところで瓦礫から出て、ドラえもんはステッキを拾い上げる。

「それ、ほんとに大丈夫?　もう一度やってみてよ」

のび太たちはステッキを頼りにリルルを捜していたのだ。日比谷公園(ひびやこうえん)を横切ってここまでやってきたが、周りの庁舎はどれも完膚なきまでに破壊されている。前日にのび太たちが設置した山びこ山も瓦礫に埋もれて、もはやどこにあるのかわからない状態だった。

ドラえもんがしぶしぶとステッキを立てて、手を離す。こつん、と倒れたのは先ほどと反対の方角だった。のび太は呆れていった。

「逆戻りしろっての？」

「つまり……、のび太くんはこっちを捜して、ぼくはあっちを捜すということ」

「はいはい」

「手分けしよう。よろしく」

そういってドラえもんはタケコプターで先へ進んでいった。残されたのび太はステッキを見つめた。その先にあるのは、地下鉄の入り口だった。

緑の丸印。千代田線の霞ケ関駅だ。文字があべこべになっているので読みづらいが、いったん頭の中で逆向きにすればわかる。

ふと予感がして息を詰めた。誰かが階段を上がってくる。

のび太は声を上げた。

「リルル」

「のび太くん」

リルルは階段を一歩ずつ上りながら、のび太に微笑みを見せた。

のび太はなぜか近寄りがたいものを感じ、言葉が出なくなってしまった。リルルはのび太と目を合わせた途端、落ち着いた表情になり、なんの戸惑いもない足取りへ変わったように思えたのだ。

しずちゃんが心配していたよ、さあ、いっしょに帰ろう。リルルを見つけたら、そのことをまず伝えようと思っていた。静香の気持ちだけを伝えられればよかった。それなのに声が出なくなり、のび太は咄嗟にまったく別の言葉を発していた。

「どこへ、行くの」

リルルは答えた。のび太と再会して迷いを捨てたかのように。

「わかっているでしょ。あんたたちのインチキを総司令官に報告に行くのよ」

「だめだ、そんなの！」

のび太は両腕を広げた。しかしリルルは階段を上りきると、そのままのび太の脇を擦り抜けて歩き出した。

「私は自分の義務を果たします」

リルルの声は機械のようだった。違う、リルルはロボットだからもともと機械だ。しかしいまのリルルからはなんの気持ちも届かない。

のび太は振り返って声を上げた。

「そ、そんなことしたら撃つぞ！」

半ズボンのポケットからショックガンを抜いていた。

射撃はのび太の数少ない取り柄のひとつだった。絶対に外さない自信もあった。だが、いまのび太は手が震えていた。

リルルはゆっくりと向き直り、静かに告げた。

「いいわ、撃ちなさい」

のび太は歯を食いしばった。手だけでなく身体も震えていた。リルルはまったく動じない。のび太に笑みさえ見せていった。

「私はメカトピアのロボットよ。祖国に尽くす義務があるの。だからどうしても行かなくちゃいけないの」

「撃つよ！　本気だぞ！」

リルルは一歩近づいてくる。のび太が標的を外さないように。どんな子どもでも失敗しないよう、自分の胸が確実に射貫かれるように。小さく膨らんだ胸を張って。

「撃ちなさい！　私を止めるには撃つしかないわよ。早く撃ちなさい！　撃って！」

そのとき不意に、銃を握る右手の絆創膏がのび太の意識に上った。なぜなのかわからない。雨の裏山でリルルに追われ、転んで擦り剝いたときの痛みが、のび太の心を強く刺した。

のび太は目を瞑り、強く首を振った。

リルルの一声が放たれた。

「いくじなし！」

のび太は激しい電気ショックを受けて弾き飛ばされた。リルルが指先からビームを発射したのだ。のび太は倒れ、強く頭を打った。気を失いかける寸前、のび太は滲む視界の向こうに、リルルがきびすを返し空へ飛んでゆくのを見た。

声を上げようとした。手を伸ばし、去ってゆくリルルの後ろ姿をつかもうとした。だが届かなかった。

――のび太は数分間、気を失ったらしい。やがてドラえもんの声が聞こえてきた。

「しっかりしろ、のび太！」

上体を強く揺すられて意識を取り戻した。ドラえもんが真剣な表情で顔を覗き込んでいた。

「やっぱりリルルがいたんだね」

のび太は届かないリルルを追いかけて、空へと手を伸ばした。

てのひらにまだ絆創膏があった。もう一方の手で強く剝がして捨てた。皮膚の痛みが意識を呼び戻してくれる。

のび太はわずかに赤く腫れたその手を、リルルの向かった空へ伸ばした。

そして強く握りしめた。

総司令官は副司令官らと共に、司令部を設置した大広間で、ひ弱なリルルと向かい合っていた。

国家の中枢と思しきこの議事堂は、建物の中央に塔を配置していた。爆撃によって半壊した塔は、いま内部の瀟洒な広間を剝き出しにして、明け方から強まってきた風を受けて燻っている。

総司令官はうつむくリルルを見ていた。片手で握り潰せるほど小さな筐体だった。

《連絡もせずいったいいままで何をしていた。情報活動や基地設営の任務を忘れたのか》

「申し訳ありません。思いがけないトラブルがありまして……」リルルは躊躇いがちに答える。「基地はつくりました。小さな山の麓です」

《それならわれわれが確認した。すでに破壊され、機能を停止していたがな》

「そうですか……」

リルルは口ごもる。総司令官は辛抱強く待った。斥候役のリルルの権利を、兵団としても最大限に尊重するためだった。

「基地設営のあと、地球人と約二四時間いっしょに暮らし、人間というものを深く知る機会に恵まれました」

《それはでかした。地球人を奴隷(どれい)にする際、有用な知見となろう》

そして鷹揚(おうよう)に、地球人の言葉で問いかけた。

《では、さっそく訊くが、地球人はどこにいるのだ。戦っても戦っても相手の姿が見当たらぬ。すでに逃走したのではあるまいな》

リルルはしばらく黙った。

「……答えたくありません」

《ほう、いまなんといった》

「人間を奴隷にするのは……、悪いことです」

リルルは逡巡(しゅんじゅん)している。総司令官はあえて声量を上げ、中庭や前庭に待機する部下たちにも聞こえるように、そしてどこかに潜んでいるであろう人間たちにも届くように、調査済みの単語を織り交ぜていった。

《興味深い。人間などゴミのようなものだ。そのゴミに同情しているおまえの意見を聞こう》

「ゴミなんかじゃありません。私たちと同じように、それ以上に、複雑な心を持っています」

リルルは顔を上げた。身振り手振りを交えながら訴え始めた。

「自分でもふしぎなんです、こんなこと考えるなんて。けがをして人間の手当を受けているうちに……、私の思考回路がどうかなっちゃったみたい……」

《そうだ、おまえの考えは間違っている。おまえは自分とよく似た地球人に共感（シンパシー）を抱いてしまったのだろう。もっとも愚劣な過ちだ、自分と似ているから同情するとは》

リルルは自分の手を胸元に当てていた。総司令官はそのしぐさを蔑（さげす）んでいった。

《おまえは実に醜い姿だ。神がもっとも忌避し、嫌悪した姿をまとうがゆえに、おまえはついに地球人と共感（シンパサイズ）し、心まで醜くなってしまったのだろう》

「そうでしょうか……。醜いかどうか、本当に神はそんなことをお考えに……」

《醜悪な姿であっても心は祖国メカトピアの同志だと考えていたのだが、残念だったな。リルルよ、おまえはいま、神を冒瀆（ぼうとく）した》

「そんな……！　私はただ……！」

《神がわれわれを宇宙の支配者と定められたのは、人間にかわってロボットの天国をつくろうとお考えになったからだぞ》

「ロボットの天国ではないと思います！　宇宙に住む者すべてにとっての天国だと思います！」

リルルは前へ進み出ていた。口調に力が籠もっていた。

「私たちはいつの間にか神のお心に背く道を進んでいたのではないでしょうか。奴隷狩りを中止して引きあげるべきです！」

後方に控えていた副司令官たちが前進してきた。総司令官は部下たちに任せた。彼らはリルルの両腕をつかみ、ねじり上げて、その華奢な身体を持ち上げた。リルルの顔が苦痛に歪んだ。

総司令官はきびすを返し、燃える首都に目を転じた。崩れた壁の向こうには、まっすぐに続く大きな道と、この国の首都が広がっていた。川下から始まった火災はさらに勢いを増している。やがてこの首都は焼き尽くされるだろう。

すべてのロボットに聞こえるよう、雷の如き声でいった。

《基地に連行し、閉じ込めておけ。いずれこの手でばらばらに分解してくれよう》

リルルの絶望の悲鳴を、総司令官はおのれのプログラムで遮断した。

ロボットはリルルを引いて飛んでゆく。リルルの両手は鉄鎖(てっさ)で縛られ、自由を奪われていた。うなだれ、赤い髪を垂らして、まるで見えない十字架を背負っているようだ。

のび太は瓦礫の中から飛び出してショックガンを撃った。

国会議事堂でのリルルと総司令官とのやりとりを、のび太は物陰から聞いた。リルが部下のロボットたちに絞め上げられ、その口から悲鳴が上がるのを聞いた。赤い目のロボットが鉄鎖を荒々しくつかみ、リルルを引きずり、振り回し、そして抵抗さえできず力尽きるリルルを無理やり連行しようとするその瞬間を見た。

のび太は真正面から撃った。今度は躊躇(ちゅうちょ)しなかった。絆創膏を剝がした右手は電撃のように引き金を引いていた。

リルルの手元で鎖がちぎれた。のび太は叫んだ。

「逃げろ、早く！」

ロボットの赤い目玉がのび太を睨(にら)みつける。見つかるのは覚悟の上だ。ロボットが突進してくる。

ドラえもんが立ち上がって銃を構えた。

「ドラえもん、撃てっ！」

瞬間接着銃の粘液が命中した。のび太たちの上をかすめてロボットは墜落した。

しかし瓦礫の山に貼りついたロボットは、警戒音を発し始めた。仲間を呼ぶつもりだ。のび太は走ってリルルのもとへと向かう。急いで手首に残っている鉄鎖を外し、肩を揺すって呼びかける。だが呻き声が返ってくるだけだ。

「けが直りきらないのに無理するからだよ」

ドラえもんがリルルを背中から抱え上げた。ロボットはまだ警戒音を発信している。のび太はショックガンを構えたまま周囲に気を配り、ドラえもんを先頭にして飛び上がった。タケコプターはふたりくらいの重さなら持ち上げられる。

地表すれすれの高さで飛ぶ。崩れ落ちたグランドプリンスホテル赤坂の脇を曲がり、弁慶橋の下を潜って、堀の水面を舐めるように進む。ドラえもんに抱えられたリルルは髪を前に垂らして、終始その顔は隠れたままだった。

「確かだよ、この耳で聞いたんだから」

「リルルは命がけで鏡面世界の秘密を守ってくれたんだ。ぼくらの味方になってくれたんだよ」

のび太はドラえもんといっしょに、必死になってみんなに訴えた。

静香の家に着く少し前から、リルルは意識を取り戻していた。ベッドに横たわることを拒み、のび太たちの横に立つリルルは、のび太たちが熱弁をふるう間ずっと、肯定するわけでもなくうつむいていた。

しかしスネ夫とジャイアンは懐疑的だった。ジャイアンは腕を組み、リルルの顔を探るように訊いた。

「ほんとに信用していいのか」

もちろんだとも！　とのび太は答えようとした。しかしリルルの口から先に出た言葉は、全員にとって意外なものだった。

「信用しないで」

「ええっ？」

「私……、奴隷狩りは悪いことだと思うけど……。でも祖国メカトピアを裏切ることはできない……」

のび太は胸を衝かれた。リルルの瞳に涙が滲んでいるように見えたのだ。

「どうすればいいのか、自分でも自分がわからないの」

「見ろ！　仲間を裏切れないといってる！」声を上げたのはスネ夫だった。「ほっといたら何するかわからないぞ！」

「お願い、私をどこかへ閉じ込めて」

リルルがドラえもんにすがりついていう。その行為が、逆にのび太たちから言葉を奪った。ドラえもんはしぶしぶと応じた。

「スモールライトで小さくなってもらう。いいね？」

「いいわ」

ドラえもんは光を当てた。リルルはてのひらサイズまで縮んでいった。

あそこへ、とリルルは自らはるか頭上を指差した。スタンドから吊り下げられている丸い鳥籠だった。静香の飼っていた文鳥が死んで以来、部屋の隅に置かれていた鳥籠だ。

「リルルさん」

静香は声を詰まらせながら、リルルを籠の中に入れて鍵を閉めた。リルルは小さなブランコに座った。その姿は痛々しかった。

「これからどうする？」

スネ夫が訊く。遠くの大火はこの部屋からでも確認できるほどだ。濁った黒煙は空を覆いつつある。このままでは東京は焦土と化してしまうだろう。ドラえもんも歯切れが悪くなった。

「フエルミラーで山びこ山をもっと複製して、あちこちに置くくらいしか方法はない。といってもこっちから攻撃しているわけじゃないからね。受け身のままどこまで持ちこたえられるか……」

「こういうのはどうかな」

のび太はいった。

「ぼくらだけ、こっそり鏡面世界を出てしまって、鉄人兵団をこっちの世界に閉じ込めるんだ」

「そりゃいい！」

「のび太のくせに、冴えてる！」

スネ夫とジャイアンがぱっと顔を輝かせる。だがリルルの小さな声が遮っていった。

「いいえ、第一師団だけ封じても無駄よ」

ドラえもんがぎょっとした顔で鳥籠のリルルを見つめる。

「第一師団だって？　まだほかにも兵団が来るのか？」

「次の師団はすでにメカトピアを出発しているはず。それだけじゃないわ。今後も続々と兵団はやってくるの。奴隷狩りが完了するまでね」

「そんなバカな……」

ドラえもんは絶句する。

「全部を鏡面世界に呼び寄せることなんてできない。いつか仕掛けもばれてしまうぞ」

「じゃ、じゃあ、ザンダクロスを使うんだ！」

スネ夫が必死で訴えた。

「ザンダクロスの頭脳は改造したんだろ。兵団を呼び寄せることだってできただろ。前にドラえもんが話してたように、ニセの指令を発信して、引き返させるんだ」

「うまくいくかどうか……」

ドラえもんは頭を掻く。それを聞いてリルルはさらにいった。

「ジュドの頭脳を見つけたのね？　改造したの？　いつ？」

一昨日の午後だとドラえもんが伝えると、リルルは眉根を寄せた。

「ジュドはあなたたちの思い通りにはならないわ」

「中の電子回路をそっくり入れ替えたんだ。あの口うるさい人工知能も……」

「そうじゃないの。ジュドの頭脳は……」

そのときだった。

突然、すさまじい爆発が起こり、天井が吹き飛んだ。

何が起こったのかもわからないまま、のび太たちは床に伏せた。屋根瓦や梁のかけらが滝のように落ち、辺りは煙に包まれて、誰がどこにいるのかさえ見えなくなった。

《どこにいる、地球人!》

ロボットの声が響いた。熱線が浴びせられ、窓ガラスが砕けた。

「ドラえもん! みんな!」

のび太は伏せて、必死で左右に目を向けた。ドラえもんの姿が見えない。スネ夫とジャイアンもいない。視界の隅にミクロスが映った。ミクロスは震えている。震えながら手を伸ばそうとしている。

その方角に、鳥籠を抱えた静香がいた。

「静香サン、危ナイ……!」

《おまえたちがリルルを誑かしたことはわかっている!》

声が床に叩きつけられ、全身が震えた。ミクロスの声が掻き消された。耳を塞いだくらいではとても防げないほどの大音量だ。

どうして見つかったのだろう? リルルはずっといっしょにいた。リルルがロボットたちと交信をする余裕などなかったはずだ。ではつけられたのか? リルルを運ぶとき、ロボットたちはずっと追ってきていたのか？

あれほど気をつけたのに！

「どっかん！」

ドラえもんの叫ぶ声が聞こえ、立ちこめる煙が渦を巻いた。ロボットは一体ではない。部隊を組んで追ってきたに違いない。のび太は相手の姿を見つけようとしたが、この煙ではほとんど見えない。

ビーム射撃が襲ってくる。床が砕け、絨毯が燃え始める。家具が傾き、静香のコレクションのぬいぐるみが落ちてゆく。静香の悲鳴がかすかに聞こえた。静香は青ざめた顔で手を伸ばしている。鳥籠が手から離れたのだ。

崩れた床を鳥籠が転がってゆく。絨毯の炎を潜ってゆく。のび太は手を伸ばした。届かなかった。爆発の震動が伝わってきた。

ドラえもんが必死で応戦する。その方向はめちゃくちゃだった。粉塵と炎で相手の居場所がわからないのだ。それでも一瞬、相手の攻撃が怯み、その隙をついてドラえもんはどこでもドアを出した。

「退避だ！　早く！」

ドラえもんが静香の手を引っ張り、扉を開ける。静香が鳥籠へと手を伸ばして叫ぶが、とても届かない。籠は破損した扉を越えて廊下へと向かってゆく。階段を転がり落ちてしまったら、中に閉じ込められたリルルも無事では済まない。

「ドラえもん！　キャッチしろ！」

ジャイアンの声だ。のび太は力を込めて起き上がった。廊下まで吹き飛ばされていたスネ夫とジャイアンの姿が見えた。ジャイアンは鳥籠を抱え、ドラえもんへ向かって投げた。

どんぴしゃりのコントロールだった。鳥籠はどこでもドアの枠をすれすれの角度で抜けて、ドラえもんの懐に届いた。

のび太は咄嗟にズボンからショックガンを取り出し、振り向きざまにロボットを撃った。そのとき初めてのび太は頭上に何十体ものロボットがいることを知った。はっきりと見えるわけではない。しかしロボットたちの赤い目玉が、粉塵の向こうに光っている。その中央にはひときわ大きく光る目玉があった。国会議事堂にいた副司令官だ。のび太はその目玉をめがけて撃った。

副司令官の呻き声が響いた。

《地球人め！》

「スネ夫！　ジャイアン！」

　のび太は撃ち続けながら叫んだ。ふたりがどこでもドアへと駆けてゆくのが背後の様子でわかった。ドラえもんの声が飛んだ。

「のび太、早く！」

《逃がすな！》

　のび太は転がるようにしてどこでもドアへと向かった。ドラえもんが扉の縁から手を伸ばしている。のび太が転がり込んだその直後、激しいビーム掃射が部屋を襲った。

「しまった！」

　ドラえもんが声を上げる。熱風がのび太の後ろから吹いてきて、その勢いで扉が閉ざされたのだ。

「ミクロス！」

　スネ夫がわめく。「ミクロスが！」

　四つん這いでスネ夫はどこでもドアへと突進し、ノブをつかんだ。スネ夫が開けた途端、再び激しい炎が吹き込んできて、のび太たちは声を上げた。だが扉の向こうには震えたままのミクロスがいた。

　スネ夫がミクロスをつかんだ。ふたりがこちら側へ倒れ込むのと同時に、ドラえもんは扉を閉めてポケットへとしまい入れた。

のび太は放心した状態で、その場に座り込んだ。隣にはジャイアンが、がたがたと震えながら、どこでもドアの置かれていた方向を見つめ続けていた。

そこはのび太の部屋だった。左右あべこべの自分の部屋だ。本棚の隅には静香がいた。静香の腕の中で丸い鳥籠がほとんど逆さまの状態になっており、中で小さなリルが噎せていた。

《またしても消えたか、地球人ども！》

遠く窓の外から声が聞こえた。静香が起き上がって窓際へと走る。静香の家の方角から噴煙が上がっている。上空には数十体のロボットたちの影があり、その中の一体が声を上げていた。

《それがおまえたちの手口だな。攻撃されれば姿も見せぬまま逃走か！　臆病な人間どもめ！》

「あたしのおうちが！」

「しずちゃん、顔を隠すんだ！　見られたら終わりだぞ！」

すぐ間近で爆発音が起こり、のび太たちは伏せた。ガラス窓がびりびりと震える。兵団が町内にビーム掃射をおこなったのだ。副司令官の声が聞こえた。

《だが地球人よ、これでおまえたちがまだ地球上に潜んでいることはわかった！　お

まえたちの司令官に伝えておけ、海の向こうの都市も破壊してくれるとな！》

ロボットの飛び去る音が聞こえた。そっと顔を上げると、マントをまとった副司令官が、部隊と共に都心へと戻ってゆくのが見えた。しかし、まだ数体のロボットが町内の上空に残っている。ドラえもんは急いで窓のカーテンを閉めた。

「コ、コワカッタ……！」

「ばかっ！」スネ夫が怒鳴る。「おまえがぐずぐずしてるから……！」

「いや、ミクロスのおかげで鉄人の注意が逸れたんだ」へとへとの表情のドラえもんがいった。「最後に残ったのがロボットのミクロスだったから、やつらは攻撃をやめたんだ。ぼくらの姿は、はっきり見えなかったのかもしれない。だからやつらもまだ警戒してるんだ」

のび太はそっとカーテンの隙間から外を見た。庭の柿の木が燃えて、ばちばちと火の粉を散らしている。向かいの家も屋根瓦が崩れていた。鉄人たちのビームがあと少しでもずれていたら、この部屋を直撃していたのだ。

「まだロボットが空を飛んでるよ」

のび太は呟く。ジャイアンが悔しそうにいった。

「こりゃ、反撃するどころじゃないぜ」

静香は呆然としていた。たとえ鏡面世界であっても、自分の家が破壊されたのだ。もう帰る場所はなくなったのだ。

これは本当の戦争なのだ。口には出さなかったが、誰もがそのことをいま実感していた。

「……やつら、海の向こうも攻撃するっていってたぜ」

「そんなところまで山びこ山は置いてないんだろ」

「東京だけだよ」

ドラえもんはうなだれる。

「でも、やつらはまだからくりに気づいていないみたいだ。どうやら大勢の人間があちこちで応戦して、どこでもドアみたいな装置ですばやく逃げていると思っているらしい。だからぼくらをしつこく捜すこともなく帰ったんだろう。やつらが勘違いしている間は、もう少し時間を稼げるかもしれない……」

「稼いで、どうする？」

ドラえもんはうつむいたまま答えた。

「疲れを取るんだ。長い戦いになる」

†

深夜一時のニューヨークは、まず自由の女神が破壊された。

松明(たいまつ)を持つ左腕は砕けて落ち、冠を戴(いただ)く頭部は首からもげて、独立記念日が刻まれた右手の銘板(めいばん)を引っ掻き、転がり落ちた。

マンハッタン島の高層ビルは、なんら抵抗を見せることなく次々と倒壊した。縦横に走る車道に粉塵が吹き込み、一気に這い進んで、すべてを煙の中へ巻き込んでいった。消防車のサイレンも、空軍のジェットエンジンの轟音(ごうおん)も、何もなかった。ブルックリン橋とマンハッタン橋はそれぞれ中央から折れて水に沈んだ。大火が南から北へと、闇の都市を舐めていった。


朝七時のパリは、凱旋門(がいせんもん)があえて最後に残された。

かわりに、凱旋門をぐるりと囲むシャルル・ド・ゴール広場のロータリーは砲撃によって舗装が見えないほどまで痛めつけられ、四方八方へ広がる大通りはすべて破壊された。ブーローニュの森は業火のごとくに燃え、セーヌ河は瓦礫で埋まり、流れは止まった。シテ島のノートルダム大聖堂は、ユゴーが描いたカジモドの住処を失い、ガーゴイルたちをがらがらと地表に撒き散らしながら崩れていった。最後に凱旋門は一閃のビームによってあっけなく破壊された。

早朝六時のロンドンは、まさに鐘が鳴り響こうとする直前に空襲を受けた。ロンドン塔が真っぷたつに折れた直後、都市全体への一斉砲撃が嵐のような炎を生んだ。空はたちまち赤黒く染まり、夜明けの太陽の光は遮られた。市中をうねるテムズ河が、焼け爛れるすべての人工物の影を溶かし込み、流れる溶岩のように鈍く浮かび上がった。

——一体の副司令官が地球の大気圏を飛び出し、超音速で集合地点へと参じる。総司令官と残りの副司令官はすでに集まっていた。最後となった副司令官は上官の前でぴたりと止まり、片膝をつく姿勢で跪き、おのれの忠誠を表した。

《三つの都市を同時に攻撃しましたが、各方面隊からの報告によれば、やはり動くもの影ひとつ見当たらずと……！》

総司令官は地球へとアイカメラを転じた。

ロボットたちの足下には、いま白雲が渦を巻き、海が青色に輝いていた。地表は赤茶けて、しかし複雑な海岸線を描き出している。

《いったい地球人とはどういう……》

そして、ついに総司令官は気づいた。

《なんだ、あれは！》

鉤爪を島国へ向ける。

《メカトピアから観測した地形とまるで逆ではないか！》

副司令官たちが立ち上がり、地表を見つめる。総司令官はいまははっきりと理解した。

《そうか、これは巧妙につくられたニセの世界だ。ここへ来るとき湖へ飛び込んだ。あの外に本物の地球があるのだ！》

部下たちに顔を向け、腕を振り上げて命ずる。

《海外の兵団を呼び戻せ！　総力を挙げて人間狩りを開始する！》

一丸となって、司令官たちは大気圏へと降下していった。

†

ごおん、ごおん、と空が唸（うな）っている。

「鉄人兵団の大移動だ」

スネ夫がカーテンの隙間から外を探り、震える声で呟く。

薄暗くなった部屋の中で、ドラえもんのポータブルモニターが人工の光を放っていた。空を埋め尽くすほどの兵団がそこには映っていた。ドラえもんは緊迫の面持ちでボタンを操作し、地図を隅に表示させて、兵団の動きを割り出していた。

「あの湖を目指してるぞ」

「ええっ」

スネ夫の目が咄嗟に、鳥籠の中のリルルへと向けられた。

静香が強く首を振ってかばった。

「リルルは、あたしたちとずっといっしょだったわ！」

「わかってる。リルルじゃない」ドラえもんがいった。「やつらはトリックに気づいたんだ」

「湖の外へ飛び出すつもりだ」スネ夫が声を上げる。

「ほんとの世界がめちゃめちゃにされるぞ」のび太もみんなを見回していった。

「湖に入る前に食い止めよう！」

その言葉に、みんなが息を呑み、ジャイアンを見つめた。

ドラえもんがモニターをポケットにしまい入れて立ち上がった。

そしてみんなに、最後の確認を求めた。

「とにかく、湖へ行こう。ぼくらにはまだザンダクロスという切り札もある。みすみすやられはしないぞ」

ミクロスが震えていた。ほかのみんなはまだ口を開かなかった。

ジャイアンは拳をのび太の腹に突き出した。

「のび太、おまえ、行くのか、行かないのか」

「い、いくよ」

ジャイアンは拳をミクロスに向けた。

「ミクロス、おまえは」

「ボ、ボクハ、行キタイケド、誰カガりるるヲ、見張ラナキャイケナイカラ……」

「ミクロスは無理だよ、ジャイアン」

ドラえもんがいう。するとジャイアンは最後にスネ夫を向いた。

「スネ夫、おまえはどうなんだ」

スネ夫は顔をしかめた。だがそのときスネ夫がやけっぱちのようにいった言葉は、のび太たちを驚かせた。

「ミクロス！　おまえは残ってしずちゃんとリルルを最後まで守れ！」

そして小声でつけ加えた。「ぼくも湖へ行くよ。こわいけど……」

「待って、タケシさん。あたしも戦うわ」

静香が一歩進み出たので、さらにのび太たちは驚きの声を上げた。

「だめだよ、しずちゃん！」

「女の子にそんなことさせられないよ！」

「男とか、女とか、関係ないでしょ！」

静香が訴える。だがその声は震えていた。

ドラえもんがのび太を止めて、静香にいった。

「しずちゃん、これは分担なんだ。みんなで力を合わせて、役割を分担するんだ。ミクロスといっしょにリルルを守ってくれ」

「ドラえもん、早くどこでもドアを出せ！」

ジャイアンの言葉で、全員が動いた。

のび太たちはそれぞれ畳の上に腰を下ろして靴を履いた。それぞれ自分の靴は静香の家へ置いていたが、ロボットに襲撃されていまは取りに戻れない。だからドラえもんが未来の道具を使って新調してくれたのだ。真新しい靴は少し小さくて、足をぎゅっと包み、その力は背筋を伝って全身を引き締めるかのようだった。

ピンク色のどこでもドアが畳の上に置かれた。ドラえもんがノブを回すと、枠の向こうには高井山があった。

風が吹き込み、カーテンの裾をほんの少し揺らした。

「のび太くん！　みんな！」

のび太たちが扉を潜ろうとするとき、鳥籠から声が聞こえた。

「ジュドがおかしくなり始めたら、ハッチを開けるよう命じて！」

それは文鳥のさえずりよりも小さな声だったが、はっきりとのび太たちの心に届いた。

「電子頭脳がわずかでも生きている限り、その命令だけは最後まで聞いてくれるはずなの！　それが土木作業用ロボットであるジュドの心、ジュドの誇りなの！」

のび太はその言葉の意味が、はっきりとはわからなかった。ジュドがおかしくなる？　ぼくのザンダクロスが？

のび太はドラえもんと共に振り返り、籠の中のリルルを見つめた。リルルは籠の枠を両手でつかみ、身を乗り出し、真剣な眼差しで訴えていた。それは地下鉄の入り口でリルルから放たれたあの「いくじなし！」というひと言のあと、のび太に初めて届いた本当のリルルの、心からの声に思えた。

のび太はドラえもんと頷き合っていった。

「わかった。ハッチだね」

のび太たちは高井山の湖の畔へと進み、そして扉を閉めた。

空間のリンクは切れ、いま静香やリルルたちの目の前で、どこでもドアは消え失せたはずだった。

湖は静かだった。

水面は鏡となって冴え渡り、青々とした空と尾根を映している。

のび太は四方を見渡した。あまりにも美しい晩夏の山並みに、何か自分の魂が呑み込まれそうな気がしたのだ。

「もう山びこ山だけじゃ通用しない。実戦を覚悟しなくちゃ。さっきとは比べものにならない激しい戦いになるぞ」

ドラえもんは次々と未来の道具を取り出して並べてゆく。

「空気砲、ショックガン、〈ヒラリマント〉、好きなのを取ってくれ。それに――〈即席落とし穴〉。これに身を隠して戦おう」

フラフープのような輪をそれぞれ配る。のび太たちはそれを湖の畔に四つ並べて置いた。これが最終防衛ラインだ。

「ありったけの山びこ山も置いておく。こっちの戦力を何十倍にも大きく見せかけるために！」

のび太たちはそれぞれフエルミラーで増やした山びこ山を山と抱え、タケコプターで飛び回り、手当たり次第に仕込んだ。その作業が終わるころ、ついにあの、空さえも落としそうなほどの轟音が聞こえてきた。

「来たぞ、隠れろ！」

のび太たちは即席落とし穴の中へと飛び込み、道具を構えた。まるで塹壕から敵機を狙うようなものだ。勝ち目など誰にもわからない。だから唸る向こうの空を見つめるほかなかった。

ある瞬間から突然、目に見え始めた。無数の芥子粒は小さなごま粒となり、そして
わずか数秒後には、ひとつひとつの鉄人がはっきり見えるほどまで近づいてきていた。

スネ夫の短い呟きがほかの三名に聞こえた。

「ママ」

スネ夫の不安を蹴散らすかのように、ジャイアンが大声を上げた。

「来たらギッタギタにやっつけてやる！」

だがジャイアンは自分にいい聞かせているようでもあった。のび太も何か声を出そうとした。地球を守るんだ、などと勇ましく叫んで自分を鼓舞しようとした。しかし声が出なかった。地球を守る？　自分でもよくわからなかった。地球が征服されるのはいやだ。奴隷にされるのも御免だ。しかし自分が地球を守れるとは思えない。わからないのだ。そんな勇ましい言葉を口にすると、かえってすべてが台無しになりそうな気がした。ドラえもんが全員にいった。

「まだ撃つな！　エネルギーを無駄遣いしないよう、うんと近づけて狙い撃ちするんだ！」

鉄人が迫ってくる。心が張り詰める。弓が引かれるように、ぎりぎりと音を立てて、引き金に触れる指先に汗を滲ませて、心が限界まで引き絞られてゆく。

ドラえもんが叫んだ。

「撃てえ！」

のび太は引き金を引いた。

のび太の撃ったショックガンの光線は、鉄人の赤い目に命中した。ジャイアンの接着銃のねばねばが鉄人をからめ取った。スネ夫とドラえもんの空気砲が鉄人たちを吹き飛ばした。

のび太はさらに引き金を引いた。目の前に現れる標的を撃ち落としていった。鉄人たちは両腕を突き出し、指先からビームを放ってくる。爆音があちこちから響き始めた。

上空でも爆発が始まっていた。山びこ山がこだまを返しているのだ。最前列の鉄人たちが、跳ね返されたビームを受けて次々と落ちてゆく。だがその後方にはさらに次の部隊が、その奥にもまだ別の部隊が控えているのだ。

爆発が連鎖してゆく。のび太はもっと、もっと引き金を引いた。どこからかあの総司令官の声が聞こえた。

《大部隊の待ち伏せだ！　降下！》

敵に聞こえることなどお構いなしだ。それほどやつらは自信があるのだ。

《樹に隠れながら慎重に接近するのだ。一筋縄ではいかんぞ！》
のび太は林の向こうへ次々と降りてゆく鉄人たちに向かって、銃を撃ち続けていた。標的は林の奥へと見えなくなってゆく。だがその動きさえ、地表を這ってのび太の五感を直撃してくるかのようだ。穴に潜っていると、地面がこんなにも圧倒的で、目に迫ってくるものだとは知らなかった。指先ががちがちに固まっている。のび太は指先から銃を引きはがし、手をほぐした。あと数分もすれば再び鉄人がやってくる。

†

静香はカーテンを閉め切った部屋の中で窓際に立ち、閉ざされた空に向けて、祈るように両手を胸の前で組んでいた。

「いまごろは、もう激しい戦いが始まっているのね」

たったの四人で、数万の鉄人を相手にしているのだ。のび太たちと泳ぎに行った、あのときの静けさと穏やかさが心に残っている。自分の中の平和な記憶がやるせなかった。

そうした感情を、静香はこれまでほとんど自覚したことはなかった。この数日で誰も彼も少し大人になってしまったようだった。

「結局、ボクハ、弱虫ダカラ、ナンノ役ニモ立タナカッタ」

ミクロスが自分の頭を抱えていた。

「アア、ボクハ、ダメナろぼっとダ！」

「そんなことないわ。あなたのせいじゃないのよ」

静香はなだめる。そのときリルルが鳥籠の中でぽつりといった。

「どうしてこんなことになったのかしら」

「リルル」

リルルは籠の隅に腰を下ろし、ぼんやりと下を見ていた。

「メカトピアを発展させることが宇宙の正義だと信じて働いてきたのに……。それがこんな恐ろしい争いの原因になるなんて」

うつろな表情だった。声も魂が抜けたように抑揚がなかった。

「どこかで進む道を間違えたのかしら。それとも神がアムとイムをおつくりになったことがそもそも間違いだったのかしら」

「ソーダ！　神様ガ、ツクリソコナッタノダ！」

ミクロスがぶんぶんと腕を振り回し始める。

「ロクデモナイ先祖ヲツクルカラ、ロクデモナイ子孫ガ暴レ回ルンダ！　コッチノ気持チモ、少シハ考エテホシイゾ！」

「よしなさいよ、ミクロス」

「イーヤ、ボクハイウゾ！　大昔ニ行ッテ、神様ニ文句イッテヤル！」

「えっ？」

　静香はミクロスを見つめた。

「ミクロス」静香はいった。「いま、なんていったの？」

「ガガ、ダカラ、神様ニ、文句……」

　ミクロスは静香の顔色を窺(うかが)い、びくびくして、ついに頭を抱えて背を向けた。

「アアーッ、マタ、バカナコトヲ、イッテシマッタ！」

「ミクロス、それよ！」

　静香は声を上げた。歓喜の声になっていた。

「エ、ナニ？」

「ひょっとして、あなたのいまのひと言が、地球を救うことになるかもしれないわ！」

　静香は湧き上がる熱い気持ちを抑えきれずに口元をほころばせた。目を輝かせて鳥籠の中のリルルにいった。

「そうよ、神様に会いに行くのよ！　大昔の世界へ！」

静香はのび太の勉強机に駆け寄った。いちばん上の、広い抽斗に手をかけた。

ここにタイムマシンがあるのだ。静香も何度か乗ったことがある。ドラえもんに連れて行ってもらったことがある。ドラえもんが未来の世界から乗ってきたタイムマシンが、この中にあるのだ！

静香は抽斗を開けた。

そして息を呑んだ。


鉄人たちが林の中から列をなして攻め込んでくる。のび太は必死で応戦していた。

「撃っても撃っても近づいてくる」

「ショックガンや空気砲じゃ決定的なダメージを与えられないもんな」

ドラえもんも隣の穴からひたすら空気砲を撃ち続ける。終わりのない戦いだった。無限とも思えるほど鉄人の数は多く、まるでどれだけクリアしても果てしなく同じ画面が現れる、壊れたゲームのようだった。これでもまだ鉄人は余力を残しているに違いない。一斉攻撃をかけることなく、じりじりと湖の畔へ迫ってきているのだ。ジャイアンがいまいましげに銃を放り出した。

「ちくしょう、エネルギー切れか！」

ジャイアンは急いで屈み、別の道具を取り出そうとする。そのとき砲弾が続けざまに飛んできて、のび太は身を縮めた。地面が激しく揺れた。地表に目の高さを合わせているので、土煙と火の粉がまともに顔に押し寄せてくる。

「ザンダクロス、きみの出番だ」

ドラえもんが叫ぶ。

「〈ビッグライト〉！」

巨大な影が湧き起こる。のび太は穴から顔を出した。ジャイアンとスネ夫も、ドラえもんも、土埃で真っ黒になった顔を出して、巨大な影を見上げた。

ザンダクロスは地面を揺るがし、鉄人たちのもとへと進んでいった。


静香は机の上に両手をつき、がっくりと肩を落とした。

抽斗の中はタイムマシンの入り口ではなかった。ただの暗い空間が空いているだけで、そこには何もなかった。静香は抽斗を大きく開け、中に首を突っ込み、手を伸ばしてみた。それでも指先は虚空をつかむばかりだった。

鏡面世界にはタイムマシンの入り口がないのだ。

静香はミクロスにすがりついていった。

「教えて、ミクロス、もとの世界に帰るにはどうすればいいの。どこかに出入り口があるでしょ！」

「ボ、ボクタチハ、静香サンノ、オ風呂場カラ……」

「お風呂のお湯はもうなくなってるの！　ねえ、ミクロス、あなたの思いつきはすばらしいのよ。お願いだから考えて！　どうしてもあっちの世界に行かなくちゃいけないの！」

「ソンナコト、イワレテモ……。オザシキ釣リ堀ハ、壊レタソウデス……」

「釣り堀？」

小さな声がして、静香とミクロスは振り返った。

リルルが籠の中から静香たちを見ていた。

「あの水を張った装置のこと？　あれは壊れたの？」

そして押し入れの襖(ふすま)を指した。

「のび太くんは、あそこに隠していたわ」

はっとして、静香は襖へと走り寄った。

期待が背筋を駆け上ってくる。静香は襖を開けた。上段にドラえもんの布団が敷かれたままだ。その枕を取り上げた。

静香は叫んだ。

「スペアポケット！」

衣服の切れ端のように頼りない白いポケットを静香は摘み上げた。笑顔がこぼれてくる。いくらでもこの歓びを振りまいて回りたい。鏡面世界ができたとき、スペアポケットも複製されたのだ！

「リルル、ミクロス、力を貸してちょうだい。神様に会いに行くのよ！」

静香はポケットの中へ手を入れた。ドラえもんのお腹のポケットと、四次元空間で繫がっているのだ。この四次元ポケットは操作する者の気持ちを読み取り、もっともふさわしい道具を選んでその手に渡してくれる。こつんと硬い感触があって、静香は力強くつかみ、外へと取り出した。

そっけない、縦横四〇センチメートルほどの四角い鏡だった。左上の隅にひとつ、小さなボタンがついていた。知っている。この道具を静香は知っていた。おざしき釣り堀よりはずっと小さいが、それでも自分の身体を通すことができる！

　静香は鏡を置いて、リルルを鳥籠から出した。そして再びポケットに手を入れた。リルルをもとの大きさに戻すのだ。ミクロスはまだわからないようで、頭の上でばちばちと火花を上げている。「考え込まないで、ミクロス」と静香は声を掛け、そして未来の道具を取り出し、リルルに向けてスイッチを入れた。静香は知らなかったが、それは直前にドラえもんがザンダクロスをもとの大きさに戻し、しまい入れたばかりの道具だった。

「ビッグライト！」


　ザンダクロスの出現に、鉄人兵団の足並みが乱れた。

《ジュド！　いままでどこにいた！》

　総司令官の声に、鉄人たちは攻撃をやめた。ザンダクロスは一歩、また一歩と、重々しく進んでゆく。鉄人たちはそのまま様子を窺っている。高井山が静まりかえった。ばちっ、とのび太の脇で火の粉が弾け、その音がとてつもなく大きく聞こえた。

　ザンダクロスの目が光った。

　腹部の格納扉が硬質な金属音を響かせて開いた。次の瞬間、まばゆい熱線が射出され、鉄人たちをなぎ払っていた。

激しい爆発が続けざまに起こり、熱風と共に鉄人たちが吹き飛ばされた。のび太は歓声を上げて穴から飛び出した。ジャイアンも、スネ夫も、ドラえもんも、道具を手にしたまま一斉に駆け出して、ザンダクロスに声援を送った。

「やれ、やれ、やれえ!」

鉄人たちが退却を始める。のび太たちはタケコプターをつけ、走るように空へと躍り上がり、両腕を広げてザンダクロスと共に駆けた。みんなの顔に笑顔が戻っていた。

《改造されたな! 怯むな、たかが土木作業用ロボットだ!》

総司令官の声が空を揺るがす。空の鉄人部隊が群れをなしてザンダクロスに襲いかかってくる。のび太は銃で応戦した。鉄人の数は瞬く間に増え、空が黒くなってゆく。

ザンダクロスは両手で雲霞を払い、熱線を放射した。空のあちこちで爆発が起こり、黒煙が渦を巻いた。空気が濁り、視界が一気に狭まってくる。ザンダクロスが雄叫びのようにビームを発射した。

しかし、ぎり、ぎり、といやな金属音が聞こえてきた。のび太は鉄人のビームを避けて地表へと降りた。すぐそばにドラえもんの姿があった。

「リルルのいった通りだ、ザンダクロスはぼくらの命令に反抗し始めている!」

先ほどまでの笑顔は消えていた。スネ夫も、ジャイアンも、地表に降りて身を屈めていた。鉄人たちの反撃がいっそう激しさを増して、動きが取れなくなっている。ドラえもんは焦りながらザンダクロスの後ろ姿を見つめた。

ザンダクロスが震え始めた。不規則な、しゃっくりにも似た瘧だ。まだザンダクロスは鉄人たちを握り潰し、熱線で追い払い、脚で踏みつけて、果敢に戦っている。それでもザンダクロス自身の中で、何かがばちばちと拮抗して、動きを鈍らせている。

そのときザンダクロスが不意に大きく身体を反らし、両腕を上げた。のび太たちは顔を伏せた。すさまじい熱線が四方へと放たれた。

煙が辺り一面に立ちこめ、何も見えなくなった。のび太は目と喉を痛めながら必死でドラえもんの名を呼んだ。鉄人たちのジェット音が、津波のように動いていった。

静香は入り込み鏡を本棚に立てかけ、ボタンを押した。鏡の表面は一瞬にして濡れたように輝きを発し、先ほどまでとは比べものにならないほどくっきりと反射像を映し出した。

鏡は水のように静香の手を受け容れた。静香はそのまま頭を入れ、ダイヴしていった。

目を開き、息を吐く。両手を畳の上について押す。掃除機の低い唸りがいきなり聞こえてきて、静香は久しぶりの音にびくりとした。膝をかけて鏡から這い出し、立ち上がった。

目の前に、掃除機を持ったのび太のママが、呆然と立っていた。

「こんにちは」

静香は会釈をした。リルルが鏡から出てきて、静香の脇に立った。次はミクロスだった。

のび太のママは目を丸くしたまま、ようやくひと言いった。

「い、いらっしゃい……」

「オジャマシマス、奥サマ」

ミクロスがいい子ぶった感じの挨拶をする。のび太のママは、ようやくミクロスの姿に気づいたかのようにそちらへ目を向けた。

静香はのび太の机の抽斗を開けた。タイムマシンが待っていた。

「急いでますので失礼……」

静香はそういって、片足を抽斗にかけた。勢いをつけて飛び上がり、一気に抽斗へ入り込む。リルルが入れるよう手を貸してやる。ミクロスが最後に抽斗へ飛び込みながらいった。

「奥サマハ、イツマデモ、オ若イデスネ」

「まあ、お世辞が上手なロボットちゃん」

「イエイエ」

のび太のママがぎこちない笑みを見せる。静香はタイムマシンの操縦席に座り、起動ボタンを押した。最初の操作はドラえもんがいつも動かしている様子を後ろから見て知っている。タイムマシンはたちまち計器類の光を灯し、いつでも発進できる態勢を整えた。

「バイバイ」

ミクロスはそういって手を振り、顔を引っ込めて、タイムマシンに乗った。リルルは操縦席の脇に伸びる照明灯の柄を握り、静香の背後に立って計器を見つめている。

静香は緊張していた。これ以上の動かし方がよくわからないのだ。コンソールパネルの計器類はめまぐるしく幾何学模様を描いている。どうすればいい？　どうすれば動かせる？

「発進するのね」

背後でリルルがいった。

「このボタンとこのレバーを」

「えっ？」

リルルが後ろから身を乗り出し、静香の肩越しにすばやく手を動かした。タイムマシンが馴染(なじ)みのエンジン音を高鳴らせてゆく。

「しずちゃん！　あなた、静香さんね！」

上のほうからのび太のママの声が聞こえてきた。ようやく事態に気づいたのかもしれない。驚きに声を詰まらせたその声が、静香の胸に刺さった。

「うちののび太はどこなの。知っているなら教えて。静香さん！」

リルルがレバーを倒した。

タイムマシンが発進した。身を疼(うず)かせるような加速がやってきた。静香は不意に、自分のママのことを思った。今日で何日、家を空けていたのか？　ママは心配しているはずだった。子どもが消えて心配しない親なんていない。

だがタイムマシンは過去へと加速を続けた。静香の目の前が明るくなり、いつも見ているあの奇妙な時空間が弾けて広がった。ぐるぐると針を回す無数の時計が、静香の周りをものすごい速さで飛び去ってゆく。

静香は操縦席にしがみついて声を上げた。

「メカトピアの建国はいつごろ？」

「つい去年、三万周年記念式典があったわ」

「リルル、あたしたちはこれからそこへ行くのよ！」

リルルが静香の肩をつかんだ。

「静香さん、私が操縦する。席をかわって」


スネ夫が叫んだ。

「鉄人たち、退却していくぞ！」

「ほんとだ！」

のび太たちは顔を上げた。ごおん、ごおん、という空の唸りが、風上の方角へと戻ってゆく。のび太たちは互いに顔を見合わせた。もう砲撃の音は聞こえてこない。

周囲は鉄人兵団のビーム掃射や爆撃で、激しく土が抉（えぐ）られ、湖畔の草木には火がついていた。熱気がのび太たちの顔に当たり、炭やガスの入り交じった風が渦巻いている。しかし戦いの半ばにして鉄人兵団はいったん引き下がったのだ。

ザンダクロスの威力に恐れをなしたのか？

ぎり、ぎり、というザンダクロスの軋みが山に反響する。ザンダクロスが片膝をついた。背中が痙攣しているのがわかる。そしてザンダクロスの腹部から一回、短く熱線が放出されて、地面が蒸発した。ザンダクロスの身体を伝って、激しい水蒸気が広がってゆく。

「まずい！」

ドラえもんがタケコプターでザンダクロスのもとへと急いだ。のび太もそれを追った。ドラえもんはザンダクロスの頭頂部に手をかけ、懸命に引いた。蓋が開いてあの青いボールが姿を現した。

「なんだ、これは！」

ドラえもんが声を上げる。のび太も覗き込んでぎくりとした。青いボールから細いワイヤのようなものがいくつか伸びて、髪の毛のように絡みついている。しかもボールは異様なリズムで光を発していたのだ。

ドラえもんが咄嗟にボールをつかみ、ワイヤを引きちぎった。すぐさまずだ袋に包んでポケットにしまい入れ、叩きつけるように頭頂部の蓋を閉めた。そしてすかさずザンダクロスにスモールライトの光を当てた。

ザンダクロスがたちまち縮んでゆく。抱え上げられるほどの体長まで小さくして、ドラえもんはポケットの中に入れた。

「リルルのいってたことは本当だった。ザンダクロスの頭脳は自己修復機能を持っていたんだ」

「どうやって戦うのさ。また鉄人が来るよ！」

ドラえもんは風上の方角を見つめて、険しい表情でいった。

「やつら、きっと海外から主力部隊が帰ってくるのを待って、総攻撃をかけるつもりなんだ。それまでいったん後方に下がったに違いない。ぼくらも体力を蓄えなきゃ」

のび太たちは即席落とし穴の場所まで戻り、スネ夫とジャイアンに状況を説明した。そしてドラえもんは丸めたポスターを取り出した。ガレージの扉が描かれてある。ドラえもんはそれを地面の上に広げ、がらがらと扉を開けて、中の階段へとみんなを促した。

殺風景な階段が、まっすぐ下へ伸びている。のび太は憶えていた。この道具は使ったことがある。〈かべ紙秘密基地〉といって、内部は爆弾が落ちてもびくともしない四次元シェルターになっているのだ。

「ジャイアン、扉を閉めてくれ」

最後に入ったジャイアンが、片手でシャッターを動かした。音を立てて入り口が閉まり、暗闇になった。自分たちの足音しか聞こえない、静寂の世界だ。少しの間を置いて、ドラえもんの手元でトーチが灯った。


「リルル、あなた、タイムマシンの操縦がわかるの？」

静香にかわって操縦席についたリルルは、真剣な目つきでコンソールの計器類に手を触れ、レバーを握った。そのさまはタイムマシンのすべてを感じ取ろうとしているかのようだった。

「私はロボットなのよ。メカトピアではロボットがロボットに乗り込んで操縦することもよくあるわ。だから私たちのような人間型ロボットには、相手のロボットのユーザーインタフェースをすばやく、直感的に理解できる能力が求められているの。この地球製の機械だって、電子回路と量子回路で動いていることは同じ。あなたたち人間よりずっと早く使いこなせるようになるわ」

「ア、ダカラ、ボクノ目ヲ、回セタノカ……？」

リルルは目にも留まらないほどの速さで次々とボタンを押し、三万一年前のメカトピアに到着ポイントを定めた。

「この機械は時間と空間を設定できるのね」

「ドラちゃんが前に話してたの。タイムマシンには時間移動機能と空間移動機能があるって。両方を組み合わせれば、どの時代のどんなところにでも行けるって」

「ワープを繰り返すわ。静香さん、しっかりつかまっていて」

周囲の時空間に光が満ち始めた。星のような煌(きら)めきが静香の前にぐんぐんと迫ってくる。リルルがワープを告げた。

第9章

「スミレさん、スタンバイお願いします」

星野スミレは笑顔で応え、携帯電話の電源を切った。

鏡の前で、髪と衣装をもう一度確認する。自分の顔を見つめてスミレは深呼吸した。

スミレにとって恒例の、新作映画を一般客に初披露するオールナイトイベントだった。これまでスミレが主演してきた映画を夜通し上映して、お世話になった監督や共演者らとのトークも挟みながら、明け方までファンといっしょに楽しむ会だ。プログラムの最後に新作映画を披露する。

連絡によれば、のび太という少年とその友人たちは、まだ帰宅していない。警察も手掛かりはつかめていないらしい。二日前にのび太少年の両親を訪ねたとき、深夜にもかかわらずふたりはスミレの言葉を信じて家に上げてくれた。スミレの言葉がどこまでふたりの心に届いたかはわからない。しかし息子が突然消えて、二日も連絡がないとなれば、子どものいないスミレにもその心痛のほどは充分に察せられた。

あのころ、自分にはロボットの分身がいた。のび太やドラえもんたちは、そうした遠い星の科学技術を持たないのかもしれない。あるいは持っていたとしても、分身を置いて両親を安心させる余裕さえなかったのかもしれない。スミレもあのころは何度も突然の呼び出しを受けて、準備の時間もなく、仲間と雪山や深海に挑んでいった。きっとそれと同じことが、いまのび太やドラえもんたちにも起こっているのだ。あの年ごろの子どもたちには、いつだって信じられないような事態が起こるのだ。

スタッフに促されて、スミレは控え室を出てステージ袖へと向かった。すでに劇場内は熱気に満ちていた。スミレはそっと瞼(まぶた)を閉じて、大勢のファンに感謝の気持ちを捧げた。

下手から進み出る。スポットライトがまばゆくスミレを照らした。いまだにスミレはその輝きに慣れなかったが、溢(あふ)れる光の向こうで観客が大きな拍手で迎えてくれていた。

イベントが終わるころには明日の太陽が昇り始めているだろう。

スミレはもうあのころの少女ではなかった。いくつかの苦しい時期も経て、そして女優になった。だが誰かを救うためまっすぐ困難に向かっていったあのころの気持ちは、いまもこの世界の少年少女に受け継がれているのだと信じた。

スミレはマイクを手に、感謝の第一声を発した。

†

タイムマシンの出口は、いつも光の穴のように見える。静香たちはタイムマシンの停止ギアをかけて、光の中へと踏み出した。

陽射しが顔に当たって静香は目を細めた。ただ、やがてその光は、ワープを繰り返したときに身を包んだあの爆発するような煌(きら)めきとはまったく違う、穏やかな自然の光なのだと気づいて瞼を開いた。

目の前に大きな月が昇っていた。青々とした空に、それは斜めにたすき掛けのように白い輪をまとって、うっすらと、しかしいくつもの山をまたぐほど巨大な姿で浮かんでいた。空のてっぺんは深海のように濃い群青色で、いくつかの明るい星が瞬いていた。そして背後へと目を向けると、そこには恵みの太陽があった。

「ここが三万年前のメカトピア？」

リルルが驚きの目で広大な世界を見渡した。

驚き。そう、静香も驚いて、しかし喜びも感じながら世界を見ていた。はるかに続く緑の大地と、大自然のかたちをそのまま残した山脈が、静香たちを迎えていた。静香たちが降り立ったのは、この世界が一望できる丘の中腹だった。

静香の前を何かがすばやく動いてゆく。あっ、と声を上げたとき、別の影が静香のすぐ目の前をひらひらと飛んでいった。

近くに生えていた広葉樹の葉がざわめき出す。そして枝葉の陰から何百というチョウが、虹色の羽をはためかせて空へと舞い上がってゆく。チョウだけではなかった。静香はあちこちへと目を向け、あらゆる場所に昆虫がいることを悟った。無数の昆虫が、さまざまな色とかたちの虫たちが、緑の世界に満ち溢れていた。

「ほら、きれい！　あんなにたくさん！」

静香は丘の麓を指差した。鮮やかな黄色のトンボがまるで菜の花の川みたいに滑空してゆく。手前には赤いつぶつぶだ。テントウムシのような虫が何十匹と集まってダンスを踊っているのだった。

静香とリルルの間を、深い緑色に輝く虫が、ぶんと羽音を立てて飛んでゆく。硬い甲冑(かっちゅう)に身を固めたその大きな虫は、勇ましく羽を動かして、獲物を求めて林の向こうへと消えていった。

リルルが目を丸くして呟(つぶや)いた。

「総司令官……！」

静香は声を弾ませて両腕を大きく広げた。

「リルル、あなたの故郷は、もともと昆虫の楽園だったんだわ！」

静香はタケコプターを取り出し、リルルの手を取っていった。

「さあ、〝神様〟を捜しに行きましょ！　この星のどこかにいるはずよ。人間社会に絶望して、アムとイムをつくり出した科学者が！」

「落ち着けよ、スネ夫！」

ジャイアンが怒鳴った。

ずっとそわそわと行ったり来たりを繰り返していたスネ夫は、泣き顔で怒鳴り返した。

「落ち着いていられる？　こんなときに！」

スネ夫のそんな大声を、これまで聞いたことがなかった。スネ夫は目に涙を溜めながらわめき散らした。

「もうすぐ鉄人兵団の総攻撃があるってのに！」

「それがどうしたっつうんだよ！」

「結果は見えてるよ！」

のび太は基地の壁にもたれ掛かり、両手を頭の後ろに組んで天井を眺めながら、ふたりのやりとりを聞いていた。

「わかる。こんな気持ち、何度か経験したからね。0点しか取れないのわかっててテストを受けるときの気持ちだよ」

「ばかっ！　テストどころじゃないぞ！　ぼくら奴隷にされちゃうんだぞ！」

「うるさいっ！　少しは黙っててくれ！」

ドラえもんがヘルメットのフェイスシールドを上げて怒鳴った。

ドラえもんは天才ヘルメットと技術手袋をつけて、青いボールとずっと格闘していた。最初に改造したときのようにはうまくいかないらしい。そんなときのドラえもんはいつだって気が立っていることを知っていたので、のび太は一度も声を掛けなかった。

「この電子頭脳には専用のナノマシンが備わってるんだ。こっちがどんなに改造しても、プログラムを読み出して、回路までつくり直して、最初に埋め込まれた目的を達成しようとする。こんな技術は見たことがない……！」

ドラえもんはそう呟きながらボールにねじ回しを突っ込む。ときおりボールは電子音を発したが、もうドラえもんはほんやくコンニャクをあてがおうとはしなかった。のび太としても、あの殺し屋のような男の声や、にせドラえもんのバカ笑いをここで聞くのは御免だった。

「いいかみんな、余計なこと考えずに全力を尽くすんだ！　思いがけない道が拓けることもある！」

ドラえもんは手を動かしながらいったが、自分でもその言葉を信じていないんじゃないかと内心のび太は思った。スネ夫は聞く耳を持たなかった。もう心がふにゃふにゃになってしまっている様子だった。

「そんなことといったって、どう全力を尽くせってんだ！」

泣き言をいうスネ夫を、再びジャイアンが一喝した。

「だから余計なことを考えるなっつってんだろ！　鉄人が攻めてくることも、やつらが大軍だってことも、最初からわかってたことだろ！」

スネ夫はジャイアンに指を向けて、食って掛かった。

「考えるなっていわれたって、無理だよ！　ジャイアン、少しは考えろよ！　ぼくは電子頭脳を改造して味方につけようっていったぞ。リルルをそのままにしておくと危ないっていったぞ。ぼくはちゃんと考えて、どうするかみんなに話したじゃないか！　ジャイアンも怒鳴ってばかりいないで考えてくれよ！」

「ばか野郎！」

ジャイアンが立ち上がり、いきなりスネ夫の顔をゲンコツで殴った。

「おれが、何も考えてないっつうのかよ！」

スネ夫が頬に手を当てて、真っ赤に目を腫らしながら、呆気にとられた表情でジャイアンを見つめていた。スネ夫だけではない、ドラえもんもびっくりして手を止めた。のび太も後ろで組んでいた手を解いて、息を呑んでジャイアンを見つめた。

ジャイアンは拳をわなわなと震わせていた。その目には涙が滲んでいた。

「おれだってな、スネ夫、おまえみたいに泣きわめいて、みんなに当たり散らしたいんだよ！　おれだってこわいんだぞ！　かあちゃんって大声で泣きたいんだぞ！　でもな、おれがそうしたら、おまえら全員ばらばらになっちゃうじゃんかよ！　誰かがどっしり構えてないと、ひとつになれないじゃんか！　だからこわくてもずっと我慢してたんだぞ、それがわからないのか、ばか野郎！」

ジャイアンは拳を振り上げた。スネ夫が頭を抱えて身を縮めた。のび太は慌ててふたりのもとへ駆け寄ろうとした。だがジャイアンは涙の溜まった目をきつく閉じて、拳を震わせた。

「ジャイアン！」

だん！と基地の床が硬く鳴った。ジャイアンは歯を食いしばり、その場に膝をついて、涙を流しながら何度も、何度も、拳を床に叩きつけた。だん！だん！と音が広い基地の中に響いた。

「くそーっ！くそーっ！スネ夫、一度だけ許せ！」

そしてジャイアンは天井を仰ぎ、ぼろぼろと涙を流して大声で叫んだ。

「かあちゃーんっ、いい、いっ！」

ジャイアンは強く鼻水をすすり、きつく口を結んだ。服の袖で涙を拭き、そして立ち上がった。

真っ赤になったその目は、もう泣いていなかった。

「ジャイアン……」

「ドラえもん、早く進めろよ！」

ジャイアンはボールを指差して怒鳴った。

「おれは何もできないんだ。うまい考えなんて思い浮かばないからな！　だから進めてくれよ！」

そしてスネ夫に向き直っていった。

「立て、スネ夫！　今度泣き言をいったら、本当にぶっとばす！」

スネ夫は慌てて立ち上がる。

そのときだった。

みんなはほぼ同時に、天井を仰いだ。

しっ、と誰かが注意する必要はなかった。全員が息を詰めた。

ごおん、ごおん、というあの空の唸りが、遠くから聞こえていた。いままで聞いたものより、はるかに巨大で、圧倒的な唸りだった。

まるでそれは、波濤の向こうにすさまじい容量の海水を抱える大津波だった。陸地のすべてを洗い尽くし、呑み込んでしまう、最後の大審判の災害だった。

基地がかたかたと振動し始める。空と共鳴するかのように。

「来たな」

と、ドラえもんが短くいった。

「そうか……。そんなことになるとは思いもよらなかった……」

老博士は目を閉じ、静かにいった。

彼はこの星にただひとり住む人間だった。研究施設を兼ねたその住まいは、見晴らしのよい高台に建設されていた。いくつかのコンパートメントを繋ぎ合わせた宇宙ステーションのようなつくりで、中央の棟はまっすぐ天に向かってそびえ、遠くからでもその輝きがよく見えた。

老博士は静香がスペアポケットから取り出したほんやくコンニャクを快く口にしてくれた。何十歳なのかわからなかったが、目の縁や手の甲にはたくさんの深い皺が刻まれ、髪はぼさぼさに伸び、口髭や顎鬚は顔をほとんど隠して、ゆっくりとしたその動作は何百年も生きた亀を思わせた。しかしその小さな瞳はいまなお澄んで、深い思慮と豊かな知性を備えた学者であることが静香にもわかった。

老博士は高齢であることを除けば地球の人間とほとんど変わらないように見えた。衣服はなるほど地球で見かけない滑らかな素材のものだが、指輪を嵌め、靴を履き、ソファに座っているところは、未来の地球からやってきた人だといわれても違和感のない姿だ。静香はのび太やドラえもんたちとのさまざまな冒険旅行で、この広い宇宙には地球の人間によく似た人々がたくさん暮らしていることを知っていた。老博士もそうした宇宙の人類のひとりなのだった。

老博士は静香の説明にじっと耳を傾けてくれた。彼は最初に、地球の位置や生態系についていくつかの質問をした。静香が答えられたのは、学校やテレビで見聞きした範囲だったが、充分に理解した様子だった。あとは黙って静香の話を聞いてくれた。

やがて老博士は目を細めて、壁際に設置されているふたつのカプセルを見上げた。

「わしのつくったアムとイムはいい子なのに……。その子孫がな……」

「博士ならなんとかしていただけるんじゃないかと、ここまでやってきたんです」

「きみは、勇敢な子だ」老博士は穏やかにそういった。

中央棟の下階に位置するこのホールは、老博士がもっとも大切にしている研究室とのことだった。広い室内には大きな装置が並び、いくつかの小部屋に仕切られて、それぞれの場所にはつくりかけのロボットが置かれていた。工作作業用のロボットたちも壁際に並んでいたが、いまそれらは胸に小さなライトを明滅させて眠っている。

そうした作業ロボットと、いま博士が見上げる二体のロボットは、明らかに違っていた。

アムとイムは、リルルが語った神話の通り、人間を象（かたど）ったロボットだった。がっしりと肩幅の広い男性のロボットと、ふっくらした胸元を持つ女性のロボット。しかしその身体は合金でつくられ、顔も目鼻などのパーツはむしろ単純化されたデザインで、唇はなく、人間の複雑な感情は表現できそうになかった。リルルのような本物と見紛（みまが）うばかりの人工皮膚も、長く美しい髪の毛も、与えられてはいなかった。

「リルルといったね、きみの社会では人間の姿をしたロボットが下層階級となり、昆虫の姿をまねたロボットが支配階級にいるのか」

「はい」

「進化とは難しいものだ……。わしは母星の人間社会に絶望してこの星へやってきたが、人間そのものにはまだ希望を捨て去っていないつもりだったよ。だからこうして、アムとイムをヒト型としてつくり上げたのに……。どこできみたちは人間そのものを否定するようになったのか……」

「でも、私たちは、神のお心のままに……」

「そうした〝神〟を自ら生み出してしまうのも、社会の進化なのか……」

その後、しばらく老博士は目を閉じたまま、言葉を発しなかった。寝入ってしまったのではないかと静香は不安になったが、その肩に触れようとしたとき、博士は目を開けていった。

「よろしい、アムとイムの頭脳を改造しよう」

「いえ、私がお願いしたいのは、アムとイムじゃなく、地球で暴れている鉄人兵団を……」

「わかっておる。このアムとイムから進化を重ねてつくり出された子孫が、鉄人なのじゃ。数万の兵団を倒したところで、また同じことが繰り返される。三万年後の社会を変えるためにはアムとイムを変えねばならんのだよ。進化の方向を思い通りに修正できるかどうか、それはわからぬ。だがロボットの天国をつくりたいというわしの気持ちはいまも変わらない」

「わかりました。でも、どんな改造を……？」

「頭脳に植えつけた競争本能が強すぎたのかもしれん」

老博士は静かに言葉を紡いだ。

「他人より少しでも優れたものになろうという心だよ。みんなが競い合えば、それにつれて社会も発展してゆく。ただし、ひとつ間違えると、自分の利益のためには他人を押しのけてでもという社会が生まれてくるだろう――おおっ」

老博士は立ち上がろうとして、膝の力を失い、よろめいた。静香とミクロスが咄嗟(とっさ)

に前へ進み出た。リルルも手を伸ばし、博士に近づこうとした。静香が博士の肩を支え、リルルが静香の見よう見まねでもう一方の肩を持った。

博士はモニターやボタンが並ぶ制御コクピットへと行きたがっているようだった。すでに足腰は衰え、自分の力で歩くのは難しいのだ。博士に合わせて静香たちは支えながら進んだ。

「競争本能が間違った方向に進めば、弱い者を踏みつけにして、強い者だけが栄える、弱肉強食の世界になる――わしの目指した天国とはほど遠いものだ」

「博士はそこまでわかっていらっしゃるのに……、なぜ競争本能を強めたのですか」

「わしの母星は堕落したのだよ――そこだ、ありがとう」

博士はコクピットの座席に腰を下ろし、息をついた。やはり疲れたのか、しばらく博士は苦しげな顔で息を整えていた。ミクロスがおずおずと近寄っていった。

「ガガ、神様、ダイジョウブデスカ?」

博士がいった。「きみは、地球のロボットかね」

「ソウデス! ボクガ、神様ニ、会オウッテ、イッタンデス!」

「ミクロスっていうんです」

静香はくすくすと笑って解説した。腕を振り回す勢いで怒っていたことには触れなかった。

「ドラちゃんが知能を授けてくれたのよね。スネ夫さんなみの知能を」

「ボクノ、ゴ主人サマデス！」

「あたしの友だちのひとりです」

「ドラちゃんとは？」

「ドラえもんという、未来のロボットなんです」

「そうか」博士が目元で微笑んだように見えた。「三万年後に、きみたちの星で、そんな知能が」

「博士、さっき勇敢だと褒めていただきました。でも本当に勇敢なのは、このミクロスや、リルルです。それに、いま鉄人兵団と戦っている、あたしの友だちです」

静香は本心を伝えた。

「ドラちゃんに、スネ夫さん。タケシさん。それから——」

静香は自分のいのちを救ってくれた友人の顔を、彼の腕の中で泣いたあのときの気持ちを思い出していった。

「——それから、のび太さん」

老博士は静香の言葉を聞いていた。その顔に、遠い少年の日々へと還るような、穏やかな温かみが広がっていった。

博士は目を見開き、両腕をコンソールに伸ばして、いくつかのボタンを押した。コクピットに光が灯り、下部に隠されていたリフターが動き出して、博士の乗ったコクピットを持ち上げ、アムとイムの収められたカプセルの前へと移動させていった。博士は言葉を繋いだ。

「わしの故郷は、ユートピアを目指し、そして腐敗した。最初のうちはよかった。高邁な理想が掲げられ、誰もが平等となり、富は公平に分配される星だった。しかしいつからか人は向上心を失い、働かなくなった。皮肉なものだが、理想はときに人間をだめにするのだ」

「だから博士は絶望して、ここにロボットの天国をつくろうとしたのですか」

「そうだ。しかし天国というものは、つくるのではなく、つくられるものなのかもしれん……。ひとりひとりの思いやりによって、初めてつくられるものなのだろう」

「思いやり……」

静香はその言葉を、しっかりと自分の心に書き留めておきたくて繰り返した。博士はいった。

「きみはいま、わしに肩を貸してくれた。ミクロスというそのロボットも、わしを気遣ってくれた。それが思いやりというものだよ。そしてリルル、きみにもその心がある。たんなる同情や共感だけではない、自分とは異なる立場の他者の気持ちを思い、人の幸せを願う心だ。わしの設計はすべてが間違っていたわけではないのだ。まだ道はある」

アムとイムのカプセルにも光が灯った。準備が整ったのだ。

「わしは本当のユートピアをつくりたかった。だが、ひとりの人間の思惑でユートピアを設計できるものなのだろうか？　永遠の課題だよ。人にとって大切な問いを、きみたちは思い出させてくれた」

そして博士は、コンソールのキーを打ちながらいった。

「他人を思いやる温かい心を……。改造を終えるまでなんとか身体が保てばよいが……」

世界は業火のように燃えていた。

のび太たちは秘密基地のシャッターから顔を出し、轟々と燃え盛る世界を見つめていた。

「鉄人が森に火をつけたんだ。焼き払って見通しをよくする気だな」

ドラえもんの呟きの意味は、のび太たちにも充分にわかっていた。とうの昔に日は暮れ、夜がやってきていたが、空に広がる黒煙の底は赤く爛れて、うねりながらこの世界を照らしていた。湖の四方は炎に呑まれて、揺れる炎と舞い上がる火の粉の影が、くっきりと水面に映り込んでいる。それは地獄の釜のようだった。

「見ろよ、あのものすごい火……」

「まるで地球が焼け落ちてゆくみたい……」

のび太たちにはわかっていた。この巨大な火の海も、いつか必ず消えて煙となる。森がすべて焼き尽くされて焦土と化したとき、もはや自分たちの隠れる場所などどこにもないだろう。この秘密基地の入り口さえ、鉄人たちには格好の標的となるだろう。

空に暗黒の煙が広がってゆく。星も、月も、何も見えない。マグマのような赤い色だけが、のび太たちの周りにあった。

†

何度目かの温かな拍手が沸き、絞り緞帳が下りて、劇場内の照明がわずかに明るさを取り戻す。拍手が続くなか、スミレは下手から登場して観客に深く返礼した。

スミレが顔を上げ、スポットライトに照らされると、拍手は期待を込めて静まった。

「ありがとうございます。次は最後の上映となりましたね。新しい一本を皆様にお届けします。映画の完成をいっしょにお祝いしてくださるすばらしいゲストをお招きしています。どうぞ、ご登場ください」

上手の袖にもうひとつのスポットライトが輝いた。スミレは自らも拍手で迎えた。ジャケット姿の男性が、ギターを抱え、大きく手を振って登場し、ステージの中央でスミレと固い握手を交わした。

「おい、ありゃ任紀高志（にんきたかし）じゃないか！」

拍手のなかで、観客からざわめきが起こるのをスミレは察した。わずかに無精髭（ぶしょうひげ）を残して人懐っこい笑みを見せるこの男性が、一般の観衆の前に姿を見せるのは、ほぼ一〇年ぶりであるはずだった。

「任紀高志？　あの歌手の？」

「そうだよ！『海はぼくらと』で歌謡大賞を受賞した」

「最近見なかったが、何をしてたんだ？」

「飛ぶ鳥を落とす勢いだったころ、事業で人に騙されたんだよ。借金を何億円も抱えて、極端な人嫌いになって、姿を消してたんだ」

そんな声が場内のあちこちで囁かれているのだろう。しかし任紀はまったく気にせず、スミレの新作映画に心からの祝辞を述べた。その声は確かに任紀高志で、観客も事実を受け容れつつあった。

スミレは心からの感謝の気持ちを込めて返答した。

「任紀さんは私の映画デビュー作で主題歌を歌ってくださいました。私は任紀さんの歌で育ったようなものです」

「よしてくれよ、スミレちゃん。ぼくはね、一度死んだんだ」

「でも、こうして私たちの前に戻ってきてくださいました」

「ああ」

任紀は顔を引き締め、頷いた。その表情に大スターの矜持があった。

「スミレちゃん、ぼくはね、自分がいつでも主役だと思っていた。主役は最後まで主役でなくちゃ。脇役になってまで生きていたくはない。そう思って、自分の舞台がなくなったら消えようとしていたのさ。だが少し思い直したよ」

劇場を満員にする観客たちも、任紀の言葉に惹き込まれつつあった。スミレはそうしたステージの持つ力を知っていた。劇場内に熱気が戻り、人々の心はひとつになろうとしていた。

「映画やお話には主役や脇役がある。でも人生には、そんな区別はないのさ。分担があるだけだ。誰かが主役であるとか、脇役であるといったことはない。ただ、歌が心に響いたとき、その人は自分を主役にできるんだ。そのことがわかったのさ。歌手というものは自分が主役になる仕事じゃない。みんなの主題歌を歌う仕事だってね」

スミレはその言葉を受け取って、場内を見渡していった。

「最後のプログラムとなりました。上映の前に、映画の主題歌をここで歌わせてください。皆様もどうかいっしょに歌っていただければと思います。〝神様の祝福がありますように〟」

スミレは劇中の台詞を唱えた。

この映画では教会が重要な舞台となる。任紀も、スミレも、クリスチャンではなかった。しかしこの主題歌はロケをした教会の牧師によって作詞されたゴスペルだった。映画では任紀ひとりが最後に歌う。しかしゴスペルは多くの人が声を合わせて歌うことができる。

スミレは任紀と並んで立ち、場内を見渡した。スポットライトがふたつ、重なってふたりを照らした。

静まりかえった場内で、任紀は用意されたスツールに座り、ギターを弾いて歌い始めた。

†

夜明けを待たずに森は息絶えた。

のび太たちは秘密基地から出て、湖を背にして四人揃って前を見つめていた。まだあちこちに炎のかけらが残り、焼けた大地には炭となった樹木の幹が卒塔婆(そとば)のように刺さっている。世界には黒煙が広がり、籠(こ)もった熱気は空の底を鈍く錆色(さびいろ)に染めていた。のび太たちの視界が届くところは決して遠くはなかったが、闇の向こうにもはるかに同じ焦土が続いていることはわかっていた。

大地が闇に紛れるその直前に、鉄人兵団の大軍が構えていた。

「いよいよだぞ」

ドラえもんがいう。のび太たちは道具を掲げた。のび太たち四人は横一列に並んで鉄人兵団と対峙した。ショックガン、空気砲、瞬間接着銃。のび太たちが手にしているのは、どれも未来の世界においてはごく安価な護身具だ。戦争するための武器ではない。だが相手は戦争のためにつくられたロボットだった。

《おまえたちがリルルを攫(さら)った人間どもだな》

兵団の総司令官が前へ一歩進み出た。マントが風を受けて揺れた。その手には壊れた山びこ山がある。

鉄人たちはこちらのトリックをいまや完全に見破ったのだ。総司令官は山びこ山を脇へ投げ捨てていった。

《われわれを相手によくぞ戦った！　だが戦争ごっこもこれまでだ》

「ドラえもん。鉄人は何体くらいいるかな」

「さあね。一万、二万、それ以上かも」

「一発で一体倒したとして、四人で何体倒せる？」

「計算しないほうがいいんじゃないか」

《進め！》

総司令官が右手を高く上げた。

鉄人たちは一糸乱れぬ足並みで、列をなして向かってくる。その足音がざっ、ざっ、ざっ、と地鳴りとなって世界に響く。

のび太は額の汗を腕で拭った。もう二度と汗を拭えないような気がした。

後方の鉄人たちが一気に飛び立つ。最前列の鉄人が歩を速め、疾走してくる。地鳴りが迫ってきた。鉄人たちはまだビームを発射しない。発射するまでもないと考えているのかもしれない。地鳴りがのび太たちの足下まで震わせ始めた。ドラえもんが声を上げた。

「狙え！」

のび太たちは道具を構えた。

今度は撃てと叫ぶ間もなかった。

銃を撃ち、空気砲で気体のかたまりをぶつけた。最前列の鉄人たちは倒れたが、それらを踏みつけて後方の鉄人が出現する。あちこちで小さな光が灯った。鉄人の指先がエネルギーを蓄えているのだと気づいたときには、何十もの光線が一斉にのび太たちを襲っていた。

ドラえもんが前に飛び出し、ヒラリマントで跳ね返した。だがビームは次から次へと放たれる。のび太は二丁拳銃で鉄人たちの目を射貫いていった。ひとつ、ふたつ。三つ、四つ。倒した鉄人をいくら数えても相手は減らない。小学校に入りたてのころ、そういえば引き算が苦手だったっけ、とのび太はどうでもいい昔のことを思い出した。いくら引いても減らないのなら引き算の意味はない。自分が悪いんじゃない、先生の出題が悪いんだ、と思った。いつの間にか鉄人たちは巨大になっていた。違う、ずっと近くまで迫ってきたので、相手が大きく見えるようになったのだ。そのぶん標的に命中させやすくなったが、鉄人の腕がぶんと鼻先をかすめて、握り潰されるほどの接近戦になったのだとわかった。

もう二時間も三時間も戦ったような気がしたが、もしかするとたったの五分か一〇分ほどなのかもしれない。だが手元のショックガンの反応が鈍くなってきて、なあんだ、やっぱり長い間戦ったんじゃないか、と安心した。すぐそばで誰かが呼んでいた。うるさいな、と思って見ると、ドラえもんが必死の形相で叫び、新しい銃を投げてきた。

のび太はエネルギーの切れた銃を放り出し、受け取ったばかりのショックガンの安全ボタンを解除した。そんなわずかな余裕さえ、鉄人たちは与えてくれなかった。覆いかぶさるように鉄人が襲ってきて、のび太はその腹に向けて新しい銃の引き金を引いた。あまりにも近くて相手を吹き飛ばすその衝撃がのび太自身にも跳ね返り、髪の毛はぼさぼさに乱れ、熱気がまともに顔を叩いた。

「ドラえもん、ザンダクロスを出せ！」

誰かが声を張り上げていた。確かめたかったが、あちこちを探す余裕はなかった。

それがジャイアンの声だとわかったのは、さらに鉄人を三つ四つ倒してからのことだった。

「だめだ、もうザンダクロスはいうことを聞かないんだ！」

悲鳴のようなドラえもんの声も聞こえた。ジャイアンが途切れ途切れに叫んでいた。

「それでも、ないより、ましだ！」

「待ってくれ、ポケットから、出す、暇もない！」

「こんにゃろーっ！」

ジャイアンの雄叫(おたけ)びが聞こえた。

視界の隅にジャイアンの姿が見えた。ジャイアンは空気砲をつけたまま、鉄人たちの間を縫(ぬ)って走っていた。走りながらどっかんどっかんと砲撃し、その先にはドラえもんに襲いかかる鉄人たちの影があった。

ジャイアンはドラえもんのそばまでたどり着くと、かばうように立ち、息を切らす間もなく空気砲を撃ちまくった。

「早くしろ！」とジャイアンはわめいた。「早く出せ、こんにゃろーっ！」

「持ちこたえてくれ、ザンダクロス！」

ドラえもんがポケットに手を入れた。おもちゃサイズのザンダクロスがビッグライトに照らされた。その真っ白な光が、暗い焦土の中で目を射るほどまぶしく弾けた。

　ザンダクロスはみるみるうちにそびえるほどの大きさとなり、鉄人たちを見下ろした。一瞬、鉄人たちの攻撃が止まった。ザンダクロスは両腕を振り上げたが、ぎり、ぎりというあの不快な金属音を立て、姿勢も定まらないまま前へ倒れようとしていた。

《怯(ひる)むな！　まず地球人どもを捕まえるのだ！》

　総司令官の声が轟(とどろ)くと同時に、何体もの鉄人が空からジャイアンとドラえもんを攻撃してきた。一瞬の遅れが、激しい爆発をもたらした。のび太は叫び、二丁拳銃で援護しながら、もうもうと上がる煙へと飛び込んだ。

　ジャイアンとドラえもんは土埃(つちぼこり)と熱気で顔を真っ黒にしながら、それでも砲弾の直撃を辛くも逃れて、鉄人たちに応戦していた。のび太も声を張り上げて必死で加勢し、ふたりが態勢を少しでも立て直すのを助けた。

　ずしん、と強い地響きが大地を揺すった。ぎり、ぎり、ぎり、とザンダクロスの悲鳴のような軋(きし)みが空気をこすった。ザンダクロスは鉄人と戦う以前に、いま自分の中で戦っているのだ。メカトピアの電子頭脳と地球の電子頭脳が、いまばちばちと火花を散らしながらザンダクロスの頭の中で拮抗(きっこう)し、取っ組み合いをしているのだ。

「スネ夫、行け！」

ジャイアンがわめいた。

その声でのび太はスネ夫がいないことに気づいた。ジャイアンの空気砲が煙に渦を起こして、その切れ目の向こうにスネ夫が接着銃を持って防戦しているのが見えた。鉄人たちはいま、ドラえもんをめがけて襲いかかってきており、離れた場所にいるスネ夫は相手のマークが甘くなっていた。サッカーでもすばやくチーム全体の様子を察し、ボールを回せるジャイアンだけが、この込み入った状況の中で周りをしっかりと見て取ることができた。

スネ夫は接着銃を両手で構え、内股の格好でびびり、泣きそうな顔をしていた。ジャイアンが怒鳴った。

「おまえがいちばんうまく操縦できるんだ。行け！」

そしてドラえもんが叫んだ。

「ザンダクロス、ハッチを開けろ！　自律モード解除！」

ザンダクロスがついに片膝をついた。がくん、がくん、とじれったくなるほどの音を立てて、しかしザンダクロスは胸板を開いた。

「くそーっ！」

スネ夫が声を上げて走り出した。鉄人たちが気づき、スネ夫を追い始めた。スネ夫は銃まで投げ捨てて、懸命にザンダクロスのてのひらへと走った。のび太たちが鉄人に包囲されかけたそのとき、ザンダクロスがスネ夫を受け容れ、ハッチを閉めて立ち上がった。

「スネ夫、やれ！」

ザンダクロスの手が大きく動き、のび太たちを取り囲む鉄人たちを一気に振り払った。のび太たち三名はタケコプターをつけて飛び上がった。ザンダクロスはまだ大きく痙攣（けいれん）している。顔を真っ黒に汚したジャイアンが両腕をじたばたと振って声を送る。

「スネ夫、やっちまえ！」

ザンダクロスの目が光った。いままでとは違う、鮮やかな白色の輝きだ。ザンダクロスは焼けた大地を踏みしめて立ち上がり、空中から襲いかかる鉄人たちを叩き落とし、地表から迫る歩兵を踏み潰した。その動きはぎこちない。だがのび太はそれがスネ夫の操縦だとわかった。いままでの自律モードとは違う。それはもどかしい動きだったが、ついにザンダクロスは腹からレーザービームを発射し、何十体もの鉄人を吹き飛ばした。

《進め！　ジュド一体などたかが知れている！》

次々と鉄人が飛び出してくる。雲霞（うんか）のごとき大軍がザンダクロスへ襲いかかってゆく。

《かかれ、かかれ！　何百体、何千体壊れようが、かわりのロボットは無数に控えているぞ！》

ドラえもんは声を上げた。

「ぼくらも最後まで戦うんだ！　エネルギーが切れるまで！」

老博士は作業を進めてゆく。アムとイムの入ったカプセルは光の反応でプログラムが書き換えられるのか、まるで音楽のような明滅を繰り返している。アムとイムは動かずにまっすぐ虚空を見つめていたが、その顔に幾重にも折り重なった光の陰影が刻まれていった。それはまだ心や魂を持たない機械人形が、無言で物語るかのようでもあった。老博士は懸命に、コンソールのモニターを注視し、キーボードを指先で叩き、コクピットの周りに配置されたマニピュレーターやレバーを操り、カプセルの光を調節していった。

「この改造で、三万年後のメカトピアはがらりと違った国になるだろう」

老博士は作業に打ち込みながらいう。しかし博士の体力は急速に奪われつつあり、静香は気が気ではなかった。マニピュレーターを操る博士の手は震え始めていた。

「すると、あの恐ろしい鉄人兵団は?」

「歴史が変わるんだ。そんなものはすべて消えてしまう」

消えてしまう。その言葉が胸に飛び込んできた瞬間、リルルが鮮やかな赤い髪を波打たせて振り返り、静香のもとへ笑顔で駆け寄ってきて手を取った。

「静香さん!」

「よかった……!」

「これで地球は救われるわ」

だが静香は、はっと気づいてリルルを見つめ返した。

「でもリルル、それじゃ、あなたも……!」

博士のコクピットに目を向けたそのとき、マニピュレーターを操ろうとしていた博士がバランスを崩した。

博士は椅子から転がり落ち、全身を床に打ちつけた。驚いて静香は駆け寄り、抱き起こした。

「博士! しっかりしてください!」

「だめだ……、身体がすっかり弱り切っている……」

博士は苦しげに顔をしかめる。静香は無我夢中で博士に呼びかけた。消えてしまう。消えてしまう。静香の心の中で博士の言葉がぐるぐると回り、どうすればいいかわからなくなった。歴史が変われば鉄人兵団も消える。しかしリルルも消えてしまう！

そのときだった。リルルが歩み寄ってきていった。

「博士、私にやらせてください。私が続けます！」

はっきりとした強い口調に、静香は言葉を失った。リルルは小さな拳を胸元で握りしめていた。

「リルル、あなた……」

「任せて」

リルルは音も立てずに飛び上がり、コクピットに腰を下ろした。

リルルは両手の細い指先をコンソールに置いた。そしてキーボードを操り始めた。リルルの指先は止まることなく滑らかで、まるでパイプオルガンを演奏するかのようだった。

博士が呻(うめ)きながら静香の腕の中で上体を起こす。博士はリルルの姿を見上げ、感嘆の言葉を呟いた。そして何をすべきかを伝え始めた。

静香は何も言葉を挟めなかった。博士を抱いたまま、リルルを見た。首を振ることも、やめてということもできなかった。ミクロスもただその場に立って、何もいえずに事のなりゆきを見守っていた。言葉が見つけられなくなった静香のやるせなさを、まるでお見通しであるかのように、リルルは作業を続けながら歓喜に満ちた声で静香にいった。その声に曇りや濁りはなにひとつなかった。
「すばらしいと思わない？　ほんとの天国づくりに役立てるのよ。私はメカトピアの天使になるの」

任紀高志はギター一本で歌い始めた。伸びやかな声が、劇場内に満ちていった。

〝God　bless　you
神のみ恵みが　豊かにあなたの上に　注がれますように〟

そしてオーケストラによる前奏が始まった。かつての任紀の曲を思わせるような、青い空と広い海を想起させる、大地をゆく優しい風を思わせる、穏やかでどこまでも満ちてゆくようなメロディだった。

劇場内の観客が、自然にリズムに乗って心地よく身体を揺らし始めるのがスミレにはわかった。スミレは任紀と目配せをして、笑い合った。スミレは自分のマイクを口元に近づけた。

少女だったころ、スミレはきらきらと輝くドレスを着てステージで歌っていた。お仕着せの歌だと思うこともあった。二〇歳を過ぎるころから芝居に仕事の軸足を移し、レコーディングからは遠ざかっていたが、ボイストレーニングは続けていた。人前で歌うのは本当に久しぶりだった。だがスミレは楽しかった。自分は歌が好きなのだ。

スポットライトが顔に当たっている。何もその光を遮るものはない。この顔を隠すマスクはない。それでも人は自分のことを、ひとりの女性ではなく女優の星野スミレとして見るだろう。しかし自分はいま、自分自身として舞台に立っている。

スミレはこの場を共有する観客ひとりひとりの顔を見渡し、いままで支えてくれた大勢のファンのことを、スタッフのことを思った。遠い星にいる大切な人のことを思った。そして隣の任紀と視線を交わし、微笑み、呼吸を合わせて、いまこの世界のために戦っている少年と少女のことを思った。自分ひとりではなく多くの人の一員としてここに立っているのだと感じた。

歌うことだ。いま自分が伝えられるいちばんの手段は、ただ歌うことだ。スミレはかつての分身のことを思った。自分が仲間と事件の渦中へ飛び込んでゆくときも、分身はステージに立ってずっと歌ってくれた。いまは自分が歌い、その歌を届けるときだ。自分の歌が、誰かの声となるのだ。

その誰かの声も、きっと世界の誰かに届くのだ。

スミレは任紀の声を継いで歌い始めた。

コクピットの中でサイレンのような電子音が響いていた。スネ夫は泣きじゃくりながら、必死で操縦を続けていた。

ザンダクロスの反応は急速に鈍り始めていた。真正面のスクリーンには、何かの異常を示すバーが次々と現れ、面積を広げてゆく。スネ夫は先ほどからずっと涙で視界が滲んで、冷静に判断できなくなっていた。

ザンダクロスは思うように動かない。スクリーンは鉄人の大軍で埋め尽くされつつあった。鉄人たちは上からザンダクロスに飛びかかり、その重みで押し倒そうとしているのだ。何度も、何度も手を振り、背中のジェットエンジンを噴射して払いのけるが、鉄人たちの数は減らない。ついにザンダクロスが膝をつき、その衝撃がスネ夫の操縦席にまで届いたとき、スネ夫は大声で泣きわめいてコンソールを拳で叩いた。それとほぼ同時に、コクピットのあちこちで計器が息を止め、ライトが連鎖的に消えていった。

いままでとは違う電子音が、コクピットの中に鳴り響いた。ザンダクロスの本来の頭脳が勝利を収めたのだとスネ夫は悟った。頭脳は世界中へ向けて勝ち鬨を上げているのだと思った。その証拠にスネ夫の周りで計器は次々と別の色に浸食されてゆく。濁った色彩がスネ夫を背後から駆り立てるかのように広がってゆく。

「ママ、ぼくは全力でやったよ」

スネ夫は泣きながら、まだ片手で操縦レバーを握りしめていた。そのレバーを動かし続けていた。

「ぼくは巨大ロボットで地球を守ったよ、だめだったけど」

ザンダクロスが両腕を大地についた。その衝撃もコクピットには伝わってきて、目の前のスクリーン映像がぷつりと切れた。

外から激しい砲弾が撃ち込まれているのがわかった。その証拠にスクリーンが歪み始めた。鈍くよどんだ色彩がスクリーンに映し出され、その色がねじ切れるように変化してゆき、ついに胸板が外部からこじ開けられた。

「イエオンとかバンダムみたいに、かっこよく地球を救いたかったよ」

スネ夫は人気のロボットアニメの名を並べた。胸板の隙間はさらに広げられ、鉄人のひとつ目がぎょろりとスネ夫を睨みつけてきた。

ザンダクロスが倒れる。もはや重力場制御装置もうまく働かないらしい。コクピットが落ちてゆくのを感じながら、スネ夫は歯を食いしばり、コンソールの隅にあるボタンを拳で叩いた。

パネルの一部が開いて緊急レバーが現れ、スネ夫は全身の力を込めてレバーを引いた。がくん、とすさまじい衝撃が起こり、ザンダクロスの身体が非常停止を始めた。電子頭脳ではない、ザンダクロス自身が持っている手動の制御装置だ。コクピットに座る操縦者が最後の最後に使う安全システムだ。

コクピット内の光が虚空へと呑み込まれて消えてゆく。ザンダクロスは合金のかたまりとなって地表へと落ちてゆく。それでも胸板の隙間から鉄人の腕が迫ってくる。

スネ夫は泣いて叫んでいた。

「寄るな！　おしっこかけるぞ！」

鉄人の手が、スネ夫をつかんだ。

「ちくしょう、エネルギーが切れた」

ジャイアンはショックガンを放り出し、捨て身で鉄人たちのもとへ突進していった。何度か敵をゲンコツで殴ったが、鋼鉄の身体はびくともせず、すぐさま首根っこを摘まれた。

ジャイアンはきつく目を瞑っていたが、泣きはしなかった。秘密基地で、スネ夫を前に泣いたので、もう涙は流さないと心に決めていたのだ。それよりもいま懸命に振り回している自分の両腕と両脚が、ただ空をかすめるばかりであることが悔しかった。

ジャイアンはいま、無力だった。


のび太は銃をもぎ取られ、道具を何も持たないまま、鉄人から走って逃げていた。小学校でもかけっこは苦手だ。それは裏山でリルルに追いかけられたときも充分にわかっていた。

あっ、と声を上げたとき、のび太のつま先は置いてけぼりを食らい、のび太はつんのめっていた。またつまずいたのだ。いつもこうじゃないか。なんて自分は成長しないんだ。またこれで右手を擦り剝くのだ。そう思って目を閉じ、両手を前に投げ出したが、思ったよりも地面につくのは遅かった。そして気がつくとのび太は、地面ではなく小さな穴に落ちていた。

「ドラえもん」

「しっ」

即席落とし穴の中に隠れていたのはドラえもんだった。のび太はドラえもんにすがりついた。

「もうだめだよ、地球はこれでおしまいだあ！」

「泣くなよ、のび太……」

金属音が頭上に迫り、のび太は顔を上げた。何体もの鉄人がひとつ目で穴を覗き込んでいた。

もう逃げ場はなかった。のび太とドラえもんは引きずり出された。すでにザンダクロスは多数の鉄人によって制圧されていた。泣きわめくスネ夫がコクピットから摘み出されているのが見えた。ジャイアンも捕まって、手足をじたばたさせている。

《これで終わりのようだな、地球人よ》

総司令官が黒く禿げた丘からのび太たちを見下ろして笑った。その高笑いはびりびりと四方に響き渡った。ロボットの笑いには限度がなかった。どこまでも、どこまでも果てしなく、無限に笑い続ける、暗黒のような笑いだった。

「鉄人！　まだ、手は、あるぞ！」

ドラえもんが掠れた声で叫び、いきなり鉄人を振りほどいて走り出した。

「ドラえもん、何をするんだ！」

のび太は驚いて声を上げ、あとを追って走った。ドラえもんは足をふらつかせながら、倒れるように焦土を進んでゆく。ついに燻った樹木の前で転びかけ、だがドラえもんはそのまま進み、火のついた枝を折り取って松明のように掲げた。

ドラえもんは大きく振りかぶった。松明ひとつでどうやって鉄人に刃向かおうというのか。しかしドラえもんはそのままのび太のほうに向き直り、全身の力を振り絞って松明を投げた。

枝はのび太の頭上を越えて飛んだ。のび太はその行方を目で追った。スネ夫とジャイアンも、のび太と同じように目で松明を見つめていた。火は放物線を描き、そして湖に落ちた。

青白い炎が湖面から上がった。あっ、とのび太は声を上げた。火がじりじりと湖面を舐めてゆく。それは波となって、湖に大きな弧をつくりながら、先へ、先へと燃え広がってゆく。のび太が泳いだ湖の境界を、鏡面を滑るかのように駆け抜けてゆく。

逆世界入り込みオイルの油膜を、ドラえもんは火で炙ったのだ！

「これで、もとの世界には戻れないぞ！」

ドラえもんは鉄人たちに向かって、声を嗄らして叫んだ。

「おまえたちだけでも、この世界に閉じ込めてやる！」

のび太は親友のもとへ駆けつけて支えた。ドラえもんは土と埃まみれになって、力を使い果たしていた。

青い炎が世界を水晶のように照らしてゆく。焼けて禿げ上がった山並みが、静かに青く浮かび上がる。真夜中のろうそくの火のように、湖面は世界を灯してゆく。

だがその静寂は、総司令官のさらなる笑いによって吹き飛ばされた。

《地球人よ、そんなことで一矢報いたつもりか！》

鉄人兵団がのび太たちを再び取り囲んだ。今度こそ逃げ場はなかった。

《最後にひとつ教えてやろう。たったいま通信を受けたぞ。メカトピアの第二師団は地球に到着した！》

「なんだって！」

のび太は愕然（がくぜん）とした。

《今度は騙されはしないぞ。ワープホールの出口は地表近くではなく、おまえたちの尺度でいう高度二〇〇キロメートルの宇宙空間に設定した。第二師団はメカトピアからの観測結果と照合しながら大気圏外より各都市へ降下し、われわれを待たずに一斉攻撃を開始する。その後さらなる増援部隊も到着の見込みだ！　何十万という兵団が地球を埋め尽くすのは時間の問題なのだ！　われわれのかわりなどいくらでもいる！》

「そんな……！」

のび太もがくりと膝をついた。全世界が鉄人兵団の攻撃を受けて火の海になる光景が脳裏をよぎった。

終わりだった。打つ手はないのだと悟った。

「ドラえもん。ぼくたち、全力を尽くしたよ」

「うん。全力で戦ったよ、のび太」

《行け！　炎が湖を舐め尽くす前に！　もとの世界へ飛び込むのだ！》

鉄人たちが一斉に空へと飛び立つ。

だが。

そのときだった。

のび太は顔を上げた。

世界一面に火花が散った。

次元震だ、と咄嗟に思った。リルルが鏡面世界の入り口を拡げようとしたときに起きたあの雷が、また爆発しようとしているのだと思った。だがそうではなかった。

すべての鉄人が、がくがくと震動し始めた。次元震よりもさらに激しい強大な縦揺れが鉄人たちを襲った。のび太は叫んだ。

「ロボットが消えてゆく！」

〝God　bless　you
神のみ恵みが　豊かにあなたの上に　注がれますように〟
スミレの歌声を受け留めて、任紀高志の声が劇場に満ちてゆく。
〝あなたの心と体と　すべてのいとなみが　守られ支えられ〟

スミレはその声に調和し、メロディを重ねる。

〝喜びあふれるように　私は祈ります〟

そしてふたりで目と目を合わせ、寄り添ってリフレインを合唱する。

〝God　bless　you　God　bless　you
God　bless　you　God　bless　you〟

スミレはギターを弾く任紀の背に手を当て、彼の響きを感じながら歌う。
劇場はいまひとつになっていた。全員が声を合わせていた。
劇場はいま歌声で鼓動し、歌声で互いを温め合っていた。この建物を越えてどこまでも声は届きそうな気がした。スミレは遠い世界の大切な人へ、いまこの地球で人を助けようとしているすべての子どもたちへ届くように、願いを込めてゴスペルを歌った。

スミレたちは知らなかったが、そのときホールの外では警備員たちが窓から空を見上げて驚きの声を上げていた。

夜明け前の空が燦然(さんぜん)と輝き、無数の光の雨が降ってきたのだ。

警備員たちはあまりのまぶしさに手で顔を覆い、しかしその直後に起こった信じがたい事態に息を呑んだ。


静香は叫んだ。

「リルル！」

コクピットから降り立ったリルルは、全身が白い光に包まれていた。

リルルは揺れていた。足取りがおぼつかないだけでなく、まるで異次元の世界へ吸い込まれるかのように、全身がこの世界と摩擦を起こして消えようとしているのだった。

リルルは口元に笑みを浮かべていた。

「静香さん……、うまくいったみたいね……。よかった……！」

「リルル」

静香はリルルのもとへ駆け寄った。リルルはその場に倒れ込み、床に両手をついた。リルルが身につけている白とレモン色の服は、リルルの身体といっしょに内側から透き通るほど真っ白な光を放ち、風を孕(はら)んだように揺れていた。

リルルはほんの一瞬、眉根を寄せて、苦しそうな顔をつくった。しかしすぐに笑顔に戻り、顔を輝かせて静香を見上げた。

「今度生まれ変わったら、天使のようなロボットに……」

その笑顔の美しさに、静香は胸を衝(つ)かれた。静香は涙を流していた。溢れてくる涙を止められなかった。静香はリルルの前に同じように屈(かが)み、リルルの緑色の瞳を見つめて伝えた。

「リルル、あなたはいま、天使になってるわ」

「嬉しい……」

リルルはゆっくりと瞼を閉じていった。その目から涙が流れてリルルの両頬を濡らした。リルルは一度だけ頭を振り、瞳を見せて、にっこり笑って静香にいった。

「涙なんか流すロボットなんて、へんよね」

静香は何度も首を振った。そんなことはない。ちっともへんじゃない。そう伝えようとしたが言葉が出なかった。リルルの涙を見て静香の涙が止まらなくなった。だから静香はリルルのように笑顔になって、涙をぼろぼろと流したまま右手を差し出した。

「ふたりは、ずっと友だちよ」

リルルの白く光る右手が、静香の手を握りしめた。リルルは瞳を閉じて、天使の微笑みを浮かべて、歓喜の歌を噛みしめるようにいった。

「お友だち……！」

すぱん！　と時空の断ち切れる音が響き、リルルの手が静香の中から消えた。

静香は自分の前に広がる虚空を見つめた。もはやそこには光もなく、リルルが流した涙の跡もなかった。静香は天井を仰ぎ、目をきつく閉じて絶叫した。友だちの名を心から叫んだ。

「リ、リ、リルルーっ！」

静香は号泣した。喉が嗄れるほど泣いた。赤ん坊のとき以来、心のすべてをさらけ出して、すべての感情を投げ出して泣いた。

やがて静香の身体が泣き声を受けつけなくなった。ぼろぼろと流した涙は静香の目から悲しみを搾り取り、どんなにわめいても涙が出なくなった。それでも静香はまだ泣きやまなかった。身体が限界を訴えているのはわかっているのに泣き続けた。

「ボクモ、涙ノ出ル装置ガ、ホシイ……」

静香がしゃくり上げているとき、ミクロスの声が耳に入った。静香はまだ嗚咽を漏らしていた。

「大丈夫ですか」

後ろから静香の肩に触れるものがあった。

「私たちが地球までお送りします。無事にもとの時代へ到着なさるように」

静香は目を腫らして二体のロボットを見上げた。

改造を終えたアムとイムが、静香の顔を覗き込んでいた。

まだ涙の出る装置を持たない、リルルのはるか遠いご先祖様は、いま静香にそっと金属製の手を差し伸べていた。


のび太たちは互いに手を取り合って歓声を上げた。

「なぜかわからないけど、ロボットが消えちゃった」

「おれたちの勝ちだぜ」

「信じられない！」

山際が輝いた。煙の広がる空を白く霞ませて、生命の恵みの太陽が姿を現そうとしていた。焼けた大地は夜の底からうっすらと立ち上がり、陽射しは森羅万象の影を刻み、のび太たちの顔を照らした。

「朝日なんて昇っちゃって、勝利ムード満点だい！」

スネ夫がガッツポーズを決める。のび太たちは太陽へ向かって走り出した。みんな足を弾ませていた。エネルギーの切れた道具を放り出して、疲れも空腹も恐怖も吹き飛ばして丘を登った。

「あっ、しずちゃん！」

のび太は静香とミクロスの姿を見つけた。ふたりの横にはどこでもドアがあった。のび太は嬉しくなって、走りながら手を振った。

「しずちゃん、喜んでよ！」

静香はうつむきながらのび太たちを待っていた。のび太は駆け寄って、静香の手を取って踊ってみせた。ほかのみんなもわれ先にと静香のもとへやってきて、いま起こった奇跡を語った。

「ぼくたち勝ったんだよ！」

「あの恐ろしいロボットは一台残らず……」

静香は顔を上げ、のび太たちに自分の見た奇跡を伝えた。

新しい朝がやってきていた。みんなの影が長く丘に伸びた。

太陽の光は暖かかった。

†

「まるまる三日間、家を空けていたことになる」

ドラえもんは躊躇(ためら)いがちにいった。

どこでもドアで、みんなはのび太の家の前に戻っていた。左右あべこべの家は、表札も裏返しで、玄関口の位置も右ではなく左側だった。朝の陽射しは静かに町内を照らしつつあった。

「どうする。のび太の部屋に行って、タイムマシンで三日前にみんなで戻ろうか」

「三日前って、何があったっけか」

誰もうまく思い出せなかった。ドラえもんが多奈川という言葉を出して、ようやくスネ夫とジャイアンが、ああ、と声を上げた。

「そうだった、ラジコンヨットで遊んでたんだ」

そんなことが、もう何年も前の出来事に思えた。

ドラえもんは入り込み鏡を取り出し、家の外塀に立てかけた。ボタンを押して、まず自ら頭を入れた。ドラえもんの寸胴な体型では、鏡の左右の長さはいっぱいだった。のび太がそれに続いた。向こうの世界に出たとき、スズメやカラスの鳴き声がいきなり聞こえて、四つん這いの姿勢で空を見上げた。

静香が、ジャイアンが、スネ夫が鏡を抜けて出てきた。最後にミクロスが通り抜けて、ドラえもんは鏡をポケットにしまった。野比家の表札は逆向きではなく、玄関は右側になっていた。

遠くから自動車の排気音が聞こえてきた。新聞か牛乳配達のバイクが、向こうの路地を過ぎていった。スズメのさえずりがこんなにも辺りに満ちているのだとのび太は驚いた。道端のゴミ回収所のゴミ袋は鏡面世界のそれとは異なり、そして空はどこまでも晴れて、黒い煙の面影などなかった。世界は生きもので満ち、人々はこれから起床しようとしていた。

「ぼく、帰るよ」

スネ夫がぽつりといった。そしてミクロスの腕を引いた。

「おれも、帰る」ジャイアンがいった。

「あたしも、帰るわ」静香が最後にいった。

「わかった」

ドラえもんは答えた。

「ここで解散しよう。何かあったら連絡してくれ。ぼくがみんなの家に説明に回るから」

「じゃあな」

「さよなら」

のび太の家の前で、みんなは別れた。


のび太は玄関に目を向けた。

「ママ、怒ってるだろうな」

「そりゃ、ひとり息子が三日も無断で家を空けて、怒らない親はいないよ」

「そうだよな。たとえ地球を救っていたとしても」

のび太はドラえもんの背を押した。

「ドラえもん、先に入れよ」

「いや、のび太から」

「ドラえもんからだよ」

「のび太が」

「……いっしょに入ろう」

「……うん」

そのときだった。

玄関の扉が開いた。

中から顔を出したのはママだった。

ママはのび太と同じ丸眼鏡の奥で、小さな目を見開いた。

ママはパジャマ姿ではなかった。普段着のスカート姿で、しかし髪の毛は少しほつれて、目の下には隈ができていた。

「のびちゃん……！」

のび太はびくりと身を縮めた。いつものように叱られると思い、咄嗟に目を閉じた。

しかしママは駆け寄ってきて、のび太を強く抱きしめていった。

「よかった……！　帰ってきてくれたのね！」

のび太は驚いて目を開けた。ママは靴さえ履いていなかった。ママは眼鏡の奥で涙を流し、強く、強く、胸に引き寄せてのび太を抱いた。そんなに強く抱きしめられたのは幼稚園のとき以来で、不意に照れくさくなったのび太はじたばたともがいたが、ママの胸は驚くほど温かく、そしてママの心臓の鼓動がじかに伝わってきて、ママの流した涙がのび太の腕に落ち、のび太も胸に熱いものがこみ上げてきた。

ママ、ママ、とのび太も呼んだ。ママに腕を回し、頬をこすりつけた。ママものび太の名を呼び続けていた。

「のび太！　戻っていたのか！」

パパの声だった。のび太はママの胸の中にいて、眼鏡もずれて、涙も流していて、パパの顔はよく見えなかった。だがパパが後ろから抱きしめてくれるのがわかった。のび太はママとパパの温もりに挟まれた。

「のびちゃんなら、どんなことがあっても、きっと戻ってきてくれると信じてたわ」

ママの言葉がのび太を包んだ。

「ドラえもん、きみのおかげだ、のび太が無事で戻ってきてくれたのは」

「ぼ、ぼくは……」

「ありがとう、ありがとう。ドラえもん」

のび太はママの胸の中から、ぐずぐずになった顔でドラえもんを見た。ドラえもんはパパに丸い手を握られて、その手は何度も強く上下した。パパはドラえもんの丸い頭を抱きしめた。

「そうだわ、あなた、スミレさんに早く連絡しないと！」

「スミレさんって？」

のび太は顔を上げて訊いた。ママは泣いて染まった頰をほころばせていった。のび太がいままで見た、ママの最高の笑顔だった。

「星野スミレさんよ」


ジャイアンは店の前で待っていた父親に目ざとく見つけられ、やはり寝ずに待っていた母親とふたりから抱きしめられた。父も母も泣きながらジャイアンの頭や背中を強く叩いたが、それは息子が帰ってきたことを確かめる親の愛情だった。やがて騒ぎに気づいたジャイアンの妹が、パジャマ姿のまま号泣しながら駆けてきて、兄の大きな胸に飛び込んだ。

スネ夫はミクロスに玄関の扉をノックさせようとした。しかし両親はその前に気づいて、歓喜の声で迎え入れてくれた。豪勢な居間の調度も、ふかふかのベッドも、まずは関係なかった。スネ夫は玄関で靴を脱ぐ間もなく抱きしめられ、そしてスネ夫も両親にすがりついて泣いた。

静香はなかなか家に入ることができず、しばらく道を行ったり来たりしていた。鏡面世界で破壊されたはずの家が、朝日を浴びていつものように建っていることが、うまく受け容れられなかった。

ようやく決心がついて家のチャイムを鳴らしたが、その懐かしい音が響いた途端、静香はこれまでの想いが溢れて、その場にしゃがみ込んでしまった。

その静香を後ろから大きな手で支え、立ち上がらせてくれたのは静香の父親だった。父は夜通し町内を歩き回り、静香や級友たちを学校の先生たちと捜していたのだと教えてくれた。

静香の母親が家から泣き腫らした顔で出てきて、静香はふたりに何度もごめんなさい、ごめんなさいと謝った。だが両親は一度も静香を叱らなかった。肩を抱いて家の中へ入れてくれた。静香、きみがぼくらの知らないところでとても大切なことをしていたのはわかっているよ、と父はいった。どうして知ってるのと静香が訊くと、父は静香を抱きしめ、女優の星野スミレさんが連絡をくれたんだと教えてくれた。のび太くんとドラえもんがラジオ局に電話をして、それがスミレさんの耳に入った。スミレさんはこの町までひとりでやってきて、どうかのび太くんやきみたちを信じて待ってあげてくださいと、熱心に訴えてくれたんだ。ぼくたちはスミレさんの言葉を信じて、だからずっと待っていたんだよ。

そして父は教えてくれた。夜が明ける前、たくさんの流星が降った。きみたちを待って、のび太くんのパパやみんなと夜回りしているときに見たよ、恐ろしいほどの明るさで、まるで世界の終わりのようだった、と。

きみたちが流星を消してくれたんだね。ぼくたちだけは知っているよ。

父はそういって、母とふたりで静香を抱いてくれた。あんなに泣いたのに、また涙が溢れていた。静香は涙で自分を洗い流し、父と母の腕の中で眠りに就いた。

†

その日、日本時間の未明、観測史上類を見ない流星雨が、全地球的規模で降り注いだ。

直前までどの国の天文学者も、アマチュア天文ファンも、その兆候を捉えることはできなかった。信じられないことに流星は忽然(こつぜん)と地球近傍に出現し、落下してきたのだった。

大惨事になってもおかしくなかったが、すべての流星は地表に到達する前に消え失せた。最初から何もなかったかのように。

流星群は各国の観測データにいっさいの痕跡を残さなかった。ただ人々の心にまばゆい光を刻み、この世界から消滅したのだった。

God　Bless　You

God　bless　you
神のみ恵みが　豊かにあなたの上に　注がれますように
あなたの心と体と　すべてのいとなみが　守られ支えられ
喜びあふれるように　私は祈ります
God　bless　you　God　bless　you
God　bless　you　God　bless　you

God　be　with　you

神のみ守りが　いつでもあなたの上に　注がれますように
あなたがどこにいるとしても　何をするとしても
いつでも神様が　共におられますように　私は祈ります
God be with you God be with you
God be with you God be with you

God bless you God bless you
God bless you God bless you

作詞：関根一夫、作曲：岩渕まこと

エピローグ

風に乗って、ゴスペルが聞こえてくる。

ドラえもんはよく晴れた夕暮れの空を、からからとタケコプターの音を立てて飛んでいた。

どこかの教会でコンサートの練習をしているのかもしれない。それは星野スミレが主演して、いま大ヒット中の映画の主題歌だった。

現代の信仰という大きなテーマを正面から扱った映画で、とりわけ星野スミレの抑制のきいた演技が、宗派や宗教観を超えて多くの観客の心を打った。彼女の新たな代表作だと評論家は惜しみない賛辞を呈している。一方、プロモーション活動でテレビやステージに姿を見せる彼女はいままでと変わらず魅力的な笑顔で、そのギャップが人々の心を惹きつけていた。次回作は少年と少女が大冒険を繰り広げる夢いっぱいの活劇だと、スミレは嬉しそうに語っている。

　話題はそれだけではない。この曲で往年の大歌手である任紀高志が奇跡のカムバックを果たしたと、新聞やテレビは大いにもり立てていた。しかし任紀はそれに溺れることなく、日曜日になると都内のあちこちでチャリティコンサートを開き、教会の人たちといっしょに歌っているという。

　みんなで集い、大きな空を仰ぎながら合唱するのがふさわしい、大地をどこまでも吹き渡ってゆくようなメロディだった。

　町はのんびりとして平和だった。それでも季節は少しずつ変わってゆく。街路樹の葉は真夏の暑さを焼きつけて深い影を滲(にじ)ませ、以前より少しばかり縮んで見えた。もはや太陽はぎらぎらと照りつけるのではなく、遠くから世界を見守るような光に移り変わろうとしていた。高架脇の草野球場で中学生たちが放課後の試合をしていたが、その歓声も暑苦しいものではなく、どこかのびのびとして、風に乗ってどこまでも届いていきそうだった。

　ドラえもんは小学校までやってくると、ゆっくり降下していった。校庭には生徒の姿がない。放課後のクラブ活動もすでに終わって、みんな帰宅した時間なのだ。やれやれ、とドラえもんはため息をつき、そっと校舎の窓に近づいていった。

「やっぱり！」

五年三組の教室は二階にある。誰もいない教室でひとり、のび太が机でぼんやりと頬杖をついていた。


「遅いから気になって見に来たんだ。先生に叱られたんだろ」

ドラえもんが呆れていう。のび太は素直に答えた。

「うん。このごろぼんやりして勉強に身が入ってないって。ひとり残って反省しろってさ」

「ははあ……。リルルのこと、忘れられないんだろ」

「まあね……」

のび太は机の上で指先をもぞもぞと動かした。

ドラえもんが窓越しに空を見上げて呟く。

「アムとイムが改造されて、三万年経ったのか……」

のび太も呟いた。

「メカトピアはどんな星に進化したかな」

「そりゃあすばらしい星に……、天国みたいになってるだろ」

「リルルは……。生まれ変わったかな」

「たぶん……。そう信じようよ」

――信じる。

のび太は少し驚いて、ドラえもんを見つめ直した。友だちは笑顔を返した。

「先に戻ってるね。空き地でジャイアンたちもぼんやりしてた。帰り際に寄ってやれよ」

ドラえもんはタケコプターをからからと鳴らして帰っていった。

のび太はひとりきりになった教室で、椅子の背もたれに身体を大きく預け、頭の後ろに両手を組んだ。椅子を倒すようにバランスを取りながら、天井を見上げ、そして首を反らして教室の後ろをぼんやりと眺めた。夏休み前に習字の時間に書いた「人間」という文字が、上下逆さまになって壁に張り出されて並んでいた。

「リルル……。天使のようなロボットに……」

椅子をもとに戻し、のび太は両手を後ろに組んだまま天井を眺め、考えを巡らせた。

「もし生まれ変わってたら、また地球へ来てくれないかな……。スパイなんかじゃなくて、観光旅行か何かでさ……」

すっ、と視界の隅で、影が動いた。

窓の外で鮮やかな赤毛が揺れて、のび太の横を通り越していった。

はっとして、のび太は顔を向けた。

「リルル！」

のび太は驚いて声を上げた。

少女が窓の外で一瞬、にっこりと幸せそうな笑顔を浮かべた。

のび太は慌てて立ち上がり、窓へと駆け寄った。クラスメイトの机に乗って窓を開け、身を乗り出し、空を仰ぎ見た。

小さな影が太陽に向かって飛んでゆくのが見えた。その後ろ姿はすぐに小さくなって、やがて消えてしまったが、それでものび太は確信して歓声を上げた。

「リルルだよ！　生まれ変わったんだ！　絶対にそうだ！」

「野比、何をしとる」

先生が教室の扉を開けて、しかめ面でのび太を見ていた。

「今日はもう帰ってよろしい」

「はーい！」

のび太が元気よく返事をすると、先生はかえって呆気にとられてぽかんとした様子だった。こちらの世界で行方不明になっていた三日間、先生ものび太のパパやママたちと共に、ほとんど寝ないで町内を捜し回ってくれたのだとあとで聞いた。のび太はそのことに、まだお礼のひと言もいっていなかった。

ランドセルを背負い、教室を飛び出した。しかしのび太は途中で立ち止まって振り返り、先生に気をつけの姿勢を取った。

「先生、ありがとうございました！」

「あ、ああ」

「さよなら！」

のび太は階段を駆け下りていった。走っちゃいかん、という先生の怒鳴り声は聞こえてこなかった。だからのび太はかわりに心の中で「はい、はい！」と返事をしておいた。

のび太は心を弾ませて空き地へと走った。一刻も早くみんなにいまのことを知らせたかった。

「おーい、おーい！」

空き地にいつもの仲間が集まっているのが見えた。ジャイアン、スネ夫、それにしずちゃんやドラえもんもいる。のび太は声を上げ、手を振ってみんなのもとへ駆けていった。

途中で、のび太は石につまずいてしまった。あっと思ったときには遅く、派手に転んでランドセルの中身ががたがたと揺れた。

「なにやってんだ、のび太」

「相変わらずドジなやつ!」

スネ夫とジャイアンは大声で笑った。のび太も苦笑いをして立ち上がり、膝小僧と手を払った。気をつけていても転んでしまうのだ。だからいつもスネ夫とジャイアンにばかにされてしまう。

のび太は自分の右手を見つめた。もう一度両手を慎重に払い、土を落とした。てのひらは、擦り剝けていなかった。

ぱっとのび太は笑顔に戻り、土管の前に集まっている友だちのもとへと弾んだ心で駆けていった。てのひらの痛みはもう消えていた。

「ねえ、みんな!」

謝辞

この小説版を執筆するにあたり、大阪大学大学院工学研究科 知能・機能創成工学専攻 運動知能研究室の杉原知道（すぎはらともみち）准教授と、五時間にわたる議論を重ねました。ヒト型ロボットの運動・知能制御の研究者であり、またご自身もドラえもんのファンである杉原さんとの熱い議論から、大いなるインスピレーションをいただきました。ありがとうございました。

本書は『映画ドラえもん 新・のび太と鉄人兵団 ～はばたけ 天使たち～』の劇場公開をきっかけとして企画されました。新しい映画に私も胸をときめかせ、期待しています。

本書執筆の機会を与えていただきました藤子プロの皆様、一九八六年版『映画ドラ

えもん のび太と鉄人兵団』スタッフの皆様・芝山努監督、小学館ドラえもんルームの皆様に、心から感謝を申し上げます。そしてドラえもんを愛する世界中の皆様にも心からの感謝を。

敬愛する 故 藤子・F・不二雄先生に、本書を捧げます。

二〇一一年一月

瀬名秀明

本文中の肩書き・組織名などはすべて二〇一一年当時のものです。

文庫版あとがき

本書は二〇一一年三月、東日本大震災の直前、寺本幸代監督の映画の公開に合わせて、藤子・F・不二雄先生の原作漫画と先生が脚本としてクレジットされている芝山努監督の映画アニメ版をもとに書き下ろしたものです。《大長編ドラえもん》が小説として出版されるのは初めてのことでした。ですからどのようなかたちで本にするかという段階から、小学館の担当編集者さんとあれこれ一緒に考えたことを憶えています。

大長編ドラえもんを小説にするのだから最初の漢字三つを合わせよう。それで本書のタイトルは『小説版ドラえもん』となりました。みなさんはドラえもん映画の正式タイトルが、必ず『映画ドラえもん のび太の（と）〜』で始まることを知っていましたか。最近はいくつも小説版が出るようになりましたが、それらは映画のノベライズという位置づけなので、すべてタイトルは『小説 映画ドラえもん〜』となっています。

当時は「これからも多くの作家の小説版が出るといいな」と期待して、だからジャケットの最初のデザインでは左下の鈴のところに「DORAEMON NOVEL」と入っていたのですが、未来に生まれるであろうたくさんの小説のために希望を込めて、複数形の「NOVELS」へと変えてもらったのです。結果的に「小説版ドラえもん」は本書一作で終わりました。ですから本書は、ドラえもんの正当な歴史に位置づけられるものではありません。それでよいのだと私はいまも思っています。

歌手の岩渕まことさんが仙台出身だったことは、本書刊行後に知りました。あるとき岩渕さんのライヴが仙台であると知り、メールで申し込んだところ、目ざとく見つけてくださった岩渕さんは一週間で猛練習して、当日私の目の前で予定になかった「心をゆらして」をサプライズで歌ってくださいました。生涯忘れられない思い出です。

本書はドラえもんの正史ではありません。ですがほんの少し未来を変えることができたと密かに思っています。近年のドラえもん映画では「思いやりの心」の大切さが繰り返し説かれるようになりました。アムとイムをつくった博士は、「他人を思いやるあたたかい心を……」といって最後の作業に取り掛かります。みなさんは新旧二作の映画でこの後の博士の台詞が違うことに気づきましたか。旧作では「植えつけよう」、新作は「育てよう」――思いやりの心はロボットに植えつけるものから育てるものに変わったのです。そして本書刊行からさらに十一年経ち、いま人工知能（A

I）やロボット学の第一線の研究者たちは、「どうしたらロボットに思いやりの心が持てるか」というテーマに取り組んでいます。次に生まれる再リメイク版での台詞はどうなるでしょうか。私は博士の残したテンテンにこそ、未来が詰まっていると考えます。

今回の文庫化にあたり修正は最小限に留めました。しかし一箇所、重要なところを変更しました。ラストの「わからない」を原作通りの「信じようよ」に戻したのです。出版から十一年を経て私の考えは変わったのです。この調子なら九〇年後に生まれるドラえもんは、確かにきっと藤子・F・不二雄先生が描いた通り、「信じる」ということができるかもしれない。そう思えるようになったのです。

二〇二二年一月

瀬名秀明

解説

辻村深月

人はなぜ、「小説」を読むのか。

瀬名さんの『のび太と鉄人兵団』を読むと、私はいつも、その問いの答えに出会った思いがする。

『大長編ドラえもん　のび太と鉄人兵団』は、藤子・F・不二雄先生が描いた傑作漫画だ。一九八〇年生まれの私にとっては、生まれて初めて劇場に観に行ったドラえもん映画でもある。

誰もいない、すべてがあべこべの鏡面世界。部品が一つずつ送られてくる謎めいた始まり、ビルみたいに大きく聳(そび)えるロボット・ザンダクロス、謎の美少女リルル、自分たちだけが知ってしまった地球の危機、湖を背景とした手に汗握る攻防戦――。六歳だった私に、完全にお話の内容が理解できていたとは思えない。だけど、わからないまま見ても、ひとつひとつの場面が楽しく、ハラハラし、夢中で最後まで皆の活躍を追いかけた。そして――父の話だと、映画のラスト、リルルが消えていくところで、私は泣いていたそうだ。おそらく、感情の意味もわからないうちから自然と心が動いて、私はその日、物語で「感動」するということを知った。そうして受け取った物語の力を栄養にして、私は——そして、私たちは大人になった。

　そして、大人になった二〇一一年、私は瀬名さんの「小説版」を読んだことで、『のび太と鉄人兵団』と二度目の出会いを果たす。

　ストーリーやセリフは原作と大きく変わらない。むしろ原作そのままの箇所が多い。ただ、瀬名さんの小説は漫画の向こうに広がる奥行きを描く。ここで言う奥行きとは、喩えるなら、原作のコマとコマをつなぐ間にあるもの、と言えばよいかもしれない。ザンダクロスを最初に動かす時の、のび太の動きと動きの間に溢れた興奮や、一コマで表現されたしずかちゃんのあの表情の裏にどんな思いがあったのかということ、決戦前夜にそれぞれの心に到来したもの、兵団のロボットが昆虫に似ているのはなぜなのか、最終決戦でスネ夫が叫ぶ「寄るな！　おしっこかけるぞ！」やジャイアンの「ちくしょう、エネルギーが切れた」のセリフに至る前の勇気と葛藤——など、多くの場面の奥にあったものが示される。

　また、私たちが親しんできたドラえもんの道具ひとつひとつに対する描写の、その説得力たるや！　四次元ポケットからドラえもんが瞬時に道具を取り出せる仕組みや、物語の舞台となる鏡面世界における物理法則がどうなっているのかなどがさりげなく挟み込まれているところに、ドラえもんファン、そして、瀬名秀明の読者としての心が何度もくすぐられる。

　本書の執筆に際して聞いた、私の大好きなエピソードがある。

　瀬名さんは当初、出版社から「小学生が読める小説を」とオーダーされ、それに対し、「魔美が読めるくらいだとどうでしょう?」と返したそうだ。魔美とは、言わずと知れた藤子先生の代表作の一つ「エスパー魔美」の主人公である。年齢は中学生だ。瀬名さんが長年の藤子ファンだからこその、なんておしゃれでわかってる回答なんだろう！　と、嬉しくなってしまう。

　対象年齢を中学生以上に設定したことで、私たちは、この小説版にこんなにも多くの奥行きを感じ、子どもの時最初に出会った物語との、「二度目の出会い」を果たすことができたのだと思う。小説を読むというのは、提示された文章に対し、自分の中の想像力に手を貸してもらわないと成立しない行為だ。これまで見てきた世界の奥に何があったのか、より深くには何があるのか、それを知りたいから、私たちは小説を読む。今回、本を開いて、まだ難しいと思った小学生がいたとしたら、いずれ、もう少し時を経た時に、もう一度、本を開いてみてほしい。きっと、前には見えなかった、隠れたプレゼントのようなあれこれに気づいて、驚き、深く感動してしまうはずだから。

　ただ、完全に言語化して理解できないからといって、私たちが何も「感じていない」ということは絶対にない。

子どもの頃を思い出してみると、私たちは無意識に、いくつものことを心に考えながら物語を見ていた。だから、のび太たちの冒険に憧れる一方で、彼らが出てきた家で経過する時間のことも、気になっていた。現実の自分たちが自由にできないからこそ、原始時代や鏡面世界での「外泊」に憧れ、タイムマシンで出かける前に戻ればいい――とわかっていても、時折、遠い旅に出たのび太たちを見て、どこか心細いような気持ちになっていた。今、原作を開くと、藤子先生もまた、この時間の経過について気に留めていた描写がいくつもある。

ドラえもんたちの冒険は、いつも「コップの中の嵐」だ。コップの中で大きく波打ち、大冒険があっても、それは、外の世界に漏れ出ることはなく、彼らの心だけにしまわれた存在になって、決して外部を水浸しにすることはない。それが物語として美しく、完璧な形をしていることを理解したうえで、瀬名さんが今回、『鉄人兵団』の中でかけた魔法（と言ってしまいたくなるくらい素晴らしい！）のようなオリジナルエピソードは、私たち、ドラえもんで育った大人たちへの贈り物であるように感じる。

兵団がもうじき地球に到着するという危機を知ったのび太たちは、大人たちに電話をかける。自衛隊や内閣総理大臣、国連事務総長、そして、子ども電話相談室――誰も信じてくれない電話の向こう、ラジオ局で、星野スミレが彼らの危機を知る。スミレは、藤子作品『パーマン』で活躍したかつてのパーマン3号だ。のび太たちとは、『ドラえもん』に収録される「影とりプロジェクター」（てんとう虫コミックス第19巻）や『めだちライトで人気者』（てんとう虫コミックス第24巻）という話の中などで出会っている。本作で、スミレがスタッフの洩らした「のび太」という名前に反応したのはそのためだ。あくまで原作に足場を置いた、この〝夢の競演〟に、初読の時、私は涙ぐみ、天を仰いだ。

子どもから見ると、大人はいつも、「大人」だ。だけど、たまに忘れてしまうけれど、大人だって、みんな、最初は誰もが子どもだった。

スミレは、だから、知っている。かつて自分も、人知れず何度も地球のピンチを救い、「なんのとくにもならず、人にほめられもしないのに、なぜ行くのか」という葛藤を乗り越えた仲間とともに戦った日々を経て、大人の側から見えなくても、そこに子どもの必死な心や冒険があることを知っている。大人になったスミレの姿を見て涙が出るのは、彼女が、藤子作品とともに大人になってきた私たち自身の姿でもあるからだ――と言うと、言いすぎだろうか。

のび太が兵団を迎え撃つために家を留守にしたのは三日間。その三日の間、彼らを心配した大人たちの心もまた、瀬名さんの小説は蔑ろにしない。のび太たちが守ったものを降り注ぐ金色の雨に託し、彼らの大事な人たちがその光を目撃することで、のび太たちの中に確かに存在した冒険が肯定される。地球は救われ、その活躍は表立って知られることのない「コップの中の嵐」を崩さないまま、瀬名さんがかけた本書のマジックは、途方もなく美しい。これが、物語をリメイクする――新しく命を吹き込むことの意味と凄さか、と圧倒された。

瀬名さんが書いたからこその「意味」は、他にも至るところに存在する。たとえば、湖での最後の攻防戦。文字通り水際で兵団を食い止めようと奮闘する中、ドラえもんは、火のついたたいまつを湖に投げ込む。その展開に至って、私は、あっ！ と息を呑んだ。〈逆世界入り込みオイル〉は、オイル――油である。そして、油は燃える。それは、子ども時代に学んだ理科の知識だ。油膜が張った湖が燃え上がる迫力ある場面を読み、正確な現実の知識を使って世界を広げ続けてきた数々の藤子作品を思い、また、瀬名さんの中にある藤子イズムを感じて、心が震えた。

また、作中に登場する、もう一人のゲストキャラクター、任紀高志（にんきたかし）についても触れておきたい。『エスパー魔美』収録の「スランプ」（てんとう虫コミックス第3巻）という話に登場する、かつての大ヒット歌手。瀬名さんは本書に関するインタビューの中で、「心に響く歌が小説にも必要」と考え、「彼に白羽の矢を立てた」と語っている。作中ドラえもん映画は、いつだって、魅力的な歌とともにその歴史を歩んできた。作中に登場する、任紀の過去のヒット曲とされた「海はぼくらと」は、作中で彼とスミレが歌うゴスペル『God Bless You』の作曲者、岩渕まことさんが歌った『映画ドラえもん　のび太の海底鬼岩城』の主題歌名である。瀬名さんの目論見通り、音楽の力を借りた作中のクライマックスは圧巻だ。任紀が登場する『魔美』の漫画を読んでからだと、歌声がより鮮明に聞こえてくるかもしれない。

本書の単行本刊行は、二〇一一年。最初の映画から二十五年の歳月を経てリメイクされた『映画ドラえもん　新・のび太と鉄人兵団　～はばたけ　天使たち～』の劇場公開に合わせて企画されたものだ。私はその頃、雑誌の対談で瀬名さんとお会いしているのだが、その際に、二人で『ドラえもん』という作品をリメイクする意味について話したことがある。

昔の映画を新たな技術で今の子どもたちに届けるため——と単純に思っていた私に、その日、瀬名さんが、目が覚めるような一言をくれた。

「『ドラえもん』のリメイクは、前の映画でのび太たちにさせてあげられなかったことを、させてあげるためにあるのだと思っているんです」

その言葉に、いくつかの過去のリメイク作を思い出した。たとえば、『のび太の恐竜』のリメイク版『のび太の恐竜　２００６』では、のび太たちは、前回の映画でできなかった「自分たちの足でピー助を生まれ故郷に送り届ける」ことができた。『新・鉄人兵団』では、新しく加わった、ジュドの頭脳のキャラクター・ピッポを通じて、しずかちゃんとリルルがそうしたようなロボットとの心の交流を、のび太たちも持つことができた。私たちは、時を経ながら、のび太たちの新しい挑戦を見ているのだ。

本書でも、瀬名さんのそんな「リメイク」に対する姿勢は貫かれている。先述した魔法のようなエピソードを通じて、「消えてしまう時間」にあったはずの大人と子ども両方の心を肯定したことがそうだし、ロボットであるドラえもんと人間であるのび太たちのつながりをより強固に描くことで、リルルやミクロスの心、メカトピアの世界をより私たち読者に感じさせてくれた。ドラえもんを小説で読むことの醍醐味に満ちた、傑作のリメイクであり、ノベライズである。


さて、最後に。

蛇足かもしれない、と思いつつ、最後にもう少しだけ個人的な思いを語らせてほしい。

瀬名秀明という作家は、十代の私にとって、憧れの作家だった。

なぜなら、私の前に現れた、〝「ドラえもん好き」を公言する、初めての「大人」〟だったから。

私が高校生の時に『パラサイト・イヴ』で颯爽と小説界に現れた瀬名さんは、東北大学大学院薬学研究科の現役の大学院生で、新世代の書き手として注目されていた。

そして、当時から、いくつかのインタビューの中で、瀬名さんは『ドラえもん』に対しての愛情を語っていた。特に私が感動したのは瀬名さんのこんな一言だ。

「藤子先生は、現実の物理の知識をきちんと踏まえたうえで『ドラえもん』を描かれていたのだと後に知って、おおいに納得しました」

当時、大学受験に際し、「理系」と「文系」の言葉の前でまごまごしていた私は、瀬名さんの小説が纏う理系の知識や、科学を背景としたその圧倒的な〝新しさ〟に衝撃を受けていた。そんな小説の世界の最前線にいる瀬名さんが『ドラえもん』のことが好き。藤子先生のことが好き。この時の私の気持ちは、本書の中で、のび太が大人に電話をかけまくっていた時に近い。自分の好きなものに対する声が、初めてきちんと本の向こうから大人に受け止めてもらえたような——そんな感覚だった。

自分が尊敬する大人が、はっきりと『ドラえもん』を「すごい」と言い切ってくれた！

そのことがすごく嬉しく、誇らしくすら思った。そして、続けてこうも思った。

私もいつか、小説家になったら、「『ドラえもん』が好きだ」と言おう。『ドラえもん』を見て育ってきた、と胸を張って言える、誰かにとっての「信頼できる大人」になりたい、と。それが、私が、章タイトルをすべて『ドラえもん』のひみつ道具名にした小説『凍りのくじら』を書いた理由である。

今、大人と呼ばれる年齢の小説家になって、『ドラえもん』の世界を覗くと、ドラえもんの世界の積み重ねは、作品を愛した各時代のクリエイターたちが、一作一作、自分の作家性を投じて送り出してきたものだということがよくわかる。瀬名さんがそうだし、私がそうだ。

私と瀬名さんではだいぶ作風が違う。『ドラえもん』と藤子先生から受けた影響も全然違う現れ方をしていると思う。だけど、本書単行本が刊行された十年前の対談で、私は瀬名さんからこんな言葉をもらっている。

「次は辻村さんが、ぜひ」

これと同じ言葉を、本書の最後に、皆さんに贈りたい。

大好きなドラえもんを見て、その世界の向こうに奥行きを感じるなら、次はぜひ、あなたがそれを形にしてほしい。

自分が、あなたや瀬名さんと同じく、『ドラえもん』の世界を愛する仲間の一人であることを、私は、とても光栄に思う。

（つじむらみづき／作家）

本書のプロフィール

本書は、二〇一一年三月に単行本として小社より刊行された同名の小説作品に加筆・改稿し文庫化したものです。

小学館文庫

小説版ドラえもん のび太と鉄人兵団

原作　藤子・F・不二雄

著者　瀬名秀明

二〇二二年三月九日　初版第一刷発行

発行人　村上孝雄

発行所　株式会社　小学館
〒一〇一-八〇〇一
東京都千代田区一ツ橋二-三-一
電話　編集〇三-三二三〇-五五三八
販売〇三-五二八一-三五五五

印刷所――図書印刷株式会社

Printed in Japan　ISBN978-4-09-407126-9
JASRAC 出 2200932-201